Weg- und Spurensuche

Rainer Luce

Weg- und Spurensuche

Bibliografische Information der Deutschen Nationalbibliothek:
Die Deutsche Nationalbibliothek verzeichnet diese Publikation in der
Deutschen Nationalbibliografie;
detaillierte bibliografische Daten sind im Internet über
http://dnb.d-nb.de abrufbar.

© 2014 Rainer Luce
Umschlaggestaltung, Herstellung und Verlag: BoD – Books on Demand
ISBN: 978-3-7357-3360-3

Kap. 1 Der Anfang

SeineMutter-
fünfundzwanzigjährig, ledig, Krankenpflegeschülerin im katholischen St.-Marien-Hospital in Mülheim-Ruhr -

Sein Vater -
achtunddreißigjährig, verheiratet, Kaufmann im Familienunternehmen; zu Hause in Mülheim-Ruhr,

irgendwo dort begegnen sie sich, werden aufeinander aufmerksam, kommen sich schließlich so nahe, dass ein Kind aufkeimt und zu wachsen beginnt.
Doch - wie nun weiter?

Die Widerstände bleiben nicht aus.
Vor allem der Krankenhaus-Seelsorger im Marienhospital ist intensiv bemüht, dieser nicht abgesegneten, verqueren Verbindung den Boden der Nähe zu entziehen.
So wird die werdende Mutter weit, weit weg an das katholische St. Georgs-Krankenhaus in Hamburg weitergeleitet, das die gleiche Ausbildung anbietet - „Wir wünschen Frl. Luce für ihren weiteren Lebensweg das Beste", Schwester Willibaldis, Oberin - und tatsächlich schließt die unerwünschte werdende Mutter dort EndeSeptember 1939 ihre Ausbildung ab.
Zuvor jedoch bringt sie Anfang Mai 1938 einen Sohn zur Welt, der den Namen Rainer Maria erhält.
Später, als etwa Zehnjähriger, sieht er im Bücherschrank der Mutter, Gedichtbände von Rainer Maria Rilke stehen, eine ehrenvolle Zuordnung also dieser seltene Vorname, die zuzeiten aber auch Irritationen in ihm auslöst. Gerufen wird er allgemein „Rainer", und das genügt ihm für sein weiteres Leben.

Da ist er nun geboren im fremden Hamburg, fern dem Ort seiner Zeugung, fern der mütterlichen Familie, fern dem Vater in Mülheim-Ruhr - was mag der gedacht haben in diesen Tagen?

Aber nun ist er da - ein winziges Bündel.
Und die Mutter geht ihren Weg, tüchtige Frau, die sie ist; immer wieder finden sich Menschen, die Anteil nehmen an diesem Weg - Irmgard, zum Beispiel, Tante Irmgard für ihn - mit ihr wird Hamburg warm, vor allem für ihn.

Was weiß er von dieser Zeit? Fast nichts.
Sein Erinnern beginnt viel später.
Niemand hat ihm von ihr erzählt.
Aber er hat auch niemand beizeiten befragt.
Merkwürdig – jetzt da er vierundsiebzig ist, steigt Neugier auf in ihm, möchte er wissen, was war, beginnt er seine frühe Vergangenheit zu erforschen, die Vergangenheit seiner Familie, die Vergangenheit derer, die sich um ihn gekümmert haben; späte Spurensuche und Beginn einer Zwiesprache - jetzt wo sie alle längst tot sind.

Warum hat er sie nicht beizeiten befragt - spannend wär es gewesen. Sind Menschen so sehr gefangen im Hier und Jetzt - und nur die Zukunft ist wichtig?
Schrecken sie vielleicht auch zurück vor wirren, schwierigen Vergangenheiten - Vergangenheiten, die nicht frei sind von Fehltritten, Fehldenken, von eigener Schuld, von Schuld der Umgebung, Schuld gar eines ganzen Volkes?
War man froh, nach vorn leben zu können - weg von der Vergangenheit? „Familienstolz", ein schwieriges Wort- stolz zu sein auf die Vergangenheit der Vorfahren - wer spricht noch davon?

Ungebrochene Tradition, wer kann auf sie noch zurückschauen? Voller Brüche ist die erste Hälfte des zwanzigsten Jahrhunderts.

Gleichwohl - er will sich versuchen im späten Befragen, Bedenken, Ausdeuten auch.
Manches entwirrt sich plötzlich von selbst dem genaueren, dem verständnisbereiten Blick.
Geschrieben zuerst für sich selbst, für Familie und Freunde dann - und auch für manchen, der zurückblicken möchte in dieses Jahrhundert der Brüche, der Neuanfänge, der dann um soviel friedlicheren Zukunft – zumindest für uns hier.

Kap. 2   Das Album

Hallo Mutti - es ist geraume Zeit her, dass wir miteinander geredet haben; weißt du noch, 1995, im Altersheim in Feyetteville/Arkansas - da warst du wieder freundlich, freundlich wie ich dich lange nicht erlebt hatte.

Bei einem früheren Besuch hattest du dem Reiseankömmling die halb geöffnete Tür gleich wieder zugeschlagen. Ja, als dein Berufsleben plötzlich abbrach, als ich dich aus Palmsprings/ Kalifornien herüberholte, und du doch ziemlich bald zurückkehrtest nach Amerika, zurückfielst auch in deine Krankheit, dein Haus verlorst - da hatte es Konflikte gegeben zwischen uns, da warst du erbittert, dass sich da andere einzumischen wagten in dein Leben, das du zuvor so selbstsicher gestaltet hattest. Fünf Jahre nach dem guten Wiedersehen 1995 bist du dann gestorben, 87 Jahre alt, bald so alt wie dein Vater(93), wie deine Schwester Maria (fast 95), von allen nur „Mariechen" genannt, die mir, früh schon, Mutter-Ersatz geworden war.

Jetzt sitze ich über Hinterlassenschaften von dir, Schulabschlusszeugnissen - guten, ja - von 1927 und1929, Arbeitsverträgen, deinem ausgezeichneten Schwestern-Examen. Über juristischen Auseinandersetzungen mit meinem Vater um Unterhaltsfragen für das gemeinsame Kind - und - ein Fotoalbum, das du mir geschenkt hast.

„Unserem lieben Rainer zu seinem 9. Geburtstag.
    Von Vati und Mutti" II.V.47, Plau"

Ein Album, das war 1947 keine Kleinigkeit - zu diesem Zeitpunkt war deine Welt wohl fast noch in Ordnung, wenig später geriet dann vieles aus den Fugen.

Ein Album, im DIN - 4 Querformat mit 143 Bildern. Im Ganzen zeitlich geordnet, naheliegender Weise; eine ganze Reihe von Fotos sind doppelt, tauchen auf späteren Seiten noch einmal auf, sollten wohl so auch gesichert werden- ein bisschen wirr sieht er so aus, mein früher Bilderlebenslauf, aber ich liebe mein Album!

Ich habe sehr, sehr wenig in Gesprächen über meine frühe Kindheit erfahren - diese Bilder aber reden. Wäre dies Album nicht, was wüsste ich über meine ersten Jahre?
Ich verstehe, dass du, Mutter, nicht reden mochtest über diese Jahre. Sie waren schwierig gewesen für dich. Aber die meisten Aufnahmen stammen doch von dir. Du hast diese Augenblicke festhalten wollen, sie waren es dir wert.

Und du hast sie mir geschenkt - diese Bilder - ausdrücklich! Jetzt erst begreife ich voll den Wert dieses Geschenks!
Sehr spät leider erst.

Aber so ist das. Ich trete ins Alter ein und auf einmal meldet sich die Kindheit, die Jugend zurück - mit Nachdruck.

Ist dir das auch so gegangen? Vielleicht war es für dich schon zu spät. So früh setzte die Krankheit dir zu, die dich im Griff hielt. Vielleicht hast du mit Ute darüber gesprochen, vielleicht - ich jedenfalls war viel zu weit fort.
Reden wir doch nun darüber – immer wieder einmal – es könnte uns gut tun.

Kap. 3 Hamburg, Tante Irmgard - und ein besonderes Bild

Nun ist er also geboren - winziges Bündel er, wie soll es weitergehen mit ihm?
Die Mutter, alleinstehend, muss ihre Ausbildung abschließen, wohnt wahrscheinlich im Krankenhaus, bei ihr kann er nicht wohnen, leben - der Schirm, unter dem sein Leben sich nun entfaltet in den nächsten drei Jahren, heißt „Tante Irmgard".

Tante Irmgard - dieser Name fällt in Gesprächen auch später noch; sie muss eine Freundin der Mutter gewesen sein und wurde sehr, sehr wichtig für ihn.
Hat er bei ihr zu Hause gewohnt? Nichts weiß er.
Nur Bilder sind da.

Die erste Seite des Albums beginnt mit großformatigen Bildern seiner Oma, seines Opas - zwischen beide geschoben ein kleineres Bild von „Mutti und Vati" - entstanden in einem Fotoatelier in Güstrow/Mecklenburg (wahrscheinlich vor 1945, in der Malchower Zeit).
Und dann mehrere Seiten Säuglings- und Kleinkindbilder- das erste (vergrößert) im Gitterbett, lächelnd, mit geradezu glänzenden Augen! Dann Schwestern mit weißer Haube um ihn, lagernd auf einer Wiese; immer wieder auf dem Arm seiner Mutter; in einem weißen Schaukelpferd sitzend, vielleicht zum ersten Mal, gestützt von einem hinzugestopften Kissen: „Tränen im Schaukelpferd", es war wohl ein bisschen früh; und - allein auf einer Decke im Grünen spielend, da ist er dann fähig zu sitzen.
Bilder dann einer gutbürgerlichen Wohnung:

Polstermöbel, ein hoher, schwerer Wohnzimmerschrank, obenauf dicke Folianten; Pflanzen auf Stellagen - viele; ein Couchtisch, bedeckt mit mancherlei Kinderspielzeug, das hier seinen Platz zu haben scheint - das sieht ganz so aus, als ob er hier zu Hause wäre.

Daneben ein Gartenfoto, ein privater Garten: Rainer, stehend neben jenem Schaukelpferd - kein Holz; Kopf und Leib aus verschiedenen Materialien ganz realistisch geformt: jenes Pferd – das später in der Küche seiner Großeltern in Herne sein Lieblingsplatz war.

Nichts Kinderheimmäßiges, alles deutet darauf hin, dass er dort, bei Tante Irmgard zu Hause war, zumindest seit dem Ende der Säuglingszeit. Tante Irmgard, eine Frau Anfang Dreißig, ein sehr, sehr sympathisches Gesicht.

Bilder in Strandkörben.

Das erste vergrößert: der kleine Rainer, vielleicht zwei Jahre alt, das Bild füllend; ganz entspannt sitzt er dort, etwas Essbares in der linken Hand, und - lächelnd, lächelnd, ganz versonnen.

Daneben ein Bild mit Tante Irmgard, auch im Strandkorb: sie sitzt, er steht neben ihr. Sie umfasst ihn mit ihrem rechten Arm, umschließt mit beiden Händen warm seine beiden kleinen Hände, lächelt vertraut der Fotografin zu, während Rainer, aus dem Sich'ren sozusagen, freundlich verhalten hinüberblickt.

Weitere Urlaubsbilder dann. Auf einem eine Frau, nicht gut erkennbar, klein vor einer Buschlandschaft, ein Kind auf dem Arm, die Bildunterschrift: „Irmgard und ihr Liebling".

Am Ende dieser Bilderserie plötzlich ein Bahnsteigbild: ein Koffer, vor dem der kleine Rainer steht – eindeutig identifizierbar als Bahnhof Herne – das Signal für ein Ende und einen Neuanfang.

Hamburg und Tante Irmgard, das muss eine gute Zeit gewesen sein.
Das spricht aus vielen Bildern

Eine neue Zeit begann gemäß einem Brief des Jugendamtes Hernean die dort lebenden Großeltern - spätestens im Sommer 1941; da war er drei Jahre alt und lebte dann für fast drei Jahre bei seinen Großeltern und Tante „Mariechen" in Herne-Sodingen.

Es tut mir sehr leid, Tante Irmgard, dass ich dich nie wieder gesehen habe und nicht weiß, was aus dir geworden ist. Warum das so gekommen ist, ich weiß es nicht. Es waren sicher auch die Wirren des Kriegs, die Turbulenzen der folgenden Jahre, die großen Entfernungen und neue Beziehungen.
Ich erinnere mich, dass dein Name auch später gelegentlich noch fiel.

Doch ich, ich habe dich ganz aus den Augen verloren, jetzt ist es lange, lange zu spät, jetzt, da mir klar wird, wie viel ich dir zu verdanken habe.
Wie war unser Abschied, bei dem mir sicher nicht klar war, dass es ein Abschied war. Wie war dir zumute, als ich entschwand?
Der Hintergrund wird dir plausibel gewesen sein.
Mutti hatte Hamburg womöglich schon länger verlassen.
Auf jeden Fall hat sie am 1.7.1941 eine Stelle als Werkschwester bei der Dynamit Nobel in Malchow/Mecklenburg angetreten. Hintergrund: Eine neue Beziehung zu einem Mann, der dort verankert war.

Habt ihr euch wiedergesehen?

Briefe habt ihr sicher getauscht, Mutti war eine fleißige Briefschreiberin.
Tante Irmgard - für den Rest meines Lebens bewahre ich dir ein liebevolles Gedenken.

Zum Abschluss dieses Lebenskapitels ein Nachtrag zu einem besonderen Bild, das ich erst kürzlich klar identifiziert habe.
Es zeigt als einziges aller „Hamburger" Bilder einen Mann. Ein Foto, das vom Heck eines Bootes aus aufgenommen ist. Es hat seitlich an eine Anlegestelle aus Pfählen und Brettern festgemacht.
Der Mann, vorn im Boot stehend, hat den kleinen 1-2 jährigen Rainer auf ein Balkenende der Anlegestelle gestellt. Rainer hält sich locker an einem schrägen Brett in seinem Rücken fest und schaut auf die Fotografin, sicherlich die Mutter.
Der Mann, mittleres Alter, sommerlich gekleidet, kurzärmeliges weißes Hemd, blickt seitlich schräg zu Rainer hinauf, kurze Haare, eine kaum erkennbare, schmale Brille.

Jetzt erst, im Alter, hat der Autor erkannt, dass in dem schmalen Spalt zum Bild darunter, Geschriebenes steht, völlig verwaschen und verblichen. Eine starke Lupe klärt den Text: „Rainer und sein Papa". Es ist das einzige Bild, das er von ihm besitzt.
Ein schlanker, anziehender Mann, hier von 39 Jahren.
Eigentlich dieselbe Figur, die auch sein Sohn entwickelt und immer behalten hat. Traurige Gedanken jetzt, dass dies der wahrscheinlich letzte unmittelbare Kontakt gewesen ist - Gedanken, wie viel Gemeinsamkeiten des Lebens ihnen beiden entgangen sind.

Danach gibt es nur noch Kontakte zum Vater über Rainers Vormund Max Krüdewagen, der auch in Mülheim/Ruhr wohnt, Helfer für die Mutter schon seit langen Jahren. Kontakte zum Kindesvater nur noch in Akten; Akten und Briefen zum Thema „Unterhaltsverpflichtung".

1941 ist der Vater, von Beruf Kaufmann, schon längere Zeit Soldat, befindet sich (bis 1942) in Hagen im Lazarett, verwundet also? - und hat große Mühe vom schmalen Wehrsold den Unterhalt für sein uneheliches Kind zu zahlen. Sein Betrieb ist aus nicht erwähnten Gründen geschlossen; seine Familie (Frau und zwei Kinder) erhält selbst staatliche Unterstützung. Also nachvollziehbare Argumente, und auch eine erkennbare Kompromissbereitschaft.

Das alles aber zieht sich hin.
Plötzlich, ein Jahr später, eine anscheinend völlige Veränderung seiner wirtschaftlichen Lage (Verschiebungen, Veränderungen in der Kaufmannsgroßfamilie?) - er ist bereit, den gesamten, bis zum Ende des sechzehnten Lebensjahres fälligen Unterhaltsbetrag als Abfindung im Voraus zu zahlen. Das wird akzeptiert. Eine Zahlung von 5680,- Reichsmark erfolgt. Die hin und her gehenden Briefe sind mit „Heil Hitler" gezeichnet.

Jahre später, 1950 ist es inzwischen, gibt es doch noch einmal Kontakte und Verhandlungen zwischen Vormund und Vater. Es geht um einen Ausgleich der durch die Währungsreform(10:1) erlittenen Verluste. Und so erfolgen tatsächlich weitere Zusatz-Zahlungen bis 1954, bis zu Rainers sechzehntem Geburtstag.

Zu Kontakten zwischen Vater und Mutter, zwischen Vater und Sohn kommt es nicht. Auch nicht, als Rainer durch Vermittlung des Vormunds von Sept. 1949 bis März 1950 im Kinderheim der Thyssenstiftung in Mülheim/Ruhr lebt, um nach vielen religionsfernen Jahren durch intensive Unterweisung auf den Eintritt ins (preiswerte!) Neusser Erzbischhöfliche Konvikt vorbereitet zu werden, der mit dem Besuch des Gymnasiums in Neuss gekoppelt ist.

Ein halbes Jahr so nah beim Vater!
Kein Wiedersehen. In seinem Kopf nistet sich der Satz ein: Er will mich nicht sehen - ein Satz, der aber nur selten aufblitzt. Was hier geschieht, oder nicht geschieht, er nimmt es eher achselzuckend hin.

Die Zeit im Heim dort, am Ufer der Ruhr, am Rande eines großen Parks mit Schwimmteich, hat er durchaus in guter Erinnerung. Die Atmosphäre freundlich, die Kinder entgegenkommend, besonders ein Mädchen, etwas älter als er, kümmerte sich sehr um ihn.
Er geht noch einmal ein halbes Jahr in die fünfte Klasse; hier im Westen (NRW) ist der Schuljahresschluss - nach dem Ende des 3. Reichs – zu Ostern; später wird das noch einmal geändert.
Einer der erste Schultage in Mülheim/Ruhr, im September 1949, ist ihm in Erinnerung als Flaggentag – schwarz/rot/gold : „Bundesrepublik" - und zur gleichen Zeit die „russische Zone" zur „Deutschen Demokratischen Republik /DDR" gemausert; beide Teile Deutschlands nun „Staaten" -festgemauert, unverrückbar, in unabsehbare Zukunft hinein.
Der 8. Dezember 1949, ein katholischer Feiertag „Mariä unbefleckte Empfängnis", die „Gottesmutter" vom Makel

der Erbsünde des Menschen befreit" - an diesem Tag geht Rainer ‚verspätet' zur ‚Ersten heiligen Kommunion' - die vierteljährige Glaubensunterweisung durch eine freundliche pensionierte Lehrerin findet damit ihren feierlichen Abschluss.
Es ist ein völlig ungewohnter Termin; die ‚Erste heilige Kommunion' findet üblicherweise im Umfeld des Osterfestes statt, am ‚Weißen Sonntag' gleich nach Ostern.
Aber hier drängte offenbar die Zeit.
Die Aufnahme ins „Erzbischhöfliche Konvikt", als Institution zuständig für die Förderung des priesterlichen Nachwuchses, war wohl abhängig vom Nachweis der vollen rituellen Integration in die katholische Glaubensgemeinschaft.
Ungewöhnlich auch, dass ein Kommunikant allein zum Altar hinauf schreitet, um die runde weiße Oblate auf die Zunge gelegt zu bekommen.
Es war eine feierliche Messe, der Schuldirektor und der Klassenlehrer waren anwesend, gleichfalls die Leitung des Kinderheims, die Spitzen der Gemeinde - nur der Vater nicht.
Ein ebenfalls feierliches Frühstück im Pfarrhaus schloss sich an. Als Geschenk wurde dem Erstkommunikanten ein recht großes gerahmtes Bild überreicht, das den auferstandenen Jesus und die Emmaus-Jünger zeigte.
Dies moderne Bild, künstlerisch wohl besonders gelungen in seiner freudig warmen Atmosphäre, hat ihn beeindruckt.
Es war eine ungewöhnliche öffentlich kirchliche Feier, und der Autor hegt den Verdacht, dass der offensichtlich einflussreiche Vormund auf diese Weise auch ein hier in Mülheim/Ruhr wahrnehmbares Zeichen setzen wollte, um - vielleicht - den Vater zu mahnen und zu beschämen.

Wie auch immer - Rainer nahm weiterhin die Abwesenheit des Vaters nur selten wahr.

Seine spätere Frau, Waltraud, aufgewachsen in völlig normalen Verhältnissen, war nicht bereit, dies familiäre Defizit einfach hinzunehmen. Nach der Hochzeit im März 1963 drängt sie ihn mehrfach, zum Geschäft des Vaters in Duisburg zu fahren und begleitet ihn dann auch.

Dort erhalten sie die Information: „Herr... liegt zur Zeit im Krankenhaus in Coesfeld."

Also noch einmal verschoben das erstrebte Wiedersehen. Wenige Wochen später erreicht ihn über Tante Mariechen in Herne die schwarzgeränderte Nachricht:

Herr dein Wille geschehe!

Gott der Herr nahm heute morgen nach schwerer Krankheit, für uns plötzlich und unerwartet, meinen innigst geliebten Mann, unseren herzensguten Vater, Großvater, Sohn, Bruder und Schwager

Xxxxxxxx Xxxxxxxx

zu sich in die Ewigkeit. Er starb nach einem arbeitsreichen, christlichen Leben, versehen mit den heiligen Sterbesakramenten, im Alter von 63 Jahren.
Sein Leben war ständige Liebe und Fürsorge für seine Familie.

Mülheim (Ruhr), den 7. Juli 1963   ... ...

Spuren genug, aber kein unmittelbarer Weg.
Eine Suche nach Kontakt zu den Halbgeschwistern?
Der Gedanke kam mir erst sehr spät. Ob das für die Geschwister und ihr Vaterbild so angenehm gewesen wäre?

Kap. 4 Bei den Großeltern und Tante Mariechen in Herne (1941 – 1944)

„Hallo, Mariechen- das war ja nicht so ganz einfach, was da vor allem auf dich zukam - auf dich, die ich damals abgeleitet von 'Maria' nur Tante Ia nannte."
Jetzt, jetzt sagt er einfach „Mariechen", so wie er es all die letzten Jahre gesagt hat, bis sie 2001 im Altenheim fast 95-jährig starb, das ist gerade erst elf Jahre her.

„Hallo, Mariechen - damals warst du 33 Jahre alt, führtest deinen Eltern den Haushalt, warst gehbehindert auf einem Bein, (Kinderlähmung im vierten Lebensjahr), gingst längere Wege am Stock - „Bin hümpelig", pflegtest du mit dem dir eigenen Humor zu sagen.
Hattest Schneiderin gelernt, führtest in der Küche, das war der größte Raum der Wohnung, an der Nähmaschine dort, deine kleine Änderungsschneiderei - immer wieder kamen Leute; ebenso wie Opa den Hauptteil seiner Schusterwerkstatt dort hatte, eineinhalb Quadratmeter groß. Er verstand wie du sein Handwerk, sein erstgelerntes – und noch als Achtzigjähriger hat er dir, Mariechen, orthopädische Schuhe gemacht, exzellent, für zwei ganz verschiedene Füße- das war keine Kleinigkeit. Viele Jahre später nahm der Autor in einem Gedicht Bezug auf die Hände seines Großvaters:

Diese Hände (Korsika 1980)

Geschwollen, rissig, verkrustet
größer, viel größer als sonst
so fremd diesem Körper ?
Ja doch -

sie mussten dich halten
am Steilhang, am Fels
wohin sie auch fassten
Sie haben gestützt dich
Äste gebrochen, Riemen gezogen
Wasser geschöpft
und die Brombeerranken
vom Körper gelöst

Ja, jetzt denk ich
an Großvaters Hände
Großvater, der dreiundneunzig wurde
viel zu groß wurden sie
für seinen sonst schmächtigen Körper
geformt von dreißig Jahren vor Kohle
und lebenslänglichem Umgang
mit Gummi und Leder
Hammer, Ahle, Raspel und Pech

- mit achtzig noch macht er
seiner Tochter
orthopädische Schuhe
ja, Schusterhände, schwer auf dem Tisch
krumm, hart und rissig -
dieser Hände
gedenke ich jetzt

Warum, Opa, bist du Schuhmacher geworden, wo doch alle deine Vorfahren, der Vater, der Großvater, der Urgroßvater und noch mindestens zwei weitere Generationen zurück, Müller und Wassermühlenbetreiber gewesen sind im Sauerland, im Paderborner Land.

Im Jahr 1724 ist in Lichtenau bei Paderborn ein Kind ins Geburts- und Taufregister eingetragen, dessen Vater Luce hieß und die Gräfliche Mühle Herbram führte...Spuren... Die Familiensaga weiß, dass Brüder, die den Namen Luce trugen und Müller waren, irgendwann in jenen Zeiten aus Norditalien eingewandert sind. Warum sind sie eingewandert.? Wie waren die Verhältnisse damals in Norditalien? Fragen, die sich nicht so leicht beantworten lassen.

Müller - das war keine geruhsame Tätigkeit, wie manches Märchen es uns nahe legt, sondern immer schon ein hochtechnischer Beruf.
Die Fähigkeit, den Menschen von mühseligen Zerkleinerungsarbeiten der Hände zu befreien und sie elementaren Kräften (Wasser, später auch Wind) in Mühlen zu übertragen, erfordert hohes technisches Geschick in Entwurf, Bau und Betrieb.

Warum also, Opa, bist du nicht Müller geworden?
Die Antwort liegt nahe - weil du, 1872 - in eine Zeitenwende hineingeboren bist.
Das Mühlenwesen war, seit deiner Geburt im Umbruch: neue Technologien (Dampfturbinen, Motoren, schließlich auch elektrische Antriebe) machten die Mühlen zunehmend von Wasser und Wind unabhängig, die ja nicht immer gleichermaßen zur Verfügung standen bei Wassermangel und Windstille.
Das führte zum Anwachsen großer zentraler Mühlen und ließ die kleinen Mühlen an romantischen Bachläufen überflüssig werden („Mühlensterben").
Als du, 1886, als 14jähriger nach der Schule einen Beruf und Arbeit suchtest, waren die wenigen im sauerländischen Diemel-Gebiet verbliebenen Mühlen offenbar mit Arbeits-

kräften ausreichend besetzt.

Arbeit gab es auf dem Lande nur begrenzt, aber viele Menschen waren damals dort auf Arbeitssuche. Durch die deutlich sinkende Kindersterblichkeit wuchsen die Familien rapide an.

Da der Erzbergbau im Sauerland kurzfristig blühte, versuchtest du dich dort. Aber die Arbeit erwies sich für dein junges Alter als zu schwer, zu belastend.
Dann fand sich für dich eine Schuhmacherlehre.
Aber nach und nach wanderte auch das Schuhe-Machen in Fabriken ab, in Fabriken, die sich nicht auf dem Lande gründeten - und für sie wurden nicht Schuhmacher, sondern Maschinenbediener gesucht.
So fandest du dich schließlich Ende der neunziger Jahre im Ruhrgebiet wieder, in Herne - etwa 27 Jahre alt - und jetzt warst du bereit, Bergmann zu werden.

Die 1871 von einem Franzosen gegründete Zeche Mont-Cenis in Herne-Sodingen, stillgelegt erst 1978, sie suchte Kräfte. - Dort wurdest du Bergmann, an die 30 Jahre Arbeit unter Tage folgten, und so ernährtest du deine immer größer werdende Familie.
Am 20. Juni 1921, da warst du schon lange vor Ort, gab es auf der Zeche Mont-Cenis eine schwere Schlagwetterexplosion mit 85 Toten. Warst du da unter Tage? Du hast nie davon erzählt. Du bist heil geblieben, aber es hat dich sicherlich tief getroffen.
1928, mit 56 Jahren, fandest du dich plötzlich entlassen, ebenso wie Tausende anderer Bergleute.
Diese Entlassungen waren nicht der beginnenden Weltwirtschaftskrise geschuldet, sondern erheblichen grubentechnischen Fortschritten, die es dem Ruhrbergbau ermög-

lichten, innerhalb weniger Jahre die viele Hunderttausende zählende Belegschaft auf fast die Hälfte zu reduzieren- ohne dass die Kohleförderung nennenswert absank.
Deine Knappschaftsrente, Opa, war schmal - wie sollte es nun weitergehen?
Es ging weiter, denn ihr hattet vorgesorgt.

Du konntest voll in die Hausmeisterfunktion eintreten, die die Familie, vor allem natürlich die Mutter, schon länger in der katholischen Volksschule in Sodingen wahrgenommen hatte - die älteren Söhne waren schon aus dem Haus.
Alle Reinigungs-, Wartungs- und Aufsichtsarbeiten waren Sache der dort wohnenden Familienmitglieder. Zusätzlich führtet ihr dort, in weiteren Räumen, ein kleines öffentliches Wannenbad. Das ging bis 1933, dann entließen euch die Nazis, die auch in Herne an die Macht gekommen waren.

Zogt ihr damals schon um in die Mont-Cenis-Straße, erster Stock?
Es war durchaus nicht selbstverständlich, dass ihr mich 1941 aufnahmt, du und Oma und Tante Mariechen, ihr hattet alle ziemlich wenig Platz.

Die ersten Herner Bilder im Album zeigen mich traurig- das waren sicherlich die Nachwehen meiner Trennung von Tante Irmgard. Aber dann sehe ich mich immer entspannter, immer heiterer – vor allem du, Mariechen, warst ja bei allem „Hümpeln" meistens fröhlich.
Ein Bild zeigt mich auf dem Schoß von Oma. Sie lächelt still und hält meinen Arm. Bildunterschrift: „Oma und ihr Liebling".

„Ja, Oma, ich habe dich als sehr, sehr still in Erinnerung. Du warst wohl auch sehr sensibel - ich hoffe, ich habe einen Teil davon geerbt – und gewiss hat das Leben dir sehr zugesetzt.

Du bist 1878 als Josepha Katharina Fabry in Herne geboren. Dein Vater ist aus Eschweiler bei Aachen ins Ruhrgebiet gekommen - auch er, um als Bergmann dort zu arbeiten. Mit 22 Jahren hast du Opa im Jahr 1900 geheiratet, und hast bis 1916 neun Kinder zu Welt gebracht.
Du musstest erleben, dass vier von ihnen, noch zu deinen Lebzeiten starben.

Der erste Verlust war Joseph, der von Anfang an kränklich war, und schon mit zehn Monaten am Ende seines Lebens war. 1926 verlorst du deine 18jährige Tochter Othilie, die in dem von dir geführten Wannenbad in kochend heißes Wasser gestürzt war.
Wie tief muss euch das getroffen haben! Und dann dort weiter arbeiten müssen - schlimm.
Irgendwann in den dreißiger Jahren ist deine Tochter Elisabeth im Kindbett gestorben.

Um deine Tochter Änne mit ihrem Sohn Rainer, die in keiner sicheren Ehe lebte, wirst du dir auch Sorgen gemacht haben. Dein Sohn Eugen, Verwaltungsangestellter der Stadt Herne, war herzkrank, zwei weitere Söhne standen als Soldaten an der Front, das trägt nicht eben zu einem geruhsamen Leben bei.
Und dann ist Eugen, der Intellektuelle der Familie, im November 1946, in einer besonders schwierigen Zeit, noch vor dir gestorben. Ich kann verstehen, wie müde du warst, als du im April 1948 die Augen für immer geschlossen hast.

Ich habe dich - fern von dir in Plau, in der russischen Zone lebend - nicht wiedergesehen."

Aber zurück nun in das Jahr 1941. Damals, als meine Muter Änne, in Malchow bei der Dynamit AG, eine Stelle als Werkschwester angetreten hatte, weit von Hamburg entfernt, habt ihr euch bereit gefunden, das Enkelkind Rainer aufzunehmen. Es wurden drei Jahre daraus.

Die Zugfahrt von Hamburg nach Herne muss Rainer sehr beeindruckt haben, denn die ersten Herner Erinnerungen haben mit „Zuch-Zuch"- Erlebnissen zu tun.
Opa, der sich durch Geduld und Gehfreude auszeichnete, ließ sich an einem arbeitsfreien Sonntag vom"ZuchZuch"-Schwärmen seines Enkels bewegen, mit ihm zum Bahnhof nach Herne zu wandern, und mit ihm „Zuch-Zuch" zu gucken.
Das waren hin und zurück sechs Kilometer.
Und so gut hat den beiden das offenbar gefallen, dass sie diesen Gang noch manches Mal wiederholt haben.
Zum Hintergrund der Gehfreude des Großvaters hat sicherlich auch gehört, dass er, in Bontkirchen im Hochsauerland geboren, zu den frühen Mitgliedern des „Sauerländischen Gebirgsvereins" gehört hat, den es heute noch gibt.
Immer wieder musstest du gehen, Opa, auch im Alter.
Rainer aber ging dort in einen Kindergarten, damit er endlich auch unter Kinder kam. An den erinnert er sich eigenartigerweise nicht; er besitzt aber ein „offizielles Foto" als Beleg für diese Zeit, auf dem auch er abgebildet ist.
Aufgenommen wohl vor dem zugehörigen Gebäude.
Zu sehen sind die Erdgeschosswand mit blätterndem Putz, und zwei große, mehrfach unterteilte Fenster; die unteren

Flächen aus undurchsichtigem, „gebrochenem" Glas (die Neugier des Hineinschauens zu behindern, die Ablenkung des Hinausschauens zu unterbinden) - vor diesem Hintergrund also vier Reihen von 3-6jährigen Kindern, 31 Mädchen, 13 Jungen; die Neulinge in der längsten und untersten Reihe, darunter auch Rainer; die ältesten Jungen natürlich in der obersten vierten Reihe - fast alle mit gekrausten Gesichtern und zusammengekniffenen Augen - der Fotograf hat wohl, um die Aufmerksamkeit aller zu zentrieren, irgend etwas Abstruses inszeniert.
Die beiden Kindergärtnerinnen, an den Enden jeweils der Reihen, ganz ernst - sie schauen irritiert fort.
Das 12x18 cm große Foto - aufgeklebt auf Leinwandpappe mit sauber eingefalztem Rahmen – hat so dem Zahn der Zeit getrotzt und verrät mehr als es soll.

An diesen Ort also erinnert er sich nicht - merkwürdige Auswahl, die ein Gedächtnis trifft - dafür aber an ein Erlebnis auf dem Rückweg nach Hause.
Es war ein Tag, an dem es wohl geregnet hatte, und zwar kräftig. Rainer war nicht allein; der Sohn einer Gärtnersfamilie, die heute noch ihr Geschäft betreibt, war sein etwa gleichaltriger Begleiter.
Die Pfützen faszinierten sie. Hüpfend umkreisten sie die diesmal wohl recht ausgedehnten, spiegelnden Gebilde, lachten, stachelten sich auf, sprangen schließlich hinein, wieder und wieder, bespritzten sich ... herrlich!
Als Rainer zu Hause ankam, stockte den Erwachsenen doch der Atem – nach einer Pause griff Großvater, der Friedliche, sich den Ungebärdigen, legte ihn kurzerhand über's Knie und „versohlte" ihm den Hintern. Man muss das heute verstehen - da war einiges zusätzlich zu waschen, sehr, sehr verdreckt; in einer engen Wohnung.

Im ersten Stock, keine Waschmaschine, alles noch per Hand und Wanne, kein Draußen zum Trocknen. Und dann - hatten sie nicht dicht neben der Straße herumgetobt, auf den Gleisen der Straßenbahn gar? - eine Reaktion also: Wehret den Anfängen!

Und nun weitere Fotos aus der Herner Zeit:
Zum Beispiel: Onkel Hans. Damals etwa 37 Jahre alt, noch nicht verheiratet, Soldat auf Urlaub - er spielt mit Rainer, schaut mit ihm ins große Märchenbilderbuch, schwenkt in der Hand den metallenen Spielzeugflieger; stülpt Rainer seinen Stahlhelm über, der geht hinter seinem Schaukelpferd in Deckung, stützt den schweren Karabiner auf dem Sattel ab, zielt - „Vorsicht Scharfschießen" steht unter dem Bild.
Und – wieder der Stahlhelm auf Rainers Kopf. Über die Schulter den Karabinerriemen gezogen und mit beiden Händen herzhaft ihn gefasst.. Ermunternder Bildtext der Mutter (1947!): „Schultert das Gewehr!"
Neu eingekleidet: Ein blauer Marineoffiziersmantel im Kinderformat, in doppelter Reihe blinkende Knöpfe, der Kragen mit hellem Streifen abgesetzt; auf dem Ärmel ein Ankersymbol. Ein blaues Käppi. Blaue Hose, Bügelfalte, breiter Umschlag als Abschluss nach unten.

Und: Jemand hat ihm ein Gefäß in die Hand gedrückt, einem königlichen Reichsapfel vergleichbar. Er scheint aufgefordert, ihn hoheitsvoll zu halten -
Erwachsenenfantasien, fern der Kindheit, fern wohl auch der Familie hier.
Im Abschlussbild der Serie steht er noch einmal stramm, schaut ernst verschlossen, streckt die Hände, steif die Finger an der Hosennaht, tief bodenwärts.

Ein weiteres Bild: Onkel Hans sitzt im Sessel, Rainer steht nebe n ihm, weist auf das metallene Telefon und erzählt wohl, dass er hier manchmal mit Mutti spricht.

Sie kommt aber auch zu Besuch: Sitzt einmal auf dem Wohnzimmerbett, blickt missbilligend auf ihn, der fortschaut: „So - so" steht unter dem Bild - was mag er wohl angestellt haben? - Daneben ein vergrößertes Bild: Mutter und Sohn auf einer Bank im Grünen, dicht beieinander.

Er legt seine Hand auf ihre, die entspannt in ihrem Schoß liegt, schaut zu ihr auf, lächelt sie an – ein schönes Bild. Ein eigentümliches dann: Die Mutter und Onkel Eugen, sie sitzen im Wohnzimmer auf dem Sofabett wie fremd neben einander, sehen ernst in die Kamera, während hinter ihnen (auf dem Bett) Rainer steht, sein Gesicht hoch über ihnen, eine Hand liegt auf der Schulter der Mutter, und breit lächelt er dem Fotografen zu.

Jetzt der inzwischen ein wenig ältere Rainer: umgebunden ein großes weißes Tuch, das die Brust bedeckt, übt er für die kommende Männlichkeit: mit dem Rasierpinsel verteilt er Schaum rings um Mund und Kinn; gleichzeitig mit der linken Hand den Spiegel haltend, verfolgen seine Augen aufmerksam, was dort in seinem Gesicht geschieht...

Auf dem Schaukelpferd in der Küche: die Arme auf dem Pferdekopf gekreuzt, das Kinn auf den Handrücken gestützt und so geruhsam hinüberblickend zu dem, der das Foto-Auge auf ihn richtet - sein Lieblingsplatz hier bei den anderen, die, zum Fenster hin, an ihren Arbeitsplätzen werken. Gar nicht selbstverständlich der ihm eingeräumte Raum im Engen: vor ihm der große Esstisch, hinter ihm Schränke, die Brottrommel, Regale mit Kannen, und anschließend seitlich der Feuerherd zum Kochen und Heizen – ausgestattet auch mit dem sehr praktischen Schaff, das fast immer warmes Wasser bereit hält.

In der Ecke gegenüber eine Liege als willkommener Ruhe- und Ablageplatz. Er erinnert sich: als Student hat er bis zum vierten Semester seine „Ferien" arbeitend für die Stadt Herne beim Ausbau des „Volksparks Gysenberg" zugebracht, um so seinen Studienanfang mitzufinanzieren (Honnefer Modell) - da war er einmal grippekrank, lag tagelang auf dieser Liege, sah Opa und Mariechen bei der Arbeit zu, schlief zuzeiten, erholte sich bald und schrieb dort auch seine allerersten Gedichte.

Ab 1942 schon intensivierten sich die Luftangriffe der Alliierten auch im Ruhrgebiet. Sie galten vor allem Bahnstrekken und Produktionsanlagen. Herne, stark engagiert vor allem im Zechenbereich, war zunächst noch nicht so stark betroffen. Schutzräume gab es in Sodingen vor allem in einem Stollen, der in eine naheliegende riesige Abraumhalde der Zeche Mont-Cenis gegraben war, und in einem sehr großen Betonhochbunker am Marktplatz, der heute noch steht und jetzt von außen mit einer Geschoss-Gliederung und Fenstern bemalt ist, damit er nicht ganz so abweisend aussieht - der Abbruch ist der Stadt offenbar zu teuer.

Die Luftangriffe erfolgten schließlich nur noch nachts.
Wenn man von den Sirenen aus dem Schlaf gerissen war, musste man sich rasch anziehen, nach bereit gestellten Utensilien greifen und möglichst schnell zu einem der Schutzräume aufbrechen.
Mariechen erzählte später, dass Rainer diese Situation mehr

als Abenteuer wahrnahm, sofort hellwach war, sich ohne Umstände selbständig anzog, sein Köfferchen griff und sich dicht an die Erwachsenen hielt.
Mariechen, „hümpelig", hatte sicherlich einige Schwierigkeiten bei der Bewältigung des Wegs zum Schutzraum.
Natürlich fielen auch in Herne Bomben. Eine davon ganz in der Nähe, auf ein unbebautes Grundstück.
Staunend betrachtete er, auf dem Weg zum Kindergarten, immer wieder den tiefen Trichter, der sich „über Nacht" aufgetan hatte.
Mehrfach sah er bei Spaziergängen mit Opa auf freiem Feld Flakstellungen, umgeben von einem Wall geschütteter Ziegelsteine. Er stellte sich vor, die Geschütze würden mit diesen Steinen auf die Bomber schießen.

Im Mai 1944 kam für den eben sechsjährig gewordenen das plötzliche Ende seiner Herner Zeit. Es war wohl gar nicht plötzlich, sondern durchaus geplant. Die Mutter hatte ihre Arbeit als Oberschwester und Leiterin des Gesundheitsdienstes bei der Dr. GASPARI & CO. AKTIEN - GESELLSCHAFT (Metallbau) in Makranstädt/Leipzig am 30. April 1944 auf eigenen Wunsch beendet.
Für Rainer stand im Herbst des Jahres 1944 die Einschulung bevor, die Mutter war erstmals zu Hause, da war dieser Ortswechsel ja durchaus natürlich.

Wie auch immer - Rainer hat keinerlei Erinnerung an den Abschied in Herne, wo er doch wirklich gerne war - „Du bist doch meine Mutter" hatte er irgendwann dort zu Tante Mariechen gesagt; keinerlei Erinnerung an die anschließende Bahnfahrt, die er doch sonst so sehr mochte; keinerlei Vorstellung von einer Ankunft, ob es nun Makranstädt, Malchow oder Plau am See war, überall waltet Dunkelheit,

hier muss die Verdrängung von Schmerz durch Löschen der Erinnerung stattgefunden haben.
Wann ist er danach wieder in Herne gewesen? Auch das weiß er nicht genau, wahrscheinlich noch 1949, nach seiner Rückkehr in den „Westen", von Mülheim/Ruhr aus.

Der Tod von Onkel Eugen 1946 (36-jährig) hat ihn nur sacht gestreift. Der Tod seiner Großmutter 1948 ist ihm präsenter: er sieht die Mutter vor sich stehen, den schwarzgeränderten Brief noch in der Hand.
„Oma ist tot", sagt sie leise und traurig.
Doch ihn erreicht es kaum, Fremdheit weht heran. Er kann sich nicht erinnern, dass in all den Jahren über Herne gesprochen worden wäre - er spürt den Bruch und senkt den Kopf. Zur Beerdigung fahren? Hochkompliziert zu dieser Zeit, von der Zonengrenze zwischen Ost und West gar nicht erst zu reden.
Und andere Probleme schon im Hintergrund.

Das wurde erst in den fünfziger Jahren wieder anders.
Immer wieder ist er mit dem Rad vom Internat in Neuss aus die 75 km nach Herne gefahren, auch über den Ruhrschnellweg, der damals mäßig erst vom Verkehr belastet war.
Da hatte er sogar einen Freund in Herne, einen Neffen einer engen Freundin von Tante Mariechen – ja, Herne und auch die anderen Verwandten dort wurden ihm wieder vertraut.
Vor allem aber Mariechen, die immer mehr wieder seine Mutter wird, zumal seine leibliche Mutter sich entschließt, nach Amerika auszuwandern - ein alter Traum von ihr.

Er bringt sie 1956 zum Schiff nach Rotterdam, und ist nicht bereit, ihr 1959 nach seinem Abitur zu folgen - da waren längst andere Bindungen im Spiel.

1966, nach dem Tode des Großvaters – eine nasse, kalte November-Beerdigung – zieht Mariechen in Sodingen in eine kleine Wohnung ganz in der Nähe, bei Freunden im gleichen Haus.
Dort besucht er sie regelmäßig. Sie hat einen ausgedehnten Freundeskreis, in dem sie sehr geschätzt und viel besucht wird. Sie ist aufmerksame Zuhörerin und Trösterin.

Immer wieder holt er sie später für einige Tage zu sich, auch unter wechselnden Lebensumständen.
Nach Jahrzehnten in dieser Wohnung wird sie doch etwas krankheitsanfälliger, pflegebedürftiger. Nach einem Krankenhausaufenthalt gibt sie schließlich dem Drängen der Ärzte und Freunde nach und geht ins Altenheim, wo sie für weitere Jahre gute Bedingungen vorfindet, ein angenehmes Einzelzimmer und erfreuliche soziale Kontakte - „Liederkreis", und manches andere mehr.

Dort sieht er sie weiter regelmäßig und sie führen besinnliche, herzliche Gespräche.
Er fährt sie auch immer wieder in ihrem Rollstuhl nach draußen, auch ins freie Feld in der Nähe - im Zimmer geht sie noch selbst, „hümpelig" wie immer.

Auf einer dieser Feldfahrten, gerät er – etwas unaufmerksam - mit dem Rollstuhl zu nahe an den unebenen Wegrand, ein Rad gerät in ein schlecht sichtbares, grasüberwachsenes Schlagloch - und - ehe er reagieren kann, kippt der Rollstuhl seitlich weg - und sie, sie liegt zum Glück noch in ihm.

Schnell, schnell, schnell - stemmt er den Rollstuhl wieder hoch, nimmt ihr Gesicht in die Hände, fragt, ob was ist. Natürlich ist sie sehr erschrocken, aber sie schüttelt nur den Kopf, ist still, kein Vorwurf - auch s päter nicht - es ist ja alles gut gegangen.

Ganz zum Schluss erst wird sie bettlägerig und schwach. Fatalerweise muss er in dieser Zeit ins Krankenhaus zu einer Operation und anschließender Reha.
In den letzten Reha-Tagen erreicht ihn die dann doch plötzliche Todesnachricht - wenige Tage vor ihrem 95. Geburtstag im Jahr 2002.

Er bricht die Reha ab und findet sie in einer schmalen, kalten, weißen Nische des Friedhofhauses in Herne-Börnig aufgebahrt. Der Raum ist einsehbar, doch nicht betretbar. Er sieht nur ihren Kopf; fern, schmal und weiß ist ihr Gesicht.

Wie gerne hätte er an ihrem Sterbebett gesessen und ihre Hand gehalten, wie gern den Übergang…mit ihr erlebt. Das Leben fragt uns nicht nach unsern Wünschen.

Er organisiert mit der Hilfe anderer die Beerdigung.
Eigentümlicher Weise hat er an die Beerdigung selbst kaum eine Erinnerung. Inzwischen wundert es ihn nicht mehr. Solcher Schwund in besonderen Situationen trifft ihn ja nicht das erste Mal.

Doch das Erinnern bricht sich Bahn.
Zehn Jahre lang fand, meistens im März, ein Mariechen-Erinnerungstreffen mit ihren engsten Freunden in Herne statt.

Kap. 5 Zwischenstationen

Herne 1944 - keine Erinnerung an den Abschied.
Plau - keine Erinnerung an die Ankunft.
Erinnerungen wohl an Zwischenstationen, die vielleicht sogar auf einer durchgehenden Reise erreicht wurden. Zwischenstationen in dem Sinn, dass sie vor der vollen Ankunft in Plau lagen. Nach der Ankunft in Plau tauchten sie nicht wieder auf.

Leipzig/Makranstedt
Am 30. April war die Beschäftigung der Mutter in Makranstedt auf ihren Wunsch hin ausgelaufen. Mit großer Wahrscheinlichkeit ist sie von dort aus nach Herne aufgebrochen, um ihre Verwandten wiederzusehen und - um Rainer abzuholen.
Auf dem Rückweg hat sie dann zusammen mit Rainer noch einmal Station in Makranstedt gemacht.

An diesen Ort sind ihm zwei Erinnerungen geblieben.
Die erste an den Bahnhof. Dort gab es ganz andere Lokomotiven, elektrische – kein Dampfen und Rumoren, kein Puff, Puff, Puff - nein, ganz unauffällig, wie die Straßenbahn setzten sich die Züge in Bewegung ...

Die andere Erinnerung, eine verrückt-merkwürdige, vom realen Umfeld völlig abgelöst.
Er läuft zusammen mit einem altersgleichen Jungen dicht hinter einem Mann her, zu dem sie wohl gehören, der freundlich und gelassen spazieren geht, und sich gar nicht stören lässt von den beiden, die wie von Sinnen in Richtung des Mannes... ja - spucken, besser: Spuckgeräusche erzeugen und lachen und spucken und lachen...

Und schließlich ein vieldeutiges Bild in Rainers Album mit dem Titel „Tante Elfriede - Makranstedt" - ein bürgerliches Haus im Stil der dreißiger Jahre mit vorgewölbtem Balkon. Ein weißer, hoher Lattenzaun davor. Vor dem Zaun, der Kamera zugewandt, steht eine Frau, hell gekleidet, dunkler Hut; an der Hand ein acht/neunjähriges Mädchen, weißes Kleid und dunkler Hut. Über ihnen; hoch im zweiten Stock im geöffneten Fenster, Mutti und eine weitere Frau.
Zwischen ihnen, sich aufstützend wie sie - Rainer, der sich weit vorbeugt, um zu sehen, was die da unten machen.

Malchow/Mecklenburg
„Vati", spätestens seit 1941 Lebensgefährte der Mutter, hatte dort seinen Arbeitsplatz als Wehrmachtsoffizier im Werkschutz der Munitionsfabrik Malchow, die von der DAG - „Dynamit Aktien Gesellschaft" betrieben wurde- im Auftrag des Oberkommandos des Heeres.
Nach 1945 hieß die Firma dann wieder Dynamit Nobel AG, mit der Rainer, Jahrzehnte später, im rheinischen Troisdorf fast in Tuchfühlung lebte.

Auch die Mutter war dort in Malchow, nachdem sie wohl um 1940 „Vati" kennengelernt hatte und in der Zeit vom 1.7.1941 bis 31.1.1942 im Gesundheitsdienst des Werkes tätig gewesen war..
In ihrem Abschlusszeugnis heißt es: „Als Sprechstundenschwester und selbständige Leiterin der Werkrettungsstelle zeigte sie sehr gute fachliche Kenntnisse, Gewissenhaftigkeit und Umsicht und war unserem Betriebsarzt bei seinen betriebsärztlichen Arbeiten eine wertvolle Helferin.
Auch bei den Gefolgschaftsmitgliedern des Werkes erfreute sie sich wegen ihres natürlichen, aufrichtigen Wesens allgemeiner Beliebtheit. Ihr Ausscheiden erfolgte auf eige-

nen Wunsch im beiderseitigen Einvernehmen."
Dies Ausscheiden ergab sich aus der bevorstehenden Geburt ihrer Tochter Ute, die im Juni 1942 in Peine (Braunschweig), der Heimatstadt von „Vati", zur Welt kam.

Ein längerfristiges Ausscheiden aus ihrem Beruf zu diesem Zeitpunkt muss für unsere Mutter wohl ganz erhebliche Schwierigkeiten zur Folge gehabt haben. Nur so erklärt sich, dass sie, die immer ein verantwortungsbewusster Mensch war, sich bereitgefunden hat, Ute vorübergehend an eine Pflegefamilie abzugeben. Die gehörte wohl zu Vatis früherem Umfeld in Peine; eine Akademikerfamilie, zu der auch Rainer später ein gutes Verhältnis hatte.

Ute blieb also zunächst dort; wegen der verhältnismäßig rasch folgenden Geburt zweier Schwestern und der schwierigen Verhältnisse zum Kriegsende und in den Nachkriegsjahren - und unter den späteren speziellen Arbeitsbedingungen als Krankenschwester in Wuppertal dehnte und dehnte sich die Zeit dieses Aufenthalts. Sie war jedoch immer wieder zu Besuch bei ihrer Familie oder wurde besucht - auch von ihrem Bruder.

Ute entschloss sich schließlich 1957 als Fünfzehnjährige, sicherlich im Einvernehmen und mit finanzieller Unterstützung auch der Mutter, das letzte Jahr ihrer Mittelschulausbildung in Herne bei Tante Mariechen und Opa zu verbringen, und folgte 1958 dann ihrer zwei Jahre zuvor nach Amerika ausgewanderten Mutter.

Nach der Geburt von Ute im Juni 1942 war die Mutter in ihren Beruf zurückgekehrt, jedoch nicht zur Sprengstoff-Fabrik Malchow, wo man sie angesichts der zahlenmäßig explodierenden Belegschaftsicherlich mit Kusshand genommen hätte, nein, in Malchow wollte sie offensichtlich nicht mehr arbeiten.

In Plau gab es in der Nähe der Siedlung Seelust, in der „Villa Else" der Familie Stubbe, Eichbaumallee, die früher Feriengäste aufgenommen hatte, einige Wohnmöglichkeiten - ja, auf dem großen Stubbe-Grundstück befand sich ein eigenes kleines Haus im Auf- und Umbau, in dem die Mutter mit „Vati" und den Kindern leben wollte.
Es ist nicht ausgeschlossen, dass „Vati" von irgendwelchen beruflichen Hintergründen her den alten Herrn Stubbe kannte, der in Plau kein Unbekannter war - noch heute ist er verewigt in zwei mehr als lebensgroßen Skulpturen des Plauer Bildhauer-Professors Wilhelm Wandschneider, die seit 1934 am südlichen Stadteingang von Plau in Straßennähe stehen: ein aus der Hand säender und ein mit der Sense mähender Bauer.

Die Mutter nahm es im Oktober 1942 auf sich, im weit entfernten Leipzig/Makranstedt bei der Dr. Gaspary u. Co AG (Leichtmetallbau) wiederum als Werkschwester tätig zu werden. In dieser Tätigkeit, bald schon als hochgelobte Leiterin der offenbar ausgedehnten Gesundheitsstation, war sie sehr erfolgreich.

Zu Beginn des Jahres 1944 kam ihre Tochter Heidi zur Welt. Aus Gründen von Gewicht war es für die Mutter offenbar notwendig, ihre Arbeit in Makranstedt noch einige Monate bis Ende April 1944 fortzusetzen.
Die Versorgung von Heidi hatte für diese Zeit die Familie Stubbe übernommen, in der die Tochter der Familie etwa zur gleichen Zeit ein Kind geboren hatte.

Zurück nach Malchow, der zweiten Station Rainers auf dem Weg nach Plau.

Die Sprengstoff-Fabrik dort lag aus Gründen des Schutzes vor Luftangriffen weit zerstreut mit vielen Produktionsbunkern in einem großen, menschenleeren, teils dicht bewaldeten Gebiet zwischen der 5000-Einwohner-Stadt Malchow und dem 3 bis 4 km entfernten Ufer des Plauer Sees im Westen. Nach Süden schirmte der schmale Petersdorfer See, der den Plauer See mit der Müritz verbindet, das Gebiet zusätzlich ab.

Von Malchow ausgehend, stößt die „Lagerstraße", die auch heute noch so heißt, weit nach Westen in dieses Gebiet vor und knickt dann nach Norden ab, um Kontakt mit der Bahnlinie und der Karauer Chaussee zu suchen.
An diesem Weg entstanden nach und nach verschiedene Lager, die heute weitgehend nicht mehr existieren.

Auch für Führungskräfte gab es an der „Lagerstraße" eine Übergangsbarackensiedlung.
Hier hat Rainer, seiner Erinnerung nach, mit der Mutter mehrere Tage bei „Vati" gewohnt.

Eigentlich hat er an diese Zeit in Malchow nur geringe, ganz verschwommene, unklare Erinnerungen- aber da sind Bilder in seinem Album, aufschlussreiche Bilder, die eine ganz eigene Welt entfalten.

Malchow, die Bilder
- „Rainer in Vatis Stube": Eine Ecke mit Sessel und Tisch und Radio (schwarzer ‚Volksempfänger'). Er dreht an einem Knopf, was er an sich wohl nicht soll, sein Lachen zur Fotografin hin überspielt das.

- Er steht in derselben Stubenecke und hält mit beiden Händen zögerlich eine Hundeleine. Die Schäferhündin sitzt und schaut aufmerksam zur Seite hin.

- Er sitzt in einem Sessel. Vati beugt sich, hinter ihm stehend, zu ihm hinab, hat seine rechte Hand ergriffen und lächelt. Rainer lächelt auch, leicht angespannt, der Fotografin, der Mutter, zu. Eigentümliche Bildunterschrift von 1947: „Die Angeber in Malchow" – soll das heißen, so wie es dann weiterging, - „das war eher Show?"
Und dann geht – auf dem Barackengelände - wirklich eine Show los:
- Er trägt eine Art grünblauer Uniformjacke mit militärähnlichen Symbolen auf den Kragenaufschlägen. Schwarzer Gürtel mit echter Pistole, rechts. Links ein Dolch mit silbernem Kordelgehänge. Schwarze kurze Hose. Soldatenkäppi. Die rechte Hand fährt abgewinkelt zur Stirn - er salutiert! Bildunterschrift: „Stramm gestanden!"

- Er führt die Schäferhündin an der Leine - Unsicherheit ist spürbar. Bildunterschrift: „Rainer und Nixe haben Angst".

- Und noch einmal: Stramm gestanden, beide Hände an der Hosennaht. Er lächelt sichtlich überdreht - ganz wohl ist es ihm nicht.
- Noch einmal mit Nixe: Sie ist jetzt eng bei ihm, hat die Ohren zurückgelegt, er lächelt, nun entspannt, auf sie hinab.
- Letztes Bild der Reihe: Trompete. Er bläst Trompete! Ob sie wohl einen Ton von sich gegeben hat? -

Alle Bilder wurden 1947 geklebt und betextet; der Geist einer scharf abgebrochenen Zeit war durchaus noch nicht verweht.

Heute fragt er sich, was wäre aus ihm geworden, wenn Hitlerdeutschland den Krieg gewonnen hätte?
Eine militärische Laufbahn lag nahe für ihn, die Einstimmung hatte eben begonnen. Welche Unterdrückungen hätte er mitvollzogen und abgesichert? Wieviel Machtbewusstsein und Arroganz hätte er ausgestrahlt?
Für viele war der schließlich verlorene Krieg letztlich ein Glück.
Und zum Glück für uns blieb er für nahezu siebzig Jahre der letzte Krieg.

Hintergrunde

Zum realen Hintergrund dieses Malchow - Aufenthalts, dieser Bilder und der aus ihnen ableitbaren Zukunftsperspektiven - gehört jedoch noch einiges mehr.

Die von der Dynamit AG im Auftrag des Oberkommandos des Heeres(OKH) seit 1938 im Umfeld von Malchow aufgebauten Produktionsanlagen waren auf eine hohe Zahl von Arbeitskräften ausgelegt.

Schon 1941 arbeiteten ca. 2030 Personen im Werk, 1943 waren es 4939 und 1945 schließlich 5299 Personen.

Die Zahl der Arbeitskräfte aus der 5000-Einwohner-Stadt Malchow lag bei 200 - 300 Personen. Wie sollte in dieser dünn-besiedelten Umgebung der Arbeitskräftebedarf gedeckt werden? In einer Zeit zudem, in der Millionen deutscher Männer in dem seit vielen Jahren geplanten Krieg als Soldaten an der Front sein würden und es dann auch waren.

Die Lösung des Problems muss **von Anfang an**, spätestens aber seit 1939 vom Oberkommando des Heeres und von der Dynamit AG geplant gewesen sein: Einsatz von Zwangsarbeitern, die in umzäunten Baracken-Lagern auf

dem Firmengelände unterzubringen waren.
Zwangsarbeiter und bald auch Kriegsgefangene, die dann tatsächlich aus Polen und der Sowjetunion kamen, die schlecht versorgt, und minimal oder gar nicht bezahlt, skrupellos ausgebeutet wurden.

Das also war der handgreiflich nahe Hintergrund zu den kindlichen Soldatenspielen einer künftigen Herrenrasse, die mit ihm inszeniert wurden und an denen auch seine Mutter als zustimmende Fotografin beteiligt war.

Die Informationen zum realen Hintergrund sind dem Autor noch nicht lange bekannt. Man muss nach ihnen suchen.
Deutschland war übersät mit solchen Produktionslagen. Von ihrem Umfang und ihren handgreiflichen Konsequenzen wissen leider nur wenige Bürger unseres Landes, und wenige nur scheinen sich dafür zu interessieren.

Ab Anfang 1944 kam noch ein weiteres Barackenlager für 1000 Frauen aus dem KZ Ravensbrück (Brandenburg) hinzu - Frauen, die vor allem für die gefährliche Produktion des Sprengstoffs Nitropenta eingesetzt wurden.
Hohe Verluste an Menschen und eine allgemein massiv brutale Behandlung durch die weibliche Lagerleitung sind dokumentiert. Die Schlussphase dieses KZs ist eine einzige Katastrophe.
Im April 1945 flüchtete zuerst die Werksleitung vor den anrückenden Russen. Die geringeren Chargen folgten nach und nach. Der Tag der Befreiung der Lager war der 2. Mai 1945 - der siebente Geburtstag des Autors. Er war damals in Plau am See nur 10 km Luftlinie, schräg über den See, von diesem Ort entfernt. Und „Vati" - der durchaus kein brutaler Mensch war?

Auch er war geflüchtet und hatte sich wohlvorbereitet versteckt.

Er war, aus bescheidenen Verhältnissen kommend, zum Offizier aufgestiegen und im Werkschutz eingesetzt worden. Die später einsetzende massive Brutalisierung war anfangs für die nicht an der Planung Beteiligten so nicht absehbar. Die Verweigerung des weiteren Dienstes irgendwann - sie hätte mindestens anhaltenden Fronteinsatz zur Folge gehabt - keine leichte Wahl also.

„Vati" ist nach 1948 bis in die die 50iger Jahre in der SBZ/DDR ohne Arbeit gewesen.
Endlich in einer sogar respektablen Verwaltungsfunktion untergekommen, spielte irgendwann sein Herz nicht mehr mit.
Infarkt und Schluss mit 51 Jahren – kein freundliches Schicksal.

Kap. 6   Die Jahre in Plau am See

Das Umfeld
Plau am See, eine Kleinstadt am Westufer des drittgrößten Sees der Mecklenburger Seenplatte.
Plau am See - Seelust, ein 3 - 4 km entfernter Ableger am See; entstanden wohl in den zwanziger, dreißiger Jahren des zwanzigsten Jahrhunderts, als vor allem begüterte Berliner sich dort Feriendomizile und Altersruhesitze bauten- auch ein Hotel mit Namen „Seelust" gab es.

Der Weg dorthin von Plau nach Süden führt entweder nahe am Seeufer über die Siedlung Plötzenhöhe (etwas umwegig) zum Ziel, oder direkter auf der Meyenburger Chaussee durch Waldgebiete, bis zu dem Punkt, wo die „Eichbaumallee" nach links zum Seeufer abzweigt.

Diese ungewöhnliche Allee, etwa 300 m lang; eine breite Doppelreihe stattlicher Eichen; grobgepflastert; rechts von den Eichen am Waldrand die Straße; links die Eichen begleitet von einem breiten Fußweg, als Zugang auch zu den wenigen Häusern seitlich - eine überraschend großzügige Zufahrt zum See.
Auf der linken Seite der Eichbaumallee erst Wald, dann ein querender Weg, „Philosophenweg" genannt (nach links hin sandig, nach rechts als befestigte Straße zur Siedlung Appelburg - 1 km);links weiter dann vier Häuser; das letzte die „Villa Else" - danach eine große Wiese mit kräftiger Birke, unter der damals noch eine Bank stand.
Dann schwenkt die Eichbaumallee nach links, um dem Steilhang des Seeufers auszuweichen, lässt die Eichen hinter sich, neigt sich sacht dem See zu und den Häusern der schönen Siedlung „Seelust", die rings von Wäldern umgeben ist.

Dort, wo die Straße das Seeufer erreicht, ist eine Schiffsanlegestelle, aus schweren Hölzern weit in den See hineingebaut. Beiderseits der Anlegestelle gibt es feinsandigen Badestrand. Ihr gegenüber das große Hotel „Seelust", das in der Zeit von Rainers Ankunft noch in Betrieb ist, ebenso wie die Schiffsverbindung nach Plau - und von dort, quer über den See nach Lenz bei Malchow.

Das offene Seeufer geht anschließend nach beiden Seiten in große Schilfgebiete über - 100 m nach Süden öffnet sich noch einmal ein kleiner lauschiger Badeplatz.
Nach Norden hin führen Stege ins Schilf hinein zu Fischerhütten oder Schiffsunterkünften.
Das Ufer steigt hier wieder etwas an. Oben stehen hinter einer Alle repräsentative Häuser auf gepflegten Grundstücken.

Anfangs ist hier noch alles belebt. Vor dem Hotel flanieren Leute, Menschen stehen auf der Anlegebrücke.

Das war im Sommer 1944; doch auf das Kriegsende zu wurde es dort immer stiller.
Und dann gab es, bis zum Fortgang der Familie 1948, fast keine Gäste mehr; das Hotel schien lange geschlossen oder für andere Zwecke umfunktioniert.
Zu den anderen Häusern in der Eichbaumallee hatte Rainer Kontakte, zum Seeufer hin eigentlich keine, bis auf den Weg zur einklassigen Schule, ab Herbst 1945, im Hintergrund des Hotels „Seelust".

Die Ankunft. Erste Erinnerungen

Seine Erinnerung an Plau beginnt nicht mit einer Ankunft. In seiner Erinnerung ist er da, einfach da.

Die Höhle

Zu allererst sieht er sich an einem Platz hinter den Häusern des Stubbe-Grundstücks, hinter dem Garten, der langgestreckt bis an den Waldrand reicht.
Unter den ersten Bäumen dort, einige stehen auf einem sachten, leicht gebogenen Wall, gibt es einen von Büschen zusätzlich geschützten, heimeligen Platz. Dort will er sich eine kleine Höhle graben, in der er frei unter Bäumen ist und doch geschützt.

Die Mutter, wenige Schritte entfernt im Liegestuhl, überlässt sich der Sonne, der Entspannung, und lässt ihn machen. Er hat aus einem der Schuppen, die den Garten zum Waldrand abschließen, einen Spaten geholt, eigentlich ist der viel zu groß für ihn, und beginnt zu graben.
Harte Arbeit ist das; fest der Boden, steinig, überall Wurzeln. So hat er sich das nicht vorgestellt, allmählich erlahmt er und - gibt schließlich auf.
Das geht über seine Kraft.
Doch es bekümmert ihn nicht. Er ist einfach seinem Wunsch gefolgt, und - niemand hat ihn gehindert. Er ist selbst an seine Grenze gestoßen. Er fühlt und begreift es.
Und damit ist es gut.
Es gibt hier soviel Anderes, Spannendes.

Der Pilz

So stromert er durch den Wald in der unmittelbaren Umgebung. Zwischen den Häusern der Eichbaumallee gibt es einen nicht bebauten lichten Waldstreifen.

Dort steht er plötzlich vor einem stattlichen, schönen Pilz.
Er sieht überhaupt nicht giftig aus.
Rainer erzählt es der Mutter und bewegt sie, mitzukommen, sich das anzuschauen.
Sie sagt, es ist ein Birkenpilz- man kann ihn essen.
Vorsichtig lösen sie ihn aus dem Boden - und die Mutter brät ihn dann zum nächsten Essen.
Er schmeckt und bekommt ihnen gut

Der Bach-Stau
Bald schon entdeckt er, knapp zehn Minuten entfernt, am „Philosophenweg" in Richtung Plau, den Anfang eines sanft sich windenden Wiesentals, in Buchenwälder gebettet. Nahe am Weg, in der beginnenden Wiese, entspringt ein Bach und schlängelt sich hinaus ins Freie, überall umstanden von hohem Gras. In diesen Bach steigt er hinein. Er hat der Mutter von diesem Ort erzählt; sie hat ihn nun begleitet, sitzt irgendwo am Rande, in der Sonne oder auch im Schatten. Sie schaut ihm zu, lässt ihn gewähren.

Sie gönnt sich Ruhe, ist sich wohl eben erst der neuen Schwangerschaft bewusst, die zur Geburt von Ricarda Ende Januar 1945 führen wird. Sie schont sich, ist doch Heidi, die Kränkliche, wenig älter erst als ein halbes Jahr.

Rainer wandert auf und ab jetzt durch den schmalen Bach, greift hier und dort in den Sand, sammelt absichtslos Steine, Stöcke - und beginnt dann plötzlich dem flach fließenden Wasser Sand entgegen zu schieben, einen Wall zu häufen.
Das Wasser bricht zuerst immer wieder durch; aber immer mehr Sand zieht und schiebt er zusammen, liegt auf den Knien im Bach, legt Steine, Stöcke quer, rupft Pflanzen, bedeckt alles mit Sand, immer breiter, höher wird der Wall.

Hinter ihm fließt Wasser ab und lässt sacht gefurchten Boden zurück, vor ihm staut es sich, blasig, und steigt und steigt.
Tief atmend, sandverschmiert - so steht er nun nach anhaltender, intensiver Arbeit, selbst verwundert, vor seinem Werk.
Das ist - ganz etwas Neues - ja.

Er blickt zur Mutter hinüber - und sie ruft ihn jetzt auch. Zögernd nimmt er Abschied, wird noch mal zurückgeschickt, sich zu waschen. Und er wäscht sich im Gestauten.

Später führt sein Weg hier vorbei. Er steigt zum Bach hinab und schaut, was geblieben ist von seinem Werk - der Bach fließt wie immer, die Stauspuren verwischen sich, verschwinden - so ist das, und es bekümmert ihn nicht.

Schwimmen

Ja, bald schon schwimmt er im See, steht dort zuerst, wie Bilder zeigen, an der Hand der Mutter im Wasser, zusammen mit Ute, die zu Besuch ist. Doch bald schon macht er sich selbständig, bringt sich, weitgehend doch, selbst das Schwimmen bei, schaut es den Erwachsenen ab.

Und schließlich geht er, von der Mutter geschickt, wenn das Wetter es zulässt, zur Abendwäsche hinunter zum See; nimmt seine Holzsandalen mit, damit er mit sauberen Füßen zurückkehrt. Den ganzen Sommer läuft er hier barfuß.

Im nächsten Frühjahr schwimmt er schon im April im See. Mädchen aus der Nachbarschaft verpetzen ihn.
Die Mutter sagt später wohl noch etwas dazu, lässt ihm aber immer wieder freien Raum.

Der Nachbarjunge
Auf dem Nachbargrundstück wird gebaut - ein Holzhaus in schönem Braun wächst empor.
Immer wieder ist dort, jetzt im Sommer, ein kleiner Junge in Rainers Alter. Mit ihm versteht er sich gut. Unsere liebste Beschäftigung ist Reifentreiben. Der Junge hat die Eisenfelgen von alten Fahrrädern organisiert (ohne Speichen natürlich).
Mit einem Holzstab in der Hand treiben wir laufend die Felgen an, können sie mit dem Stab durch kurzes Schleifenlassen links/rechts in die jeweils gewünschte Richtung dirigieren oder auch bremsen - so ganz nebenher: es ist ein wunderbares, spielerisches Lauftraining.
Die Eichbaumallee bietet Platz nach Belieben. So verbringen wir schöne Stunden miteinander.

Dann ist das Haus fertig – äußerlich zumindest, aber die Leute ziehen nicht ein; der Junge kommt nicht wieder.
Sehr schade ist das.

In den nächsten Jahren steht das Haus leer.
Das näher rückende Ende des Kriegs - von dem wir hier, äußerlich, so gar nichts spüren - der damit verbundene zwangsläufige Zusammenbruch des Dritten Reichs wirft offenbar doch seine Schatten voraus und hat die Lebenspläne der Hausbesitzer wohl über den Haufen geworfen. Ob es ihnen in der Großstadt, aus der sie wahrscheinlich kommen (Berlin?), besser ergangen ist?
Rainer hatte sich schon so gefreut, ganz nah dort einen Freund zu haben.

Die Mutter und „Vati" haben offenbar genau anders herum kalkuliert - mit einem hohen Maß an Selbstversorgung die schwierigste Zeit überstehen – und dann weitersehen.

Der Maler

Immer wieder auch läuft er hinunter nach Seelust. Da ist im schönen Sommer immer was los.
Fahrgastschiffe kommen und gehen, auch Segelschiffe zeigen sich.
Vor dem „Hotel „Seelust" ist da auch einmal ein Maler, der seine Staffelei unter einem Baum neben der Straße aufgebaut hat. Er sitzt vor ihr und blickt schräg auf den See hinaus. Rainer steht lange neben ihm und sieht zu, wie er den Pinsel führt.
Das, was er malt, hat zu tun mit dem, was Rainer sieht, und ist doch eigentümlich anders.
Rainer freut es, dass der Maler mit ihm spricht.

Peinlicher Vorfall

Im Sommer noch findet am Übergang des Stubbe-Hofs zum Garten ein festliches Abendessen statt.
Mehrere Tische sind dort zusammengerückt und festlich gedeckt. Die alten und die jungen Stubbes sind da, „Vati" ist gekommen, vielleicht noch weitere - jedenfalls bin ich das einzige Kind.
Und dann werden die festlichen Speisen aufgefahren, vor allem Pfifferlinge. Die Mutter ermuntert Rainer, doch auch von den Pfifferlingen zu nehmen. Er sträubt sich aus unerfindlichem Grund.
Die Mutter erklärt ihm, Stubbes hätten sich so viel Mühe gemacht, und gibt ihm dann eine Portion Pfifferlinge auf den Teller.
Rainer löffelt widerwillig und drückt die Pilze mühsam in sich hinein.
Nach einiger Zeit, sein Teller ist inzwischen leer, allgemeine Fröhlichkeit greift um sich in der Runde, man prostet sich zu – da bricht es, wie eine Explosion, aus ihm heraus-

in mehreren, heftigen Stößen erbricht er sich quer über den Tisch - und starrt die Runde mit glasigen Augen an.

Die alte Frau Stubbe nimmt ihn sofort in Schutz und die Mutter führt in schweigend fort.
Soweit er sich erinnert, ist nicht mehr über den Vorfall geredet worden. Und in späteren Zeiten isst er auch wieder Pfifferlinge.

Durchfall
Ob diese Erkrankung (er war selten krank) mit der Pilzgeschichte noch in Zusammenhang stand, weiß er nicht mehr.
Jedenfalls hielt ihn der Durchfall in Bewegung. Im Bett hat er deswegen nicht gelegen.

Wenn es ihn packte, mochte er nicht auf die kleine Toilette im heimischen Haus gehen, deren abführendes Rohr nicht in eine Kanalisation führte, sondern in eine kleine Senkgrube gleich neben dem Haus, in der ein größerer Eimer stand. In kurzen Abständen musste der entsorgt werden, in der Regel in den Garten.
Später, so im Alter von 9 - 10 Jahren, wurde das eine seiner Aufgaben.

Wenn es ihn also packte, verließ er das Haus, rannte spornstreichs in Richtung Eichbaumallee, überquerte sie, stürzte in den Wald, und ging dann hinter wechselnden Bäumen in Deckung. Die Abfuhr bedeckte er anschließend mit Blättern, und machte sich dann, erleichtert, ruhigen Schritts, auf den Rückweg.

Die Birke
- mit der Bank darunter, auf der großen Wiese, die an das Stubbe-Grundstück anschließt und sich bis zum See fast hinzieht -
dort sitzt er immer wieder.
Anfangs auch mit der Mutter.
Bald schon steigen seine Wünsche in den Baum hinauf.

Na? - Auf der Rückenlehne der Bank stehend, erreichen seine Hände den ersten Ast, einen waagerechten, dicken. Die nackten Zehen (hier läuft er den ganzen Sommer barfuß) die nackten Zehen gekrallt in die grobe, rissige Borke, arbeitet er sich ein Stückchen höher, greift mit der rechten Hand rasch den nächsten Ast darüber, einen schmalen, griffigen, und steht schon bald auf dem dicken, ersten - prima wie das geht - der Rest ist fast ein Kinderspiel -
Schritt für Schritt hinauf, wie für ihn gemacht.
Im Wipfel gabelt sich der Baum und bildet einen kleinen Wulst, da stellt und lehnt er sich hinein, ist gesichert, und kann in aller Ruhe um sich schauen - der Ausblick ist durch das zarte Birkenlaub kaum behindert.

Ein Platz, von dem er auch den See schon sieht.
Das wird sein Lieblingsplatz.

Später macht er, wie ein Bild zeigt, manchmal seine Schularbeiten unten auf der Bank, die Schiefertafel auf dem Schoß.

Das Stubbe-Haus und Grundstück
(an der Eichbaumallee, die zu Plau-Seelust gehört)

Von der Eichbaumallee aus sah man über einen niedrigen Zaun und einen Vorgarten hinweg auf das doppelstöckige, recht ansehnliche Stubbe-Haus, das letzte vor dem See, der noch etwa 250 m entfernt ist.

An die linke Hausseite war eine hübsche Veranda angebaut. Dort war auch der Hauseingang.
Der Zugang lief an der Veranda vorbei, weiter zum quer über das ganze Grundstück sich erstreckenden Hof hinter dem Haus. Ganz links war dann das Tor zum sich anschließenden Garten.

Quer zu Hof und Garten, und sie weitgehend voneinander trennend, lag ein flacher Bau mit mindestens drei Räumen. Zunächst eine Art Werkstatt, in der der alte Herr Stubbe rumorte, dann die Waschküche, in der die Mutter aber auch eine handliche Milchzentrifuge aufgestellt hatte und regelmäßig nutzte, und schließlich ein Wohnraum mit einem großen Fenster in Richtung See, Wiese und Birke.

An diesen Hoftrakt war jetzt, versetzt zum Garten hin, unser kleines Haus angebaut, einstöckig, mit spitzem Dach, und so mit dem Hoftrakt verbunden, dass vom Flur des Hauses aus das Hoftrakt-Zimmer (zwei Stufen abwärts) als Schlafzimmer betreten werden konnte. Die Haustür sah zur Eichbaumallee hinüber, von der ein eigener Weg herführte, am Stubbe-Haus seitlich vorbei. Wenn man in den Flur eintrat, lag geradeaus die Küche mit Fenster zum Garten; rechts schloss sich das Wohnzimmer an, mit Blick zur Eichbaum-Allee; ganz links, der Schlafzimmertür gegenüber, die kleine Toilette mit Waschbecken und Spiegel; zwischen Toilette und Schlafzimmer, als Abschluss des kleinen Flurs, gab es eine weitere Tür nach draußen, zum Gartenvorplatz und zum Garten.

In der Küche gab eine Bodenklappe, die aufgestellt werden musste, den Weg frei zu einer schmalen Treppe hinab zum Keller - mit seinen Regalen und einer großen Kartoffelkiste.

Das schmale Spitzdach war nur vom Gartenvorplatz aus mit einer Leiter zugänglich und wurde von „Vati" als Trokkenraum für Tabakblätter genutzt - Tabak, der in einem Teil der uns von Stubbes überlassenen Gartenhälfte angbaut wurde.

Das restliche Grundstück zog sich sicherlich noch 40 m bis zum Waldrand hin - als Garten mit abschließenden flachen Holzbauten, die uns als Hühnerstall, Kuh- oder Ziegen/Schafsstall und als Trockenlager für gespaltenes Brennholz diente.
Vor diesen Holzbauten standen noch einige Apfelbäume.

Eine Besonderheit auf dem Hof des Grundstücks mochte Rainer besonders: die schwere gusseiserne Pumpe mit Riesenschwengel, die schönes, klares Wasser förderte.
Alles Wasser, das im Garten und in den Ställen gebraucht wurde, konnte man hier holen.

Der Schulbeginn in Plau

Seine Einschulung in der Stadt Plau muss Anfang September 1944 stattgefunden haben.
Er hat durchaus Erinnerungen an den Schulweg, aber keine Vorstellung von der Schule selbst, das Gebäude, den Unterricht, die Lehrer.

Das Gebäude muss in der Nähe des Bahnhofs gewesen sein.
Der Unterricht fand nachmittags statt, war also offensichtlich Schichtunterricht, vermutlich von 2 - 5 Uhr.
Da es keine öffentlichen Verkehrsmittel (außer der Reichsbahn) gab, zumindest nicht bis 1948, musste der Schulweg von nahezu vier Kilometern zu Fuß bewältigt werden. (Der nächste Bahnhof außerhalb von Plau war mehr als fünf Kilometer entfernt, also weiter als Plau selbst.)

Er erinnert sich, dass die Mutter ihn ganz zu Anfang abgeholt hat, ihn also sicher auch auf dem Hinweg begleitet hatte.
Angst vor dem Weg hatte er keine, da er ohnehin ständig in den umliegenden Wäldern herumstromerte. Aber in Plau kannte er sich anfangs gar nicht aus. Doch klärte sich der Schulweg schnell und machte bald keine Probleme mehr.

Einmal hatte er auf dem Rückweg das Glück, mitgenommen zu werden.
Er war noch auf der Meyenburger Chaussee, vor dem schmalen Abzweig zum Philosophenweg, als hinter ihm ein Fahrrad bremste. Es war ein 10/11-jähriger Junge in der Kluft eines Hitlerjungen. Wie merkwürdig er das Herrenrad fuhr, das offensichtlich zu groß für ihn war.

Auf dem Sattel sitzend, hätte er die Pedalen nicht erreicht. Auf den Pedalen stehend, war die Herrenrad-Verbindungsstange zwischen Sattel und Lenker zu hoch, ihm also zu nah. Wie also fahren?
Rainer bekam es gleich vorgeführt. Der Hitlerjunge nötigte lächelnd den Erstaunten, sich auf den Gepäckträger zu setzen - „Ich nehm' dich mit!"

Dann schob er das Rad an, setzte den linken Fuß auf die linke Pedale, stieß sich mit dem rechten Fuß mehrfach ab - wie es beim Anfahren üblich ist - und brachte dann mit raschem Schwung das rechte Bein unter der Verbindungsstange hindurch schräg auf die rechte Pedale, verlagerte sein Gewicht, soweit die Querstange es zuließ, auf die rechte Pedale, die jetzt ja oben war, drückte sie hinab, verlagerte sein Gewicht gleich wieder auf die linke Pedale, die eben oben angekommen war; hielt sich bei diesem Girlanden-Schwingen des Körpers nach rechts, nach links, hoch und hinab natürlich eisern am Lenker fest.

Das war die denkbar anstrengendste Art des Radfahrens- Rainer blieb einfach die Spucke weg; so etwas hatte er noch nie gesehen.
Gleichzeitig war er richtig stolz, von einem Hitlerjungen mitgenommen zu werden.

Es ging so rasch - nach kurzer Zeit schon kam die Eichbaum-Allee in Sicht. Der Hitlerjunge hielt, nickte dem strahlenden Rainer zu - der dankte und winkte - und war schon wieder schwingend unterwegs.

Ende Oktober wurde es auf dem Rückweg zunehmend dämmriger. Die Mutter machte sich wohl doch Sorgen und

konnte kaum noch helfend eingreifen.
Sie war inzwischen im 7. Monat schwanger und auch noch von ihrer kranken Tochter Heidi zunehmend in Anspruch genommen.

„Vati" war nur gelegentlich da - war dienstlich fest in Malchow gebunden - (ein Auto hatte er nicht, die Zahl der Autos war damals noch sehr gering) - der Weg nach Plau mit dem Zug war umwegig und musste Stunden dauern, wenn kein Schiff mehr fuhr.

Der Autor ist sich sicher, dass er nicht in den Winter hinein auf diesem Schulweg unterwegs war; und auch im folgenden Frühjahr nicht, als es auf das Kriegsende zu ging. Lange hatte er gedacht, die Schulklasse oder die Schule sei ab November geschlossen gewesen. Aber inzwischen weiß er, dass die Schulen in Mecklenburg bis kurz vor Kriegsende in Betrieb waren.

Er hat nach dem Kriegsende, im Herbst 1945, als in Plau-Seelust eine Schulklasse eingerichtet worden war, wieder mit dem ersten Schuljahr begonnen; hat dort aber, auf Anregung der Lehrerin, das dritte Schuljahr übersprungen, und so den Zeitverlust ausgeglichen.

Der November 1944

ist ihm als ein Monat des geröteten Himmels in Erinnerung geblieben. Der späte Herbst, mit der spürbar weniger zugänglichen Natur, der Schulabbruch, Heidis Krankheit, die sorgenvolle Mutter - all das ließ ihm die mehrfach sich wiederholenden flammend roten Himmel als ein Fanal von Irritation und Ungewöhnlichkeit erscheinen.

Mag sein, dass sich die verdichtenden Sorgen der Erwachsenen über den immer bedrohlicher werdenden Krieg

Auch in ihren Gesprächen niederschlugen, bei denen die Anwesenheit von Kindern im Hintergrund nicht immer beachtet wurde.

Die Wende des Kriegs (die Kapitulation der 6. Armee vor Stalingrad im Februar 1943) lag schon weit zurück. Im Mai 1943 hatte das Afrikakorps (Rommel) kapituliert.
Im Juli 1943 landeten die Alliierten auf Sizilien. Das löste den Sturz Mussolinis aus. Die Lage verdüsterte sich zusehends weiter. Im Januar 1944 waren US-Truppen im Festland-Italien gelandet - und am 4. Juni in Rom eingezogen. Am 6. Juni hatte die große Landung der Alliierten in der Normandie begonnen, am 25. August schon mussten die deutschen Truppen ihnen Paris überlassen.

Am 25. September 1944 hatte Hitler die Aufstellung eines „Volkssturms" befohlen - ein deutliches Signal des Ernstes der Lage. Jugendliche ab 16 Jahren und ältere Männer bis zu 60 sollten ihn bilden und im heimatnahen Bereich eingesetzt werden. Volks'sturm' – eine raffinierte Wortschöpfung, die Stolz auf die eigene Kraft auslösen sollte – jenseits der Realität der Altersbedenken und der minimalen Chancen, durchgreifende Änderungen herbeizuführen.

Am 10. Oktober erreichte die Rote Armee die ostpreußische Grenze. Am 21. Oktober eroberte die US-Armee als erste deutsche Großstadt: Aachen.

Es war handgreiflich - die endgültige Niederlage des „Großdeutschen Reiches" war in überschaubarer Zeit zu erwarten, die Verhältnisse würden sich tiefgreifend verändern.

Da war es klug und sinnvoll, sich zurückzuziehen, sich auf Zeit- möglichst unabhängig zu machen, besonders, wenn man in prekären Positionen gearbeitet hatte.

Das alles leuchtet dem Autor immer deutlicher ein.
In diesem Zusammenhang war das Aussetzen des Schulbesuchs von Rainer nur ein Randproblem.
Der Rückzug der Familie aus der damaligen Gesellschaft in die „Natur" – wenn auch nur auf Zeit - für Rainer ist dies ein prägender Lebensabschnitt geworden.

Heidi

Rainers Schwester Heidi wurde in den ersten Monaten 1944 geboren, wahrscheinlich im Haus Stubbe.
Sie war dort in Pflege, als die Mutter ihre letzten Wochen in Makranstedt ableistete. Sie blieb auch dort, als Rainer im Mai ankam.

Es gibt ein Foto, auf dem „Vati" Heidi in Rainers Arme legt, ein winziges Bündel mit geschlossenen Augen. Rainer lächelt zur Mutter hinüber, die die Szene fotografiert.

Heidi (die der Heide Zugehörige) war wohl von Anfang an kränklich und blieb fast immer im Haus.
Keine Wiesenfotos, wie es sie von Rainer in Fülle gab; an Natur hätte es dort doch weiß Gott nicht gefehlt.
Heidi hatte ihr Bettchen nicht in unserem Haus, im Schlafzimmer dort, wo wenige Monate später Ricarda dann lag- sie blieb im Stubbe-Haus.

Eines Tages - ein grauer, sonnenloser Tag in seiner Erinnerung - hat ihn die Mutter ins Stubbe-Haus geführt, in ein Schlafzimmer im Erdgeschoss, das zur Eichbaumallee hin-

aus sah; dort lag, auf dem Bett zum Fenster hin, auf einer weißen Decke Heidi.
Was die Mutter gesagt hat, weiß er nicht mehr, sie ging bald wieder hinaus.

Rainer sah Heidi an, ihre Augen waren geschlossen. Sie sah eigentlich aus wie immer, aber sie war…völlig still, ohne jede Bewegung.
Rainer kniete sich ans Bett, stützte seine Arme auf die weiße Decke, seine Hände waren nahe bei Heidi.
Er begriff nach und nach, dass sie sich wohl nie wieder bewegen würde - nie wieder einen Laut von sich geben würde…
Heidi war der erste tote Mensch, den Rainer erlebte.
Und er schob seine Hände noch näher hin zu ihr, legte den Kopf zwischen die Arme auf das Bett - und weinte, weinte, still, lange. - Wie er dann wieder ins Leben zurückgekehrt ist, weiß er nicht mehr.
Auch an die Beerdigung erinnert er sich nicht.
Sicher ist ihm nur, dass Heidis Tod in den Herbst 1944 fiel.
Am 30. Januar 1945 wurde dann Ricarda geboren.

Die Busse

Im März/April 1945 - jedenfalls vor dem Russeneinmarsch – standen plötzlich zwei Busse im Sand des Philosophenwegs Richtung Plau, 60-70 m von der Eichbaumallee entfernt im Wald.
Sie waren abgeschlossen. Und sie blieben dort stehen.
Viele Monate. Sie kamen wahrscheinlich aus Berlin.
Mehrere Kinder versammelten sich dort, umrundeten sie mutmaßten, phantasierten. Auch die Erwachsenen waren erstaunt.

Nach einiger Zeit waren die ersten Scheiben zerschlagen. Und das ging so weiter - Scherben, Scherben, innen und außen. Wer das machte, wusste und verstand Rainer nicht.
Ein Ort der Irritation, des Unpassenden.
Einige Monate nach Kriegsende waren die Busse dann wieder verschwunden -
und Rainer war erleichtert.

Die letzten Tage des Kriegs in Vorpommern und Mecklenburg

Während die Amerikaner schon am 13. April 1945 die Elbe erreicht hatten, also das Zentrum Deutschlands, war es den stark dezimierten deutschen Truppen bis Mitte April gelungen, den Russen die Oder-Überschreitung zu verwehren.

Dieser erbitterte Widerstand hatte Gründe.
Den Deutschen war sehr wohl bewusst, dass im Überfall auf die Sowjetunion1941, das russische Volk riesige Verluste und gleichzeitig eine hocharrogante Behandlung von diesem Feind erlitten hatte, dass also nun mit Nachsicht nicht zu rechnen war, dass jetzt die Zeit der Rache gekommen war.

Als die Russen schließlich mehrere Armeen versammelt hatten, weit überlegen an Zahl der Kämpfer, Panzer, Flugzeuge usw. - begann am 16. April der Angriff.
Mehrere Tage widerstanden die Deutschen, dann brach die Front, und der unablässige Rückzug begann, die Überflutung Vorpommerns, Mecklenburgs, Brandenburgs-
die Einkesselung Berlins.

Die Kämpfe in Mecklenburg – überall durchzogen von der zivilen Fluchtbewegung nach Westen – konzentrieren sich auf die letzten Tage des April und die ersten des Mai. Alle an diesen Kämpfen beteiligten deutschen Einheiten waren auf das Äußerste bestrebt, nicht in russische Kriegsgefangenschaft zu geraten.

Das wurde von den Westalliierten weitgehend unterstützt, und es gelang vielfach auch deshalb, weil die Amerikaner und Engländer im Norden die mit Stalin vereinbarte Demarkationslinie Lübeck-Wittenberge für einige Wochen bis Wismar-Schwerin überschritten hatten.

Der Generaloberst Heinrici - Oberbefehlshaber der in Mecklenburg kämpfenden Weichselarmee - abgelöst am Abend des 30. April 1945 wegen Widerstands gegen die Durchhalteanweisungen des Oberkomandos der Wehrmacht im eingeschlossenen Berlin - er schreibt über die letzten Kriegstage: „Es ist ein unablässiges Zurückfluten der Massen, die motorisiert oder bespannt, zu Fuß, gehetzt von den Tieffliegern, den Weg nach Westen suchen, ...
Man muss diese Elendszüge gesehen haben, um einen Begriff zu bekommen, wie grausig und alle Werte umstürzend die Ereignisse des letzten Aktes dieser Tragödie in das Schicksal der Einzelnen eingriffen, und wie in einem Massentrieb, nichts anderes übrig bleibt als die Parole: ‚Rette sich wer kann!'
Da sind alle Befehle zum Aushalten und Weiterkämpfen wirkungslos geworden!"
(In: Joachim Schulz-Naumann: Mecklenburg 1945.
München 1989; S.74)

Der Russeneinmarsch in Plau – Seelust

(in eigentümlich unzusammenhängenden Einzelbildern)
Es war wahrscheinlich der 3. Mai 1945,
ein Tag nach Rainers siebentem Geburtstag.

Bild 1
Sie waren zumindest für die Kinder, die draußen spielten, ganz plötzlich da.
Sie kamen in Viererreihen die Eichbaumallee heruntermarschiert, ihre kurzen Gewehre quer vor der Brust, bepackt, verschwitzt, müde - so kam es Rainer vor, der mit einem anderen Kind am Rande stand, nirgendwo dort ein Erwachsener.
Es waren viele Reihen, sie marschierten hinunter zum See, nach „Seelust".

Bild 2
Wahrscheinlich am nächsten Tag - eine größere Anzahl von russischen Soldaten befindet sich auf dem Stubbe-Grundstück.
Auf dem Gartenvorplatz, neben unserem Haus:
Mehrere russische Soldaten sind hier mit irgendwelchen Arbeiten beschäftigt, sind immer wieder in Bewegung. Darunter ein sehr freundlicher junger Soldat, hochdekoriert, der mich immer wieder einmal schnappt, mich auf seine Schultern setzt und mit mir herumwandert.

Bild 3
Am Abend wahrscheinlich des ersten Tages, im Stubbe-Haus, ein gedeckter Tisch, an dem die Mutter sitzt, wahrscheinlich die alte Frau Stubbe, Rainer - und der russische Kommandant, von dem das Essen wohl veranlasst worden war.

Als Rainer - Butter immerhin - aber doch wie gewohnt sparsam auf's Brot kratzt, schüttelt der Kommandant den Kopf, greift sich Rainers Teller, streicht jetzt richtig dick die Butter auf's Brot, stellt ihn wieder zurück, und muss Rainer, der etwas entgeistert zwischen ihm und der Mutter hin und her schaut, nun noch auffordern, lächelnd auffordern, jetzt auch zuzugreifen.

Bild 4
Ein anderer Raum (ob am gleichen Abend noch, weiß der Autor nicht)
Eine Reihe Russen, die trinken; die Mutter, sie hat Rainer wohl mit Absicht bei sich behalten, legt auf einem aufziehbaren Grammophon Platten auf -
viel Lachen; irgendwann ein vielleicht vom Alkohol bewirkter Stimmungsumschwung; Augen starr auf die Mutter gerichtet, deren bemühte Freundlichkeit versickert; sie kurbelt am Grammophon, sucht fahrig unter den Platten herum- und legt dann eine neue Platte auf, die Musik beginnt- die Russen ‚Augenblicke ganz verblüfft, dann schon mit Tränen in den Augen, - es ist das „Wolgalied" von Franz Lehar -
sie singen tatsächlich mit,
und alle lächeln wieder.

Bild 5   Merkwürdige Szene
Die Erinnerung beginnt damit, dass Rainer neben einem russischen Soldaten sitzt, recht weit entfernt von zu Hause, im Wald unter einem mächtigen Baum, mit Blick auf die Wiesenquelle und den schon geschilderten Bachstau.

Rainer ist nicht mit ihm hierher gekommen.
Er kennt ihn nicht. Beide schweigen, weil sie sich nicht verständigen können.

Irgendwann rumort es im Baumwipfel oben. Beide schauen suchend hinauf ins Gewirr der Äste, die Blätter haben sich noch nicht voll entfaltet, es ist ja erst Anfang Mai.
Es schein t eine Taube zu sein. Tauben hört man hier häufiger gurren.
Der Soldat legt das Gewehr an (mit dem charakteristischen rundlichen Munitionsmagazin) und sucht sein Ziel.
Er sucht - dann fällt, hart und erschreckend der Schuss.
Da oben flattert etwas - dann ist alles wieder still.

Ende der Erinnerung.

Wie war es möglich, dass wir am Westufer des Plauer Sees von jenem sich von Ost nach West fortwälzendem Tumult fast nichts mitbekommen haben?

Es war vor allem ein Geschenk der geografischen Lage. Da alle von Osten, woher die Russen kamen, nach Westen wollten, waren die in diese Bewegung eingelagerten großen Mecklenburgischen Seen mit ihrer Nord-Süd-Erstreckung- eine Art Sperr-Riegel.

Die Flüchtenden, wie die Erobernden gingen diesen Widerständen der Landschaft möglichst aus dem Weg.
Die deutschen Truppen wollten (zu Recht)um jeden Preis der russischen Gefangenschaft in Sibirien entgehen.
Sie leisteten nur noch hinhaltenden Widerstand und bewegten sich, so rasch es ging, auf die von den Amerikanern und Briten längst schon besetzten Gebiete zu, wo sie dann erleichtert in Gefangenschaft gingen.
Und – wo die russischen Truppen nicht mehr auf Widerstand stießen, kam es deutlich weniger zu den sonst vielfach ablaufenden Exzessen.

So hatten wir in Plau am See also großes, großes Glück. Auch in der Stadt Plau selbst muss es im Ganzen ruhig geblieben sein.
Rainer erinnert sich, dass erzählt wurde, ein betrunkener Russe habe einer Frau ihr Rad weggenommen und sei dann schwankend und schlingernd davon geradelt - wenn also das schon erzählenswert war...

Zum ruhigen Ablauf der Besetzung in Seelust hat ganz sicher auch das menschliche Format des zuständigen russischen Kommandanten beigetragen.
Immerhin wurden uns - für einige Tage - die Räumung un-

serer Wohnungen auferlegt.
Und so machten sich bald schon die Mutter und Rainer schwer bepackt auf den Weg. Wo Stubbes geblieben waren, wusste Rainer nicht.
Die Mutter mit Rucksack schob den Kinderwagen, in dem nicht nur die drei Monate alte Ricarda lag, sondern soviel an Gepäck wie irgend möglich. Rainer, auch mit Rucksack, führte die Kuh am Handseil, die seit einiger Zeit schon bei uns im Stall stand.

So zogen sie in einem ein- bis zweistündigen Marsch die Meyenburger Chaussee nach Süden, an der Nerz- und Silberfuchsfarm vorbei; überquerten irgendwann die parallel laufende Bahnlinie und gelangten auf eine Art Gutshof, wo sie dann mehrere Tage blieben.

Rainers einzige Erinnerung an diese Tage ist, dass es einmal eine leuchtend grüne Götterspeise gab - die war ihm noch nicht begegnet.
Der Rückweg war mühselig wie der Hinweg. Als sie zu Hause ankamen, war kein einziger Russe mehr dort.

Rainer erinnert sich nicht, bis 1949 in Jarmen/Vorpommern noch einmal Russen gesehen zu haben. Dort fuhren allenfalls einmal Militärlastwagen über die Chaussee.

Für ihn schlossen sich jetzt hier in Plau drei Jahre ländlichen Lebens mit einer sehr begrenzten Zahl von Menschen an - nicht völlig ohne Probleme, schon gar nicht ohne handfeste Arbeit, aber insgesamt unaufgeregt, eingebettet in große Nähe zur Natur - in der er sich sehr zu Hause fühlte.
Er kann sich nicht erinnern, dass er in den nächsten drei

Jahren dieses begrenzte Umfeld auch nur einmal verlassen hätte.

Unter der Decke sozusagen bahnten sich zum letzten Jahr hin - 1948 - Änderungen an, die in völlig neue Verhältnisse einmündeten. Dafür aber hat er keine Augen, keinen Sinn gehabt. Zum Schluss ging alles dann sehr schnell.

Ernst und Freude des Alltags

Die erste wichtige Änderung: ‚Vati' war wieder da.
Er blieb, und führte mit der Familie ein völlig anderes Leben als bisher.
Er sollte dann mindestens sechs Jahre ‚arbeitslos' sein, und fand hier doch genug zu tun, um zum Lebensunterhalt der Seinen beizutragen.
Seine Beziehung zu Rainer entwickelte sich nicht weit. Das Klima zu Hause war von Sachlichkeit geprägt.
Im ersten Jahr des Zusammenlebens spielte er gelegentlich Mühle oder Dame mit Rainer; wahrscheinlich war er es auch, der ihm diese Spiele beigebracht hat - aber das versandete allmählich.
Wenn Rainer etwas falsch gemacht hatte, gab es eher selten eine Ohrfeige, oder er schickte ihn für eine Weile in den Keller. Dort hockte sich Rainer dann auf die Kartoffeln und sinnierte vor sich hin. Ob auch die Mutter ihn hinunter geschickt hat, weiß er nicht mehr. Aber Strafen standen wirklich nicht im Vordergrund, sie kamen eher selten vor.

Es war ein recht urtümliches Leben, das die Familie jetzt führte, ein Leben, das die meisten Menschen in vormoderner Zeit gelebt haben, ein Leben, das auch heute noch ein nicht geringer Teil der Menschheit lebt.

Die Ernährung -
war zu großen Teilen aus Garten und Stall gesichert.
Ein Teil der Vorratshaltung der Mutter war das intensive, regelmäßige „Einwecken" von Erträgen des Gartens. Rainer sieht noch vor sich den großen Kessel, die Weckgläser mit ihren Metallspangen innen angeordnet im Kreis, sieht auch die große Zahl von Gläsern im Keller in den Regalen. Butter, Zucker und Sauerkraut sowie Alkohol wurden zusätzlich in eigener Produktion gewonnen.

Brot haben wir gekauft - Rainer weiß aber nicht wo.
Das war wohl Sache der Mutter. Für einen Getreideanbau fehlten uns die Felder. Fleisch sollten uns Schweine und Hühner liefern - heute lebt der Autor vegetarisch.

Die Mutter ‚organisierte', und war dafür immer wieder unterwegs. `Vati´ kochte vielfach, wenn die Mutter nicht da oder sonst beschäftigt war; er verstand durchaus etwas vom Kochen.
Die übrigen Küchendienste überließ er Rainer, also Kartoffeln schälen, Erbsen pellen, Bohnen schneiden, Gemüse waschen, Geschirr spülen, fegen, wischen, Abfälle wegbringen. Im Garten: Johannisbeeren, Bohnen, Erbsen pflükken, Unkraut jäten, Pflanzen gießen. Später auch umgraben und harken.
`Vatis` ganz eigener Bereich war das Destillieren von Alkohol (wohl aus Zuckerrüben) und dessen weitere Verarbeitung; auch der Anbau von Tabak, die Ernte der Blätter und ihre Trocknung auf dem schmalen Speicher. Was weiter damit geschah, hat Rainer nicht mitbekommen.

Mit zunehmendem Alter übernahm er weitere Aufgaben: Ziegen im Winter füttern; im Sommer sie auf die Wiese bringen, sie mit der Kette anpflocken, d.h. den Eisenpflock mit dem Beil so in den Boden treiben, dass er hält; abends sie wieder abholen und im Stall unterbringen.

Den Hühnerstall morgens öffnen, die Tiere füttern, auch Grünfutter mit der Sichel beschaffen, nach Eiern sehen, abends alles schließen. Ausmisten gehörte natürlich auch dazu.

Später dann mit einer Stange den Klotopf aus seiner Versenkung hochhieven (er war nicht übermäßig groß), und ihn zum Abfallplatz bringen - oder auch nach der Gartenernte und dem ersten Umgraben, die Beete mit dem Inhalt düngen.

‚Eiervorhersage' - ein Vorgang, der sich auf den ersten Blick verrückt ausnimmt. Wenn die Hühner sich abends dichtgedrängt im schmalen Hühnerstall auf ihren Stangen eingefunden hatten, schloss Rainer die Klappe zum großen Außenkäfig, öffnete danach die schmale Tür zum Innenkäfig, schob sich rasch hinein und zog die Tür hinter sich zu. Nun konnte er sich auf engstem Raum Henne für Henne greifen; drückte sie sich mit der linken Hand an die Brust und tastete mit dem Zeigefinger der rechten Hand im After der Tiere nach dem Widerstand eines Eies.

So Henne für Henne.

Der Mutter war es immer wichtig zu wissen, mit wie viel Eiern am nächsten Tag zu rechnen war - denn nach Belieben Eier zuzukaufen, war damals nicht möglich.

Butter Butter,
Die Mutter melkte die Kuh, später an ihrer Stelle die Ziegen, gab die Milch in ihre elektrische Aluminium-Zentrifuge, die gewonnene Sahnemilch dann in den Keramiktopf mit hölzernem Deckel, durch den, von unten her, der Stil

des Stampfers mit seiner mehrfach gelochten flachen Scheibe geführt wurde.

Damit setzte sich Rainer dann in den kühleren Keller und `butterte' die Scheibe so lange auf und ab, bis sich genügend Butterstücke gebildet hatten, die dann die Mutter von der Buttermilch trennte.
Gleichwohl musste die selbst produzierte Butter sparsam geschmiert und genutzt werden - das zeigt folgende Erinnerung aus dem Jahre 1947:
Die Familie saß beim Abendbrot am Küchentisch - mit Ricarda, damals etwas über zwei Jahre alt, in ihrem hohen, umrandeten Kinderstuhl.
Das Abendessen ging dem Ende zu, die weiße Ziegenbutter auf dem Tisch auch. Plötzlich fuhr die Mutter auf, eins der restlichen Butterstücke war offenbar verschwunden. Sie schnauzte Rainer recht heftig an. Der schaute entgeistert zu ihr auf, er habe doch gar nichts … … In diesem Augenblick entdeckte die Mutter, dass Ricarda Butter im Mundwinkel und an einer Hand hatte - sie also hatte die Butter stibitzt, und Rainer noch mal Glück gehabt.

Die Kuh

Zurück zur Kuh, die wir schon vor dem Russen-Einmarsch hatten.
Sie war im Sommer 1945 dann in jenem Zustand, in dem Kühe dem Bullen zugeführt werden.
Der Bulle befand sich auf jenem Gut, auf dem die Mutter und Rainer bei der Ausquartierung nach dem Russeneinmarsch untergekommen waren.
Rainer, der die Kuh ja schon einmal dorthin geführt hatte, erhielt von der Mutter einen Begleitbrief und machte sich mit der Kuh auf den Weg.

Er sah dann sehr interessiert zu - gar nicht übermäßig überrascht - wie der Bulle das Seinige zur Mehrung der Kühe beitrug.
Das ging alles recht rasch vonstatten. Rainer machte sich schon zum Rückmarsch bereit und hätte beinahe die Übergabe des Briefs vergessen. Das holte er nun nach. Und da stand dann wohl drin, dass er diesem Akt nicht beiwohnen sollte.
Nun, ja - die Leute dort lachten, und die Sache war für sie erledigt.
Nach der Rückkehr hat die Mutter dann wohl nachgefragt- und hat geschimpft, nun ja…

Das Kalb der Kuh hat Rainer nicht mehr gesehen.
Die Kuh (die ihre Milch ja wohl für's Kalb gebraucht hätte) wurde ersetzt durch zwei Ziegen, ein Schaf (vorübergehend) und Schweine dann.

An die Fütterung der Schweine und das Ausmisten ihres Stalles kann sich der Autor nicht erinnern.
Eines Morgens großes Geschrei: „Die Schweine sind weg!"

Vom Wald her war man in die Ställe eingebrochen - das Risiko für die Einbrecher war begrenzt, der Abstand zum Haus ja ziemlich groß; nur die Spuren des Wagens, auf die man die Schweine verladen hatte, waren deutlich erkennbar.

Die Ziegen und das Schaf waren noch da. Bei ihnen hat sich kein Einbruch wiederholt, sie waren keine attraktiven Braten.

Holz, Holz

Auf dem Platz hinter den Ställen, am Waldrand, wo er anfangs eine Höhle hatte graben wollen, lag später immer wieder Holz; aufgespaltene Stämme – auf etwa zwei Meter Länge gesägt. Daraus mussten wir Kleinholz zum Heizen und Kochen gewinnen.
Zuerst wurden diese Stammteile auf die Sägebank gehoben und dann zu zweit mit einer langen, kräftigen Blattsäge zu Kloben - von Fußlänge etwa - gestückelt.
Die Kloben häuften sich zu kleinen Pyramiden. Neben denen wurden dann Hackklötze in Stellung gebracht, auf denen die Kloben mit der Axt in handliches Kleinholz aufgespalten wurden. Das war dann schließlich an möglichst geschützten Außenstellen der Stallwände aufzuschichten
In den letzten Plauer Jahren beteiligte sich Rainer auch am Holzspalten, er hatte dafür eine eigene Axt. Einmal, als er gemeinsam mit „Vati" Holz spaltete, war „Vati" an einen besonders widerspenstigen Kloben geraten, er schmetterte ihn schließlich mit voller Wucht auf den Hackklotz - die Teile flogen davon – und eins davon an Rainers Stirn- der blutete und war wie benebelt.
Also schnell ins Haus - zum Glück war die Mutter da, die ihren Sohn fachgerecht medizinisch versorgte. Glück im Unglück - der Unfall hätte schlimmer ausgehen können.
Das für dieses Holz erforderliche Bäume-Fällen fand zum Glück nicht in unserer unmittelbaren Umgebung statt.
Auf der großen Wiese zum See hin, standen mehrfach eine Vielzahl viereckiger ‚Holz'türme', die aus diesen gespaltenen Stämmen bestanden, etwa zwei Meter breit und hoch.
Das Aufspalten der gefällten Stämme muss damals eigentlich ziemlich mühselig gewesen sein.

Das erste Huhn wird geschlachtet
Wir sind bei den Stallungen. Die Mutter übergibt Rainer das Huhn.
„Fass es richtig um die Flügel, dicht am Körper! Ja so!" Die Mutter greift nach dem Beil, das auf dem Hackklotz liegt. - „Drück es richtig runter auf den Klotz!", sagt sie. Rainer hält das Huhn weit von sich gestreckt, drückt es hinab und zieht den Kopf ein.
Dann schlägt die Mutter mit beiden Händen zu – und der Kopf...ist weg!
Aber...aus dem Hühnerhals schießt in Stößen Blut...und Blut...und Blut. Tief erschreckt - lässt Rainer los.
Das Huhn gleitet zu Boden, schlägt mit den Flügeln, erhebt sich und flattert hinauf in den Apfelbaum über ihnen, immer noch schießt Blut in Stößen aus seinem Hals..., und es torkelt durch die Zweige, flattert, fällt schließlich wieder zu Boden, flattert immer noch, liegt, gesträubt das Gefieder, zuckt und zuckt... - mehr weiß er nicht mehr.

Die Rache
Ein bis zwei Jahre später geschah dies:
Rainer hatte die eine Ziege, die sie noch hielten, auf der großen Wiese zum See, nahe der Eichbaumallee angepflockt.
Als er sie abends abholen will, hat die Ziege die Kette völlig um den Pflock herum aufgewickelt, kniet mit den Vorderbeinen neben dem Pflock - und blökt!
„Was soll denn das?" denkt Rainer verwundert.
Als er sich zum Pflock beugt, spürt er, dass er von irgendwelchen Viechern umschwirrt ist.
Und der Pflock ist schlecht zu fassen; unförmig dick wie er

jetzt ist, lässt er sich nicht bewegen.
Er schlägt um sich nach den Viechern, und rennt erst einmal ein paar Schritte fort unter die Alleebäume. Dann sieht er, was da schwirrt, sind Wespen. „Wo kommen die denn her?", denkt er - „und was mach ich jetzt?"
Während er den Ort vorsichtig umkreist, sieht er, die Wespen steigen immer wieder in die Höhe, aber sie kommen von unten, ja, da sind sie besonders zahlreich.
„Haben die da unten ihr Nest? In der Erde?" fragt er sich. Er kennt nur Wespennester in Gebäuden, an den Wänden. Wenig später entdeckt er das Erdloch - zwei, drei Meter nur neben dem Pflock und der Ziege. Sie schwirren heraus und hinein - und sind offensichtlich erregt.

Das ist er auch! Aber was soll er machen? Die arme Ziege! Sie blökt und blökt.
Vorsichtig tastet er sich zum Pflock hin. Und schon ist er umschwirrt. Also los jetzt! Er rüttelt am Pflock. Der rührt sich nicht. Verzweifelt schlägt er um sich. „Verdammte Biester!- und jetzt stechen sie!" – und wieder rennt er fort. Am Arm, am Hals! Und die Ziege blökt erbärmlich.
Es hilft nichts, er muss.
Schnell hin. Bloß nicht wieder um sich schlagen!
Er stemmt sich seitlich gegen den Pflock, und zieht - und stemmt sich - jetzt bewegt er sich, und noch mal drücken, und jetzt ziehen - er kommt, er kommt! Und er ist draußen! Verdammte Biester, noch mehr Stiche!
Der Ziege auf die Beine helfen! Und mit Ziege, Pflock und Kette weg hier!
Wie er dann die Ziege nach Hause gebracht hat, weiß er nicht mehr.
Die Stiche schwellen, die Mutter reibt ihn mit irgendwas ein - und in ihm schwillt die Wut.

Am nächsten Tag beobachtet er das Wespenloch aus gehörigem Abstand.
Am Abend setzt er einen großen Topf mit Wasser auf den Herd. Und bringt das Feuer in Schwung. Er muss warten, bis das Wasser richtig heiß ist, und muss warten, bis es fast dunkel ist.
Der Topf ist schwer und muss vom Körper weggehalten werden. Mehrfach muss er ihn absetzen. Und muss das Loch mit dem letzten Licht nochfinden. Er findet es.
Keine Wespe ist jetzt draußen.
Und er beginnt zu schütten, sachte, sachte, es gurgelt und gurgelt - und irgendwann dann ist der Topf leer. Nichts regt sich.
Am nächsten Morgen steht er wieder vor dem Loch.
Nichts regt sich. Er nickt.
Aber es reicht ihm noch nicht.
Er zieht Schuhe an, holt sich einen Spaten und beginnt zu graben. Die ersten Stiche im Gras sind mühsam. Tiefer dann stößt er auf die ersten toten Wespen. Sie sind in sich verkrümmt. Nochmals tiefer ist da graues Nestmaterial, weiße Eier, und dazwischen kriechen Wespen.
Er stößt vielfach mit dem Spaten da hinein, gibt etwas Erde drüber, trampelt alles fest.
Dann schüttet er das Loch wieder zu und trampelt noch einmal. - So! An dieser Stelle hat er für's Weitere kein Wespennest mehr gesehen.
Genau genommen, denkt der Autor heute, waren die Wespen ja nicht schuld. Rainer ist ihnen mit seiner Ziege in die Quere gekommen. Sie waren zuerst da und haben sich gewehrt und ihr Zuhause verteidigt. Doch solches Denken ist auch heute keineswegs selbstverständlich - wie sollte ein Kind schon so weit sein.
.

Deutschland 1946/47 : Der Hungerwinter

November 1946 bis März 1947 – das war einer der kältesten Winter des Jahrhunderts in Mittel- und Osteuropa. Mehrere Schnee- und Frostwellen folgten in Deutschland dicht aufeinander, die Temperaturen sanken bis auf -20° C. Man sprach vom „weißen Tod" und „schwarzem Hunger". Durch den trocken-heißen Sommer 1946 waren die Ernteerträge niedrig ausgefallen. Zudem fehlten in der Landwirtschaft Arbeitskräfte.

In vielen kriegsbeschädigten Wohnungen waren die Heizmöglichkeiten eingeschränkt. Kartoffeln z.B. verdarben so in großen Mengen durch den Frost.
In vielen Wohnungen mussten die Menschen den Winter in Mänteln und Handschuhen überstehen.

Viele Betriebe wurden mangels Kohle und Strom stillgelegt. Die Arbeitslosenzahlen schnellten in die Höhe. Millionen Flüchtlinge waren noch nicht integriert.
Sie hatten vielfach auch mit dem Winter besonders schwere Probleme.

Zahlen aus Berlin:
Im Winter 1946/47 sind 1142 Bürger erfroren oder verhungert. 200 Personen setzten ihrem Leben selbst ein Ende.
Über 1000 Betriebe wurden im Januar 1947 stillgelegt und 150 000 Arbeiter und Angestellte deshalb arbeitslos.
Für ganz Deutschland hat man mehrere Hunderttausend Tote errechnet.
In Russland, das im Krieg besonders hohe Opferzahlen hatte hinnehmen müssen, starben in diesem Winter noch einmal 2 Millionen Menschen.

Der Winter 1946/47 in Plau
Vor dem Hintergrund dieser Verhältnisse im ganzen Land sieht man, wie gut Rainer in seiner Umgebung in vielerlei Hinsicht davongekommen ist.
Natürlich war die Zeit des Schnees und der Kälte schwierig.
Mindestens einmal wurde von einer Kälte um -20° C gesprochen. Und sie war mehrfach von intensivem Schneefall begleitet.
Schwierig war alles, was die Wege in die Außenwelt anging, zur Schule sicherlich auch, und zum Einkauf der Mutter in Plau. Schwierigkeiten gab es schon beim Füttern und Tränken der Tiere. Und er sieht sich immer wieder mit dem Holzkorb über den Gartenweg stapfen. Jetzt musste gefeuert werden! Aber wir hatten ja Holz, und die Wohnung war warm!

Natürlich haben die Kinder viele Probleme, mit denen die Erwachsenen kämpften, gar nicht wahrgenommen.
Aber die Grundlage des Lebens und Überlebens war bei uns zu Hause sehr wohl gesichert. Bei vielen Menschen war das nicht so. Und da spürt der Autor heute Dankbarkeit.

Rainer erinnert sich an Probleme, die ihn selbst beschäftigten. Er hatte längere Zeit leicht angefrorene Füße. Der Grund: Die Stiefel, die er im Winter trug, waren inzwischen etwas zu klein - das bedeutete eingeklemmte Füße, besonders dann, wenn er zusätzliche Socken anziehen musste, Durchblutungsstörungen also, und das bei der Kälte. Über Nacht sozusagen waren damals auch keine neuen Schuhe oder Stiefel zu beschaffen.

Vom Gegenmittel der versierten Mutter war er nicht eben begeistert: Abreiben der Füße mit Schnee! Und Urin!
Immer wieder! Ziemlich unangenehm war das – aber es half!
So hat er den Winter dann doch mit heilen Füßen überstanden.

Unvergesslich war der Anblick am Morgen nach dem ersten lang anhaltenden Schneefall.
Windstille und keinerlei Laut.
Der Ausblick über die Wiese seewärts und über den Garten zum Wald hin: fast nicht wieder zu erkennen.
Schnee, Schnee; der Ausblick geschrumpft, wie um eine Dimension kleiner; der Wald - nur eine weiße Wand noch; der Schnee, eine Zwischenschicht -
sie dehnte sich zwischen der verschwundenen Erde und dem näher gerückten fahlgrauen Himmel - sie versprach Schutz vor Kälte und sie dämpfte jede Bewegung.

Der See, vereist, verschneit und verschwunden -
unerkennbar geworden in endlos sich dehnender weißer Welt.

Wie es dann weiter gegangen ist an diesem Morgen, weiß er nicht mehr. Ob er den Versuch gemacht hat, zur Schule zu kommen? Ob überhaupt Unterricht stattgefunden hat an diesem Tag? Ob es den Versuch gegeben hat, Eltern zu erreichen per Telefon? Wir jedenfalls hatten keins.
Aber Stubbes wohl doch.

Auf jeden Fall musste er sich durchschlagen zu den Ställen, das Vieh zu füttern und natürlich zum Holz.
Post konnte so auch nicht kommen. Aber wir bekamen wirklich selten Post, eine Ausnahme war der Brief zum

Tod der Großmutter in Herne. An einen Briefkasten kann sich Rainer nicht erinnern, das lief wohl über Stubbes.
Eine Zeitung? Wir hatten keine. Ein Radio? Vati hatte eins in Malchow, ob aber auch in Plau? Rainer kann sich nicht erinnern, eins gesehen oder gehört zu haben.

Das war selbst für jene Zeit ungewöhnlich und macht den bewussten Rückzug aus der damaligen Welt deutlich - eine Abschirmung aus Vorsicht, vielleicht aber auch aus ideologischen Gründen.
So lebte die Familie - mit mancherlei Unvollkommenheiten behaftet - längere Zeit in einer begrenzten, teils zu sehr begrenzten, aber auch stimmigen, in sich ruhenden Welt.

Der Tourismus, dem diese Landschaft lange verschrieben war, blieb auf Jahre hinaus zusammengebrochen, sie wurde nur selten von außen berührt.

Rainer fand das alles selbstverständlich und hat nichts vermisst; außer menschlicher Wärme vielleicht, und auch auf die hat er nicht ganz verzichten müssen. Dazu später.

Dieses Leben, naturnah und von natürlichen Rhythmen bewegt, hat ihn tief geprägt. Das spiegelt sich zum Beispiel in seinen Reisegedichten: „Sonne, Stille, Blitz und Sturm".

Immer wieder hat er Grundelemente dieses Lebens gesucht und von Zeit zu Zeit auch gefunden. Heute lebt er am Nordhang des Siebengebirges naturnah wie lange nicht.

Hinzu gekommen ist nach langem zwischenzeitlichen Suchen und Warten ein liebender und geliebter Mensch; so ist er nun im Rahmen des Menschenmöglichen glücklich.

Rodeln am Plötzenberg

„Plötzenberg", ein Berg in der Nähe des Seeufers - was man in Mecklenburg so Berg nennt; „Plötzenberg" auch ein ihm zu Füßen liegender kleiner See, und eine dort entstandene Siedlung, etwa 2 km von der Eichbaum-Allee entfernt.

Am Berg gab es eine schöne, ziemlich lange Rodelbahn, mit einem unscheinbaren Buckel in der Bahn und dahinter einer kleinen Vertiefung, die man umfahren musste.

Rainer ist also, als man sich im Schnee wieder bewegen konnte, dorthin marschiert, (woher der Schlitten kam, ist ihm unklar, vielleicht von Stubbes) - er war wohl von Schulkameraden dorthin eingeladen worden.

Dort ist er dann eine ganze Weile fröhlich gerodelt, hat aber einmal nicht richtig aufgepasst, und ist, da er schnell war, über jenen Hubbel hinweg ins nachfolgende Loch hineingeknallt, richtig gekracht hat es, der Schlitten ist unter ihm zerborsten, und mit ihm noch einige Meter weitergerutscht.

Rainer stand nach ein paar stillen Atemzügen verwundert auf, schüttelte sich und stellte fest, ihm war nichts passiert.

An die Reaktion der Kameraden erinnert er sich nicht.

Ihm blieb nichts anderes übrig, als die Schlittenreste zusammen zu raffen und sich auf den Heimweg zu machen. Das Wichtigste: Es hatte gekracht - und er war heil geblieben.

Der Sommer 1947
So kalt der Winter 1946/47 war, so warm wurde dann auch der Sommer 1947.
„Die heißesten Sommer im 20. Jahrhundert in Mitteleuropa waren 1911 und 1947." (H. Grebe)

In den Sommerferien hat er fast nur ein Kleidungsstück getragen, seine abgewetzte Lederhose, die ihm fast wie die eigene Haut war. Gelegentlich kletterte er, wenn zu Hause keine Arbeit anstand in seine Birke. Sein liebster Platz war aber inzwischen eine Kuhle am Hang zum See.
Von hohem Gras umstanden, war sie ein heimeliger Platz mit Blick auf den See.
Hier verbrachte er träumend Stunden.
Hier erlebte er eine Szene, die sich ihm so tief eingebrannt hat, dass er sie 34 Jahre später in ein Gedicht verwandelt hat:

Dies aber blieb   Mecklenburg 1947

1

Vier Häuser am See
Die Bataillone des Kriegs
vorbei und die Wälder schlagen
wieder zusammen
über den Menschen

Die Eltern aber
rasch doch stapelnd die Steine
im Trümmergrundstück
ihrer geborstenen
großdeutschen Träume

mauern sich ein in Natur
führen wartend das Leben
längst verblichener
Generationen

Doch die Liebe versiegt -
bitter begrabend
das gemeinsame Leben
halten sie Ausschau nach Neuem

    2
Ich aber draußen
träumend auf halber
Höhe über dem See
geduckt unter den Wind
in die wärmende Kuhle

weltvergessen der Blick
auf in den Himmel -
aus dem jetzt niederfällt
ein Stein?
Ein Vogel!
Spreizend plötzlich riesige Schwingen
schlagend das raue stäubende Wasser
Schuppen blitzen im Licht

und schweren Flugs
der Adler wieder
über den Wäldern

Vieles vergessen
versunken, verdrängt -
Dies aber blieb

Zweiter Anlauf: Schule
Im Spätsommer 1945 begann die Schule wieder, die er in der Stadt Plau, nach etwa drei Monaten in der ersten Klasse, im November 1944 abgebrochen hatte.
Sie begann nicht wieder in Plau, sondern in Plau-Seelust. Diese Schule besuchte er volle drei Jahre lang - bis ins zehnte Lebensjahr hinein.
Es wird eine einklassige Schule mit mehreren Schülerjahrgängen gewesen sein.
Wie erklärt es sich, dass er sich an keinen Schulweg, kein Schulgebäude, keinen Mitschüler erinnert?
Nicht etwa im Raum eines ständigen Großstadtgetümmels, sondern in sparsamer, ländlicher Einsamkeit.

Hat er die Schule abgelehnt? Im Gegenteil! Er hat sogar auf Betreiben der Lehrerin die dritte Klasse übersprungen und so den Kriegsverlust des abgebrochenen ersten Schuljahres wieder ausgeglichen.
Die buchstäblich einzige Schulerinnerung dieser Zeit, nämlich an das erste Diktat in der vierten Klasse, ist das Bild einer Doppelseite mit viel Rot in einem Heft.
Dieses Rot hat sich dann offensichtlich rasch verflüchtigt. Er meint sich auch ganz dumpf zu erinnern, dass die Lehrerin doch schon mal bei ihnen zu Hause war.

Die Lehrerin - eine junge, blonde, sehr, sehr freundliche Frau.
Er sieht sie (in seiner Erinnerung) nicht in der Schule, nicht in der Klasse.
Es ist ein von allem Hintergrund abgelöstes, diffuses, in Wärme schwimmendes Bild.
Als einzige Erklärung bleibt ihm - er muss sie sehr, sehr gemocht haben.

Und im Sommer 1948 bricht diese Nähe mit dem plötzlichen Wegzug aus Plau übergangslos ab.
Eine einzige deutliche Erinnerung an diese Lehrerin, ganz außerhalb der Schule, ist geblieben:
Im Haus Nr. 1 der Eichbaumallee fand aus besonderem Anlass, der dem Autor nicht bekannt ist, eine festähnliche Zusammenkunft aller erwachsenen Bewohner der Straße statt; angesichts der wenigen Häuser hier natürlich eine begrenzte Runde. An ihr nahm auch die Lehrerin teil; möglicherweise, weil sie selbst dort wohnte.

Rainer begab sich am Abend aus einem nicht erinnerten Anlass dorthin und verabschiedete sich bald wieder.
Die Lehrerin nahm ihn dabei herzlich in die Arme.
Diese Umarmung muss ihn wie trunken gemacht haben, er taumelte, sich zu verabschieden, weiter zum neben ihr sitzenden stoppelbärtigen Hausbesitzer, umarmte auch ihn, den er eigentlich gar nicht mochte - erst an seiner rauen Backe schreckte er auf. Dröhnendes Gelächter der Runde folgte seinem eiligen Abgang.

Hier kam sein tiefes Vertrautsein mit einem Menschen kurz an die Oberfläche - etwas, was er lange nicht mehr gekannt hatte - und das wenig später, mit der Auflösung des Lebens in Plau, wieder verloren ging, schmerzlich verloren ging, und offenbar nur in unbewusster, radikaler Löschung aus dem Gedächtnis für ihn aushaltbar war.

Plau - die Auflösung
Es ist inzwischen wohl schon das Jahr 1948.
„Vati" ist krank. Es sind möglicherweise Blasen- oder Nierenprobleme. Die Mutter hat offensichtlich einen Arzt bestellt. Der kommt auch. Es ist aber eine Frau.
Möglicherweise gibt es in Plau keinen anderen „Praktischen Arzt".
Rainer steht im Flur und hört, wie „Vati" im Schlafzimmer sich wehrt. Er will sich offensichtlich nicht von einer Frau untersuchen lassen.
In einem Gespräch gelingt es der Ärztin, seinen Widerstand zu besänftigen. Nach und nach stellt sich sogar Vertrauen ein. Aus dem Vertrauen wächst Zuneigung.
Man sieht sich öfter. Rainer nennt die Ärztin bald Tante Hilda.
Die Enge und Abkapselung der ‚Gartenfamilie' in der Eichbaumallee beginnt sich zu lösen.

Tante Hilda hat eine Schwester in Plau, mit zwei Kindern, Mädchen, die etwas älter sind als Rainer.
Auch sie kommen zu uns nach Seelust. Rainer sieht sich noch mit den Mädchen auf ihrem Heimweg zurück nach Plau, wie sie lachend und fröhlich zusammen auf der Meyenburger Chaussee unterwegs sind.

Auch ein Tierarzt von der nahegelegenen Nerzfarm taucht jetzt bei uns auf und wird rasch zu einem gern gesehenen Besucher.
Er scheint aber mehr Kontakt zur Mutter hin zu haben.
Er kommt sehr freundlich und natürlich auf Rainer zu. Es entwickeln sich bald längere Gespräche, in denen er auf Rainer eingeht, wie er es bisher bei keinem Mann erlebt hat. Irgendwann im frühen Sommer 1948 scheint entschie-

den zu sein, dass das Paar „Mutti/Vati" sich trennt - und sich neuen Partnern zuwendet.
Für den Partner der Mutter muss sich bald schon die Notwendigkeit ergeben haben, sich einer medizinischen Operation zu unterziehen.
Die Operation fand in Berlin statt, wo auch seine Mutter lebte - ob in Ostberlin oder Westberlin, weiß der Autor nicht. Während der Operation stellte sich heraus, dass der Patient Bluter ist. Geeignete Medikamente standen damals dort nicht zur Verfügung - und so verblutete er.
Welch ein Schlag – welch eine Katastrophe für die Mutter!

Fotos von diesem geliebten Menschen bleiben immer in ihrer Umgebung. Der Kontakt zu seiner Mutter in Berlin bleibt erhalten. Noch im hohen Alter führt sie stille Gespräche mit ihm, am Rande ihrer Verwirrung.

Doch jetzt stehen weitreichende Entscheidungen an. Die Mutter entschließt sich, in den Westen zu gehen und wieder als Krankenschwester zu arbeiten.

Tante Hilda und ‚Vati' entschließen sich, zu heiraten und ihr gemeinsames Leben in Jarmen/Mecklenburg-Vorpommern zu beginnen.
Ricarda bleibt bei ihnen, und es kommt, vermutlich von Tante Hilda, der hochherzige Vorschlag, Rainer für eine Übergangszeit bei ihnen zu betreuen.
Das wird von der Mutter sicherlich mit Erleichterung angenommen.

Sie findet im Englischen Militärhospital in Wuppertal über Jahre hin eine Anstellung, führt danach in Iserlohn ein Entbindungsheim für englische Frauen, bevor sie 1956

nach Amerika auswandert - in der Erwartung, dass ihre im Westen lebenden Kinder ihr folgen.
Sie lässt sich dort - weiter als Krankenschwester arbeitend- in Kalifornien nieder; Palm Springs, ein schöner Ort am Rande einer Wüste, wo sie ein recht ansehnliches Haus mit swimmingpool kauft.

In Plau am See, Eichbaumallee, kommt nun alles rasch zum Schluss.
Auch der Umzug nach Jarmen geht zügig vonstatten.
Rainer findet sozusagen gar keine Zeit zum Trauern.

Während der Autor dies schreibt, hört er von fernher das Schreien ziehender Kraniche. Es ist März, sie sind von Südwesten her auf dem Rückflug zum Nordosten, zur Mecklenburgischen Küste zunächst, zum Teil aber noch weiter.
Er sieht ihnen zu, wie sie - dicht beim Siebengebirge bei Bonn – ihren tiefgestaffelten Keil vor den östlichen Rheinhöhen auflösen und einzeln oder in kleinen Gruppen zu kreisen beginnen, um in den Aufwinden am Rande des Rheintals Höhe zu gewinnen.
Und tatsächlich steigen sie auf, äußerlich ein wirres Gewimmel, werden - Höhe erreichend - auch sichtlich kleiner. Doch plötzlich sammeln sie sich, formieren sich wieder zum Keil, und entschwinden mit immer leiser werdenden Rufen hin nach Nordosten.
Dreimal kurz hintereinander, sieht er dies faszinierende Spiel.- Wunderbare Natur - denkt er, denkt wieder an Plau, an den See, an den Adler. - An den Umzug selbst kann er sich - eigentümlicher Weise - nicht erinnern, aber das kennt er ja, wahrscheinlich ist es die Folge untergründiger Trauer.

Kap. 7 Jarmen, Mecklenburg-Vorpommern

Jarmen an der Peene, eine Stadt, kleiner noch als Plau. Zuerst wohnen wir am dreieckigen Markt, eine nicht eben große Wohnung, und auch nicht gerade hell.

Kaum dort angekommen, organisierte Tante Hilda für Rainer die Teilnahme an einem Ferienaufenthalt für Kinder, etwa im Alter von 10 -12 Jahren. Dauer vermutlich vierzehn Tage.

Angeboten wurde die Fahrt von der Organisation der „Jungen Pioniere", der Vorstufe zur „Freien Deutschen Jugend" der kommunistischen Partei – sozusagen ein staatliches Angebot.

Man musste zur Teilnahme kein Mitglied sein.

Ferien bei Sassnitz auf Rügen

An die Fahrt dorthin erinnert er sich nicht.

Die Unterkunft war eine Art „Lager" mit niedrigen Gebäuden am Waldrand oder im Wald.

Es waren vielleicht um die 30 Kinder dort, wahrscheinlich nicht alle aus Jarmen.

Natürlich gab es Wanderungen durch die Wälder dort, zum „Königsstuhl", dem höchsten Kreidefelsen an der Küste, und zum Ostseestrand natürlich. Ans Baden erinnert er sich nicht. Wohl aber an den Hafen von Sassnitz, an eine Schiff-Fahrt auch, und an die Eisenbahnfähre nach Trelleborg in Schweden, die damals und lange noch danach unmittelbar vom Hafen in Sassnitz ablegte.

Von den Spielen, die im Lager stattfanden, ist mir vor allem das Mannschaftsspiel „Völkerball" in Erinnerung geblieben; das lernte er dort und mochte es gleich; heute ist es wohl längst in der Versenkung verschwunden, obwohl es ein reizvolles Spiel ist. Vor allem genoss er wohl sehr das völlig unbeschwerte Zusammensein mit anderen Kindern, frei von ständigen Pflichten und Aufgaben.

Leselust
Tante Hilda besaß eine große Bibliothek, wie Rainer sie bis dahin noch nicht erlebt hatte.
Bei ihr begann er zu lesen, mehr und mehr, und wenn es spannend war, im Bett bis in die Nacht. Tante Hilda merkte das bald - und kontrollierte ihn eine Weile.
Wenn er sie kommen hörte, machte er schnell das Licht aus und stellte sich schlafend. Sie verwies ihm aber das lange Lesen, er brauche den Schlaf. Er stellte sein Lesen am Anfang vielleicht auch in Abrede, aber sie lächelte nur. Mehrfach wunderte er sich, wie sie so sicher wusste, dass er gelesen hatte - sie prüfte einfach unauffällig die Temperatur der Glühbirne - und sagte ihm das irgendwann auch.
Und damit war das Problem wohl gelöst.
Auch ohne nächtliches Lesen wurde Rainer zur Leseratte. Tante Hilda hatte zum Beispiel eine lange Reihe französischer Romane aus dem 19. Jahrhundert.
Davon hat er manche gelesen, z.B. von Alexandre Dumas den „Graf von Monte Christo" und „Die drei Musketiere".
Es standen dort aber auch Bücher über Wildtiere, über Hirsche, Rehe, Schwarzwild und Adler.
Auch alte Zeitschriften für Jäger fand Rainer dort - das alles war für ihn anziehend, spannend - und unterfütterte, differenzierte seinen Blick auf die Natur.

Gesang
Eine Erinnerung gehörte auch noch zu dieser Wohnung: ein spätabendliches Fest der Erwachsenen. Rainer wurde irgendwann wach von ihrem Gesang, bei gleichzeitig lau-

fender Musik auf dem Plattenspieler. Den damals immer noch populären Schlager „Am Golf von Biskaya", von Jakob Pfeil (1937), mit dem Refrain „Wir gehören zusammen wie der Wind und das Meer / von dir mich zu trennen/ach das fällt mir so schwer." - sangen sie abgewandelt: „Wir gehören zusammen, wie der Wind und das Meer/ ich will mit dir schlafen / aber mach mir kein Gör." - Gelächter, danach weiterer Trubel, und irgendwann schlief Rainer auch wieder ein.

Die Schule
Das war ein markanter, roter Backsteinbau an der Hauptstraße nach Demmin.
Rainer trat in die fünfte Klasse ein. Welchen Stellenwert sie hatte, ist dem Autor unklar, jedenfalls gab es in der sowjetischen Besatzungszone damals schon keine Gymnasien mehr. Rainer erinnert sich an einen forschen, durchaus freundlichen jungen Lehrer, der die Zügel in der großen Klasse fest in der Hand hatte. Probleme gab es für Rainer nicht in der Schule.

Eine politische Rede
Sie wurde gehalten vor dem alten Rathaus am dreieckigen Marktplatz in Jarmen, wohl im Herbst 1948, als wir dort noch wohnten.
Der Auflauf von Menschen auf dem Platz hatte Rainer nach draußen gelockt, spätestens hätten das dann die Lautsprecher bewirkt.
Wahrscheinlich war es eine Veranstaltung der „Sozialistischen Einheitspartei Deutschlands" (SED), die auf die West-Berlin-Blockade durch die Sowjetunion und die nachfolgende Luftbrücke der Westmächte reagierte.

Ihr Beginn: 24. Juni 1948, ihr Ende: 12.Mai 1949 - und die Bevölkerung in ihrem Sinne beeinflussen wollte.

Rainer kann sich nicht erinnern, von diesen politischen Verwicklungen zuvor gehört zu haben; er hat wohl auch kaum die Rede oder die Reden ohne politische Vorinformation verstehen können und sie natürlich wieder vergessen – behalten hat er nur einen knappen Sachverhalt aus einer offenbar auch ins Allgemeine ausgreifenden Rede- die Tatsache, dass in diesem Jahr 1948 die Weltbevölkerung auf über zwei Milliarden Menschen angewachsen war.
Das hat ihn so beeindruckt, dass er den Sachverhalt als damals Zehnjähriger behalten hat.
Die Information stammte wahrscheinlich von der noch ganz jungen UNO, und der Anstieg der Bevölkerung bezog sich sicherlich vor allem auf außereuropäische Gebiete. Eine erstaunliche Zahl auch im Hinblick auf die mindestens 53 Millionen Toten des vorausgegangenen Zweiten Weltkriegs.

Irgendwann im Jahr 2012 hieß es, die 7- Milliarden-Grenze sei überschritten. Das bedeutet, dass die Menschheit sich in den letzten 64 Jahren mehr als verdreifacht hat; ein Tatbestand, der den Autor heute nicht mehr „beeindruckt", wie damals, sondern wirklich beunruhigt, denn das ist ja noch lange nicht das Ende. Was wird noch alles zukommen auf uns? Jedenfalls sehr, sehr schwierige Konstellationen.

Ein Foto mit Ricarda
In Jarmen gab es wohl einen Fotografen. Bei ihm ist im Winter 1948/49 ein Foto entstanden. Ricarda, damals vier Jahre alt, und Rainer sind vor eine weiße Fläche postiert,

beide in dicke Mäntel gemummelt, Ricarda mit Pudelmütze, beide tragen Handschuhe.
Rainer steht halb hinter Ricarda und legt ihr leicht seine Hand auf die Schulter.
Beide lächeln dem Fotografen zu - das einzige Foto aus Jarmen.

Die neue Wohnung

Die Familie ist dann bald in ein geräumiges Einfamilienhaus an der Demminer Straße umgezogen. Es war eins der letzten Häuser vor dem Ortsausgang, bei dem ein kleines Waldstück begann.
Vor dem Haus ein kleiner Blumengarten, hinter ihm eine Art Hof mit Treppe zur Küche hinauf, ein Hof, auf dem auch ein oder zwei turmartige Rundlinge mit Feuerholz standen. Daran schloss sich ein Garten von vielleicht 15-20 Metern Tiefe, an dessen Ende - man staune - hier im hohen Norden zwei Spargelbeete angelegt waren.

Rainers Aufgabe wurde es, vor allem diese Beete von Unkraut frei zu halten, („Vati" zog und stach den Spargel)- das war überhaupt nicht vergleichbar mit der Fülle von Arbeit in Plau.
Das Regiment in der Küche und im Putzbereich übernahm eine Angestellte, die sich auch um Ricarda kümmerte.

Die Operation in Demmin

Wahrscheinlich in den Winterferien im Februar 1949 oder in den Frühlingsferien im Mai musste sich Rainer einer OP im Krankenhaus Demmin unterziehen. Er war lange der Meinung, es habe sich um eine Leistenbruch-Operation gehandelt.
In späteren Jahren hat er von Tante Hilda erfahren, dass in Wirklichkeit eine Hodensenkung vollzogen wurde.

Tante Hilda hatte zum Glück frühzeitig erkannt, dass seine Hoden im Leistenkanal steckengeblieben waren.
Sie veranlasste die Operation, die den Normalzustand herstellte. Auch in dieser Hinsicht also war Rainer Tante Hilda zu großem Dank verpflichtet, und seine Nachkommen auch.

Nach der Operation kam Rainer in einen großen Schlafsaal, mit mindestens zehn Betten, die auch weitgehend belegt waren. Das waren alles Jungen etwa in Rainers Alter. Dort herrschte eine ausgesprochen gute Stimmung, gar nicht krankenhausmäßig, eher wie Ferien im Bett.

Der Ball/ Schwimmen
Eine Weile nach der Operation bekam Rainer von Tante Hilda einen Ball geschenkt. Wer hatte damals schon einen Ball?
Mit Kameraden aus der Nachbarschaft hat er dann auf dem beginnenden Waldweg neben der Demminer Landstrasse Völkerball-Training betrieben; Fußball war nicht sein Geschmack. Immer wieder ging er auch ins Schwimmbad, das am entgegengesetzten Stadtrand neben dem Fluss Peene lag.
Im Schwimmbecken war ihm zu viel Getümmel; er zog es immer wieder vor, ins eigentümlich dunkle Wasser der Peene zu steigen, sich auch treiben zu lassen und schwimmend zu den Uferbäumen aufzuschauen.

Der Wels
Einmal kam er am Ortsrand von Jarmen an der Brücke über die Peene nach Anklam vorbei. Auf der Brücke standen einige Leute – da war irgend etwas. Als er näher kam, sah er einen sehr großen Fisch dort liegen, einen wirklich

riesigen, weit über einen Meter lang;er hatte so merkwürdige ‚Antennen' an seinem Kopf - sie sagten, es sei ein Wels. Wie mochte der auf die Brücke gekommen sein? Und was sollte weiter mit ihm geschehen?
Rainer hätte es nicht für möglich gehalten, dass in einem so kleinen Fluss wie der Peene solche Riesenfische lebten.
Und er selbst war ja ganz in der Nähe auch geschwommen - das war ihm jetzt doch fast unheimlich.

Ferienfahrt nach Feldberg bei Neustrelitz
Und dann war das Schuljahr schon zu Ende.
Erneut durfte er an einer Ferienfahrt teilnehmen, organisiert wieder von den „Jungen Pionieren". Es ging ins südliche Mecklenburg.

Diesmal ist ihm die Hinfahrt in Erinnerung geblieben. Er sah zum geöffneten Zugfenster hinaus. Damals - die Züge fuhren viel langsamer als heute – konnte man den oberen Teil des Zugfensters noch öffnen, indem man an einem flachen Griff das Fenster zu sich zog und und nach unten schob.
Er sah also in Fahrrichtung zum geöffneten Fenster hinaus und entdeckte ein Stück voraus einen Mädchenkopf, der auch hinausschaute, aber nach hinten. So entdeckten sie sich und lächelten sich zu. Ein hübsches Mädchen!
Wegen des Gegenwinds, vielleicht auch wegen einer Rußflocke von der Lokomotive, machte er Grimassen. Sie bedeutete ihm mit Gesten, doch den Kopf in die Gegenrichtung zu wenden. Rainer schüttelte lachend den Kopf und sah weiter zu ihr hinüber. So lernten sie sich kennen.
Es wurde sozusagen seine erste Liebe.

Vom ganzen weiteren Urlaub ist eigentlich nur eine Erinnerung geblieben - ein langer, langer Spaziergang mit diesem Mädchen am Hang eines einsamen Sees entlang.
Sie saßen dort im Gras, blickten auf eine freundliche, helle Landschaft, sprachen vertraut miteinander, sahen sich an - und fühlten sich wunderbar wohl.
Ein unauslöschliches, besser- ein unausgelöschtes Bild!
Sonst ist nichts von dieser Reise geblieben. Aber es genügt ja auch.

Eigentümlich die Auswahl der Erinnerungsbilder - über die eine schwer fassbare innere Instanz entscheidet.
Manche Bilder sähen wir gern gelöscht - doch sie bleiben. Andere wünschten wir dringend erhalten - und sie sind unwiederbringlich dahin.

Geblieben ist auch das Bild von Tante Hilda – einer ungewöhnlichen Frau.
Eigentlich war sie behindert - eine verschobene Wirbelsäule, Ansätze zu einem Buckel. Und dennoch ein kluger, souveräner und - ungewöhnlich freundlicher Mensch; auch als Ärztin sehr gefragt. Lange Jahre war sie Klinikdirektorin in Wittenberge an der Elbe.
Ich habe sie immer wieder besucht - in Wittenberge, später in Berlin und noch später, als sehr alte Frau in Lahr, in der Nähe ihrer Pflegetochter Ricarda und Ihres Neffen Peter, der sie geheiratet hatte.

Abschied in Jarmen
Vom Abschied in Jarmen, der sich noch im gleichen Monat vollzog - die Mutter kam, ihn abzuholen - ist nichts geblieben, buchstäblich nichts.
Das ist schon traurig, aber es gibt ja auch Gründe; er war

gern in Jarmen bei Tante Hilda gewesen; nun ging es ins Ungewisse.

Die Fahrt zur Übersiedelung nach Mülheim/Ruhr, Ende August 1949 - er war jetzt elf Jahre alt - keine Erinnerung. Bis auf einen winzigen Ausschnitt:
Mutter und Sohn auf dem Bahnsteig der U-Bahn. Rainer auf einmal: „Mutti, da drüben, da ist doch ein Mädchen von Schneiders in Plau!"
Die Mutter schüttelte unwirsch den Kopf und hielt ihn zurück. Das passte nicht mehr, das war abgeschlossen.
So weiß der Autor wenigstens, dass die Fahrt über Berlin gegangen ist.

Sie ging wohl weiter zuerst nach Herne, zu Opa und Tante Mariechen, und dann ins Kinderheim nach Mülheim/Ruhr, wo Rainer in die erforderlichen religiösen Hintergründe eingeführt wurde - zum Eintritt ins „Erzbischöfliche Konvikt" in Neuss. Über die Zeit in Mülheim hat der Autor auf Seite 15/16 schon berichtet.

Kap. 8 - Der Anfang
1950 - 1959
Das altsprachliches Quirinus - Gymnasium

Das Erzbischhöfliches Konvikt „Collegium Marianum"

Neuss war 1950 eine Stadt mit etwa 60 000 Einwohnern, die in der Schlussphase des 2. Weltkrieges stark gelitten hatte. Rainer kann sich kaum an Ruinen erinnern, es hatte also einen raschen Wiederaufbau gegeben. Heute ist die Stadt fast dreimal so groß, sie hat sich in der Nachbarschaft der Landeshauptstadt Düsseldorf rasant entwickelt.

Neuss ist eine der ältesten Städte Deutschlands; sie wurde als Römerlager „Castrum Novaesium" an der Rheingrenze gegründet. Auch Neuss war ein Ausgangspunkt der Erkundungszüge des römischen Feldherrn Drusus tief nach Germanien hinein, und bis an die Nordsee, 12 - 9 v.Chr.

Von Bedeutung wurde für sie der Märtyrer-Christ Quirinus, ein römischer Tribun, getötet in Rom während einer Christenverfolgung 115 nach Christus. Seine Gebeine gelangten im Mittelalter nach Neuss, und zu seinen Ehren wurde dort die sehr sehenswerte Quirinus-Basilika errichtet.

Das Quirinus-Gymnasium ist eine Schule mit langer Tradition, seine Wurzeln reichen zurück bis zu der 1302 zum ersten Mal genannten städtischen Lateinschule und zum 1616 gegründeten Gymnasium der Jesuiten. Später geht die Schule in die Trägerschaft der Stadt über, ist zeitweise nur Pro-Gymnasium und wird 1852 „im Zusammenhang mit

der Einrichtung eines Knabenseminars in Neuss (Collegium Marianum) zum Voll-Gymnasium mit neunjährigem Unterricht und Abiturabschluss ausgebaut." .
(So die „Schulgeschichte")

1889 wird ein neuer, ansehnlicher Bau der Schule eingeweiht, und 1895 der Bau des neuen „Konvikts" (Collegium Marianum) - beide an der Breitestraße - („Konvikt": von lateinisch convivere, con-victus: als Gruppe „zusammenleben").

Der Bau des Konvikts

Neugotische Elemente, große Fenster, Türmchen, und eine Marienstatue über dem Eingang. Drei hohe Etagen ragten auf und ein voluminöses Dach, teils noch mit kleinen Fenstern versehen.
Auf einem Grundstück von etwa 120 x1 25 Metern, das rundum von einer Mauer eingeschlossen war; vorn wurde der Blick auf das Haus von schmiedeeisernen Gittern erleichtert.

Wenn man ins Gebäude eintrat, stand man in einer spitzbogigen Halle. Garadeaus, vor hellen Fenstern, eine Treppe, die hinauf bis zum 3. Stock führte, ein paar Stufen hinunter zum Ausgang auf den Hof und weiter hinunter in den Keller.
Gleich rechts war die Rendantur, wo der Rendant, (Hausverwalter), sein Büro hatte. Weiter rechts ein breiter Gang, der zu Kücheneingängen und zum großen Speisesaal (mit Bühne) führte.
Links ging der Gang zu einer Toilette, zum Krankenzimmer, zur Sakristei und zu einer großen Kapelle.

Später, wurde gegenüber ein Fernsehzimmer eingerichtet
Im ersten Stock geradeaus zur Straße hin, der Wohnbereich des Assistenten („Assi"), rechts und zum Hof hin der von „Präses" Becker, nach links die Bibliothek, und mehrere Aufenthalts- und Arbeitsräume für die verschiedenen Altersgruppen.
Im zweiten Stock Schlafräume, Toiletten, Waschräume.
Darüber, im Dachgeschoss, unter anderem kleine Räume die für verschiedene Jugendgruppen, „Pfadfinder" z.B., zur Verfügung standen.

An den Bau schloss sich der Hof an mit einigen Platanen und - Fußballtoren; ein Garten folgte mit vielerlei Obstbäumen und schönen Rundwegen, auf denen auch der „Chef", Präses Becker, gern mit seinem Brevier wandelte. Rainer erinnert sich, wie eine Gruppe von Marianern auf dem rückseitigen Hof rings um Kardinal Frings stand, der nachdenklich auf den hohen Bau zurückschaute und dann sagte: Er sei stolz auf seinen Großvater, der dieses eindrucksvolle Haus gebaut habe.

Die „Breitestraße" vor dem Haus war wirklich eine breite Straße, zwei Fahrbahnen mit Bürgersteigen getrennt von einem breiten Mittelstreifen mit zwei Reihen mächtiger Kastanien. Breit ist diese Straße Richtung Schule nur bis zur ebenso breiten, querenden Drusus-Allee, dann schrumpft sie auf normale Dimension, erst die Schule hat dann wieder ein breiteres Vorfeld. Schräg gegenüber vom „Kasten", wie die Marianer ihre Behausung untereinander nannten, stand die evangelische Christus-Kirche. Rainer kann sich nicht erinnern, dass zu seiner Zeit irgendwelche Kontakte dorthin bestanden, er hat sie nie von innen gesehen, sie wurde sozusagen gar nicht wahrgenommen.

Jetzt ist der Bau des Marianums längst abgebrochen, ausgelöscht - die evangelische Kirche aber steht.

Der Beginn

Als ich im April 1950 in Neuss ankam, war das Marianum sozusagen schon voll ausgelastet, weil der Leiter, Präses Becker- nach der Wiedereröffnung des Konvikts 1947/48 – dort im Jahr 1949 ein Abendgymnasium gegründet hatte, um Berufstätigen ohne Abitur den Weg zu einem Theologie- Studium zu ermöglichen.

Dieses Abendgymnasium, eine wirkliche Neuheit damals, wuchs rasant, während die Zahl der Tagesgymnasiasten bei wenig über zehn Schülern pro Jahrgang eher stagnierte.

Die deutlichste Erinnerung der ersten Zeit hat der große Schlafraum für die untersten zwei, drei Klassen hinterlassen.

Ein sehr großer, heller Raum, der sich wohl über die ganze Gebäudebreite erstreckte, und in dem mindestens 25 Betten standen, alle weiß bezogen.

Das Regiment führten hier zwei Nonnen, sie müssen in anschließenden Nebenräumen gewohnt haben.

Es waren tatsächlich Räume de r Ruhe nachts bis zum morgendlichen Klingeln um 6.15 Uhr – aber auch mittags von etwa 2 - 3 Uhr; dort und im ganzen Hause.

Man musste nicht schlafen, durfte im Bett z.B. auch lesen, aber es hatte unerbittlich Ruhe zu herrschen.

Diese Gewohnheit der Mittagsruhe, sie hat sich mir dort eingeprägt für mein ganzes Leben.

Der Tagesablauf

Wecken also um 6.15 Uhr.

Wer wollte, konnte zum Hof hinunter laufen, um in frischer Luft (auch im Winter) ein paar Gymnastikübungen zu machen: „Frühsport". Einige Jahre später war Rainer der Vorturner.

Wohl um 6.50 h trafen sich alle Hausbewohner zur Messe in der Hauskapelle, mal vom „Chef", mal vom „Assi" gehalten, häufig mit kurzer Predigt.

Dann ging es zum Frühstück: Brot mit Margarine und Marmelade oder ‚Rübenkraut' (von Zuckerrüben).

Das Land um Neuss war u.a. Zuckerrüben-Anbaugebiet. In Wevelinghoven, also in unmittelbarer Nachbarschaft zu Neuss, gab es eine Zuckerrübenfabrik.

Ein anderes Neusser Standardgericht war Sauerkraut (von Weißkohl), es wurde in Neuss verarbeitet, und ich habe später einmal in den Ferien auch in einer Sauerkraut-Fabrik gearbeitet.

Um 7.50 h Aufbruch zum Gymnasium, wo von 8.00-13.00 Uhr der Unterricht stattfand.

Dann gegen 13.15 Uhr Mittagessen im „Kasten". Jeweils zwei Jungen waren im regelmäßigen Wechsel die Essensverteiler. Sie holten die Schüsseln an der Durchreiche zur Küche ab und aßen dann anschließend zusammen mit den Küchenmädchen.

Die Nonnen im Haus, die auch die Küche leiteten, hatten wohl ihren eigenen Essraum.

Später wurde es üblich, beim Mittagessen aus einem Buch vorzulesen. Ich gehörte regelmäßig zu den Vorlesern.

Ich erinnere mich zum Beispiel aus einem Buch gelesen zu haben, das die Verteidigung des Alcazars von Toledo 1936 sehr zustimmend darstellte (im spanischen Bürgerkrieg auf der Seite Francos und des konservativen Katholizismus)- eine Position, die der Autor lange schon nicht mehr vertritt.

Auf das Mittagessen folgte die obligatorische Ruhestunde bis 15 Uhr.
Dann Freizeit bis zum Beginn des „Silentiums".
Diese ‚stille' Arbeitszeit (16.30/17.00 h bis kurz vor 19.00 Uhr) hatte jeder an seinem Pult zu verbringen -
Hauptthema: Schulaufgaben.

19 Uhr Abendessen - und anschließend wieder Freizeit bis 22 Uhr für die Älteren; die Jüngeren im Nonnenschlafsaal gingen natürlich früher ins Bett.

Pfingsten 1950 - Blankenberg an der Sieg

Das erste Ereignis im Neusser Umfeld an das der Autor sich erinnert, sind die Pfingstferien, die ja nur ganz wenige Tage umfassten.

Das Haus war leer; ich war dageblieben, und ein, zwei andere Jungen auch - die Mutter konnte mich zu diesem Zeitpunkt nicht in ihrem Hospital aufnehmen .
Was tat Präses Becker? An einem der Pfingsttage lud er die Zurückgebliebenen in seinen kleinen Opel und nahm sie mit nach Blankenberg an der Sieg, um seine Mutter und eine Schwester dort zu besuchen.

Blankenberg (südöstlich von Bonn) ist bis heute mit seiner Burg und seinen eindrucksvollen Mauern ringsum immer noch eine vom Mittelalter geprägte Stadt.

Präses Becker hielt erst einmal am Fuße der Stadt; da war eine Wiese, ein Weiher, ein Gehölz – vermutlich stand da auch ein Zelt mit Marianern - die Begrüßung war noch im Gange - und ich, na, ich war schon im Wasser; keine Badehose dabei - dann eben ohne, quietschvergnügt.

Das hat wohl Verblüffung ausgelöst – aber ich war schon wieder draußen und steckte, leicht triefend noch, in meiner Lederhose.

Dann mein Staunen über die riesigen Mauern der Burg und der Stadt - so etwas hatte ich noch nicht gesehen.

Begeistert kletterte ich dort später geraume Zeit herum.

Diese Begeisterung für mittelalterliche Mauern hat viele, viele Jahre angehalten und spät erst der leisen Skepsis Platz gemacht, ob da wirklich immer kraftvolle Verteidigung der Bewohner und ihrer Interessen im Vordergrund gestanden hat - oder doch immer wieder auch die Beherrschung des Umfelds durch ganz wenige.

Nach dem Klettern kam dann bald die sehr, sehr freundliche Aufnahme durch die Familie Becker hinzu, die ich auch später gelegentlich wiedersah – alles rundete sich zu einem eindrucksvollen, unvergesslichen Tag anhaltender Wärme.

Die Radtour nach Trier

Das war schon in den Sommerferien 1950.

Wie er an das Rad gekommen ist, weiß der Autor nicht; das war damals, 1950, überhaupt nichts Selbstverständliches,

Es kam wohl aus dem Neusser Umfeld, vielleicht hat da auch Präses Becker seine Hand im Spiel gehabt.
Es war ein gebrauchtes Damenrad – doch zunächst musste ich überhaupt erst einmal Radfahren lernen - als Zwölfjähriger!
Aber es hat mir dann über Jahre hin gute Dienste geleistet; für manche weitere Radtour nach der Trierer; für regelmäßige Fahrten nach Wuppertal zur Mutter, und nach Herne (70 km) - zum Großvater und zu Tante Mariechen.
Damals war es noch möglich, mit dem Rad über den Ruhrschnellweg zu fahren, der heute Autobahn ist; der Verkehr war gar nicht sonderlich dicht, und ich musste eher aufpassen, dass ich den Schlaglöchern rechtzeitig auswich.

Das allererste Radfahren lernte ich auf dem Hof des Konvikts. Und irgendwann im vorrückenden Sommer hielt man mich dann wohl für gerüstet, an der Ferienfahrt zum Konvikt nach Trier teilzunehmen.

Es war eine Gruppe von 12 bis 15 Jungen, die im August 1950 nach Süden aufbrach. Ich werde wohl der Jüngste gewesen sein.

Zuerst ging es mit dem Zug in die Eifel; ob es die Bahnlinie Köln-Trier gewesen ist oder aber über Bonn, Remagen die Ahr hinauf, weiß der Autor nicht mehr.
Wahrscheinlich waren wir nun am zweiten Tag unterwegs. Wir hatten eben den Nürburgring unterquert; die schmale Straße führte abwärts, von hinten kam ein LKW, der uns stark an den Rand drängte, ich kam ins Schlingern, stürzte - und schlug mir das Knie auf. Es wurde verbunden oder verpflastert, und zum Glück war es nicht mehr weit bis in den Raum von Daun, wo an einem Maar ein mehrtägiges Zelten geplant war.

So war alles wieder in der Reihe.
An der bald erreichten Mosel radelte es sich gut - Trier rückte näher, und dann waren wir auch da.

Die Stadt mit all ihren römischen und mittelalterlichen Hintergründen (die Konstantin-Basilika, die Porta Nigra, die Kaiser - Thermen, das Amphitheater, der Dom, die Mathias-Basilika, die barocke St. Paulinus-Kirche) beeindruckten mich sehr und wurden mir im Laufe der Zeiten immer vertrauter, nicht zuletzt durch später sich öffnende familiäre Hintergründe.

Die Rückfahrt nach Neuss wurde wieder mit dem Zug bewältigt.

Aber der Auftakt zu mancherlei Fahrten war nun gemacht, ein jugendgemäßes Unterwegs-Sein, das für mich stark mit dem Neusser Hintergrund verwoben war.

Kap. 9 Pfadfinder im Konvikt

Die Mutprobe

Eines Tages kamen zwei etwas ältere Jungen, die wohl schon in der Quarta waren und nicht mehr im großen Schlafsaal schliefen, auf mich zu, ob ich nicht einmal in ihre Pfadfindergruppe kommen wolle. - Von der wusste ich kaum etwas, war aber gleich interessiert.

Zuerst müsse ich aber noch eine Probe bestehen, unten im Bunker, sagten sie, ob ich dazu bereit sei.
Ich war bereit.

Jupp und Heinz Theo führten mich zu einem der zwei Bunkereingänge, die sich damals noch auf dem Konviktshof befanden. Massive Betonklötze strebten vom Boden schräg aufwärts, bildeten in etwa zwei Metern Höhe einen waagerechten Abschluss und waren mit einer angerosteten Eisentür verschlossen. Ein Türschild signalisierte „Zutritt verboten".
Die beiden öffneten aber die Tür, eine Treppe führte ins zunächst Halbdunkle hinab. Sie sahen mich an, ich nickte. Die beiden gingen voraus. Es wurde immer dunkler.
Der Gang, an dessen Wänden Gerümpel stand, traf nach einer Weile auf einen breiten Quergang.
Die beiden nahmen mich am Arm, bogen ab, und gingen noch ein Stück. Sie forderten mich auf, mich hinzuhocken, die Augen zu schließen und bis Hundert zu zählen.
Dann sollte ich meinen Rückweg allein finden - „Ok?"- „Ok", sagte ich und horchte angestrengt, in welche Richtung sie fortgingen. Bei Hundert war ich bald und erhob mich. Das völlige Dunkel und die Lautlosigkeit lasteten auf mir. Ich suchte und fand schnell die Wand,

Spürte ihren Verlauf und tastete mich nun in die Richtung, in die sie sich fortgeschlichen hatten.

Auch hier stand Gerümpel. Ich musste sehr vorsichtig gehen. Aber es konnte ja nicht weit sein.
Und bald war ich auch am Ende der Wand, tastete mich um die Ecke - doch wohl rechts herum?... und starrte ins Dunkel. Da- irgendwo dort war ein Hauch von Licht.
Ich ließ die Hand an der Wand und hielt doch Abstand von ihr, damit ich nicht über Gerümpel fiel, ging in ganz kleinen Schritten weiter. Und es wurde heller. Dann sah ich schon die Treppe.
Auf einem Brett am Boden lag etwas wie ein Bild, ein Frauenkopf auf einem Heft - ich hob es auf, blätterte darin, ging näher damit zum Licht - nackte Frauen, nur nackte Frauen mit großen Brüsten und dem dunkel behaarten Dreieck, da wo die Beine begannen. Ich zögerte - nein, das war nichts! Irritiert warf ich das Heft hinter dunkles Gerümpel.

Jetzt war ich schnell an der Treppe und stapfte die Stufen hinauf ins Helle, zur halboffenen Tür. „Bravo!" - die beiden empfingen mich lachend, klopften mir auf die Schulter. „Du hast es geschafft! War es schlimm?" Ich schüttelte den Kopf - und war doch erleichtert.

Die beiden Bunkereingänge auf dem Hof waren am Ende irgendwelcher Ferien verschwunden, es wurde kaum wahrgenommen.
So wurde ich als Jüngster in die Gruppe aufgenommen, die sich zur katholischen "Pfadfinderschaft Sankt Georg" zählte. - Es gab im Konvikt noch andere Gruppen der „Deutschen Katholischen Jugend", aber keine war so auf

Fahrten, Zelten, Lagerfeuer versessen wie die Pfadfinder. Der Führer der Gruppe war der damals wohl 16-jährige Werner Dürdoth, der sich dann bis zu seinem Abitur intensiv um mich gekümmert hat.

Außer ihm, Jupp Brombach, Heinz Theo Schaefer und mir waren noch zwei oder drei andere Jungen in der „Adler-Sippe". . Einer von ihnen - er war deutlich größer als ich- hänselte mich einmal und grinste mich ironisch an.

Ich hielt die Luft an, starrte ihn an und antwortete mit einer schallenden Ohrfeige – die anderen gingen sofort dazwischen. Seitdem aber war Ruhe in der Sippe.

Zelten

Fahrten hatten meistens etwas mit „Zelten" zu tun - nicht zuletzt deshalb, weil dies die preiswerteste Form der Unterbringung war.

Der Autor hat in Erinnerung behalten, dass die von der Adlersippe genutzten Zeltplätze vielfach abseits in „freier Natur" gelegen hatten; jetzt ist er durch Zufall darauf gestoßen, dass mehrere dieser Plätze auch heute noch von der „Deutschen Pfadfinderschaft St. Georg" zum Zelten angeboten werden. Sie waren aber damals vielfach von uns allein genutzt worden, so dass sich mir der Eindruck von abgelegener großer Naturnähe und Stille eingeprägt hat.

So haben wir im Bereich Haltern am See, im beginnenden Münsterland, zwei Mal in Sommerferien am Rande einer einsamen Kiesgrube gezeltet, die zum See geworden war. Es scheint, dass der Platz auch heute noch genutzt wird. Es war schön dort. Die Vielfalt der Seen, Naturschutzgebiete, Heide und Wälder, Besuche bei den berühmten Wildpferden in der Nähe; baden, baden … …
- es gab so viele Möglichkeiten.

Das Wichtigste war, nicht von Mauern umgeben zu sein, vom „Draußen" allenfalls getrennt durch ein dünnes Zelttuch.
Selbst Regen war auf diese Weise, zwar nicht unbedingt erwünscht, aber so doch ein ganz anderes Erlebnis.
Mit eigenem Feuer sich zu bekochen - das war eine neue Erfahrung.
Und abends dann sich um das Lagerfeuer vereinen, für das man Holz gesammelt hatte; Lieder singen immer wieder; scherzen, nach und nach stiller werden; dem Flackern des Feuers zuschauen und dem sich Winden des Rauchs ins Dunkle hinauf; wie schön, Sterne über sich zu wissen; sich schließlich in die Decke hüllen, zugewandt dem Atmen der angesammelten Glut, dem Übergang zum Glimmen- vielleicht sogar einschlafen dort - wunderbare Stunden, immer wieder.

So versonnen ging es nicht immer zu.
Einmal hatte die Adlersippe bei einem Zelten im Ratinger Wald ein kleines, einsames Zelt entdeckt - abseits aller Wege.
Spät am Abend, es war inzwischen vollständig dunkel, machten wir uns auf, schlichen an das jetzt ganz stille, verschlossene Zelt heran, hinterließen mit schwarzer Schuhwichse einen Abdruck der „Schwarzen Hand" auf dem Zelttuch - und da sich nichts rührte, (vielleicht das Gescheiteste was die Insassen tun konnten), zogen wir uns ein Stück zurück, sangen lauthals ein schauriges Lied und marschierten dann dem eigenen Zelt zu, dem eigenen Schlaf.

Durchaus nicht alles pfadfinderische Tun war der Natur zugewandt.
Auf einem Zeltplatz bei Hilden stand ich einmal vor einer Balkenkonstruktion – dreieckig wie ein Giebel, mehrere Meter hoch - damit im ´ersten Stock` ein Zelt „sicher?" aufgestellt werden konnte - alle Balkenverbindungen ohne Nägel; `nur´ mit dünnen, festen Seilen gesichert - lösbar also. - Welch ein Aufwand ohne Anlass!

Für ein Jugendtreffen auf den Rheinwiesen in Bad Godesberg-Mehlem 1952 oder 1953 hatten Pfadfinder unter anderem einen schmalen dreieckigen Signalturm gebaut, bestehend aus drei Rundbalken, an die zehn Meter hoch; und hatten ihn mit der Spitze (!) in die Erde gesenkt.
Am Enddreieck oben (mit einer kleinen Plattform), waren drei Seile befestigt, die diese Konstruktion, weitausgreifend, in der Erde verankerten.
Nachträglich geht dem Autor auf, dass diese Dreieckskonstruktion wohl tatsächlich den geringsten Materialaufwand bedeutete und so verrückt nicht war.

Ich kletterte dort wohlgemut mit zwei Semaphor-Signalflaggen die schmale, straff gespannte Seiltreppe hinauf und begann dann, Buchstaben für Buchstaben eine Semaphor-Botschaft zu senden, die natürlich nur Wenige unten verstanden. Die Hauptbotschaft war natürlich: Wir können das, wir sind für alles gewappnet!
Das Semaphor-Flaggenalphabet wurde früher zur Textübermittlung zwischen Schiffen genutzt; vielleicht auch bei Truppen im Gebirge.
Manche Pfadfinder lernten das - mir hatte es Spaß gemacht. Heute dürfte Semaphor aufgrund der technischen Entwicklung fast völlig überflüssig sein.

Schließlich: Das Mehlemer Jugendtreffen/Pfadfindertreffen(?) wurde auch vom Bundespräsidenten „Papa" Heuss besucht.

Eine schlimme Fahrlässigkeit

Das Pfadfinderleben fand nicht nur auf Fahrten, sondern auch im Konvikt statt.
Wir hatten im 3. Stock ein Pfadfinderzimmer, wo wir uns trafen, wo gesungen und gelesen und auch manches gelernt werden konnte.
Zum Beispiel stand dort ein Buch über Wetter und Wolken, aus dem ich viel gelernt habe; Kenntnisse, die heute noch nicht überflüssig sind.

Natürlich musste dort auch immer wieder einmal aufgeräumt werden.
Bei solch einer Aufräumaktion fiel mir ein verkrustetes altes Tintenfass in die Hände – wohin damit?
Ein Papierkorb oder ähnliches war dort nicht zur Hand. Ohne Nachzudenken öffnete ich das Dachfenster - ich konnte wegen der Dachschräge nicht unmittelbar nach unten sehen; aber da war doch jetzt eine abgesperrte Baustelle - also hinaus mit dem unnützen Zeug! - und ich warf es weit hinaus in die Luft.
Dann ging das Aufräumen weiter.
Plötzlich wurde die Tür aufgerissen - zwei Männer standen dort, Bauarbeiter, einer so um die Dreißig, groß, breitschultrig, und richtig rot angelaufen.
„Wer hat das Glas runter geworfen?", herrschte er uns an, er war in seinem sehr kräftigen Nacken getroffen worden. Ich weiß nicht mehr, wie ich mich verhalten habe – vielleicht haben alle Jungen auf mich geblickt, jedenfalls

kam der zornesrote Hüne auf mich zu und versetzte mir eine harte Ohrfeige.
Dann war wohl Stille - und die beiden Männer gingen wieder.

    Es war offensichtlich, dass der getroffene Arbeiter im Unglück noch großes Glück gehabt hatte – es hätte viel Schlimmeres passieren können, darüber wurde auch mit Präses Becker gesprochen - aber ebenso habe auch ich in meinem unglaublichen Leichtsinn ein kaum vorstellbares Glück gehabt - die Dankbarkeit dafür ist mir heute noch gegenwärtig.
Und heute tut es mir leid, dass ich in den folgenden Tagen nicht noch einmal Kontakt zu diesem Arbeiter aufgenommen und mich entschuldigt habe; das Gesicht dieses Mannes ist mir – trotz der Zornesröte - als eigentümlich sympathisch in Erinnerung geblieben.

Weitere Wanderungen und Fahrten

Nachtwanderung zum Altenberger Dom

Diese Wallfahrt des Konvikts jeweils im Frühsommer in einer Nacht von Samstag auf Sonntag war immer ein besonderes Erlebnis.
Sie fand für mich im Rahmen der Pfadfindergruppen statt.

Man brach am späten Samstagabend auf; die Durchquerung eines Teils des unmittelbaren Düsseldorfer Umfelds musste mit öffentlichen Verkehrsmitteln etwas verkürzt werden.
Und dann wanderten wir in die Nacht hinaus, geführt von Älteren, die die Strecke kannten. Besonders die letzten Kilometer führten immer wieder durch Wälder.
Wir liefen nicht nur auf Altenberg zu, sondern auch auf die zu dieser Zeit sehr früh aufgehende Sonne. Kurz vor fünf mussten wir angekommen sein.

Dann scharten sich viele junge Menschen um den Altar im Dom, auf dem Kerzen brannten, das einzige Licht in der letzten ‚sanften Dämmerung des hochgewölbten gotischen Baus. Präses Becker zelebrierte die Messe und vergaß auch die Predigt nicht. Ob wir Kirchenlieder gesungen haben und die Orgel dabei ins Spiel kam, weiß ich nicht mehr.
Frühstück dann irgendwo, möglichst in der Sonne.
Eine Weile tummelten wir uns danach noch in den schönen, dichten Wäldern, die den Lauf der Dhünn begleiten, an der Altenberg liegt.
Irgendwann dann war die Rückkehr angesagt, bei der sich die erlebnisgesättigten jungen Menschen allmählich auch auf etwas Bettruhe freuten.

Pfingstferien 1953 - Fahrt nach Freiburg und in den Schwarzwald

Von dieser Fahrt sind mir nur Bruchstücke in Erinnerung geblieben. Es war meine erste Tramptour.
Getrampt bin ich in den nächsten sieben Jahren immer wieder - irgendwann damals habe ich die Kilometer zusammengerechnet und bin auf rund Zehntausend gekommen. Trampen war damals „in" und völlig normal. Erstaunlich ist aus heutiger Sicht, dass die Autofahrer da mitgespielt haben. Für sie war es offenbar eine selbstverständliche soziale Hilfe, vielleicht auch ein Mittel, das Alleinsein auf langen Fahrten zu verkürzen. Die Mehrzahl der Wagen hatte damals noch kein Autoradio.
Es gab sie zwar schon seit 1920, aber diese Radios waren umfänglich, waren nicht im Armaturenbrett eingebaut und - sehr, sehr teuer. Ganz langsam erst wurde das Autoradio selbstverständlich. In meinem ersten Wagen ab 1966 hatte ich noch kein Radio.

In der Regel durften es nicht mehr als zwei Tramper sein. Deshalb hatten wir zwei Gruppen gebildet - Heinz Theo und Rainer, sowie Jupp und ein weiteres Sippenmitglied, dessen Name mir entfallen ist.
Hin nach Freiburg war alles problemlos gelaufen.
Das Freiburger Münster beeindruckte mich sehr.
Den Weg zum Feldberg sind wir zum größten Teil gewandert. Der Höhepunkt war die Feldberg-Besteigung(1495 m) Als wir oben ankamen, lag am Nordhang unmittelbar unter dem Gipfel noch etwas Schnee.
Einer von uns kam auf die Idee, an einer steilen Stelle einen Viererbob zu bilden. Wir setzten uns dicht hinterein-

ander in den Schnee - hielten uns die Beinöffnungen unserer kurzen Lederhosen zu - und ab ging die Fahrt.
Vielleicht zwanzig, dreißig Meter hinunter.. Das machte so viel Spaß, dass wir es mehrfach wiederholten.

Auf der Rückfahrt hatten Heinz-Theo und ich in Lahr, 40 km nördlich von Freiburg, einige Schwierigkeiten. Damals standen wir dort vier Stunden im Regen und niemand nahm uns mit.

Wenn ich heute bei Schwester und Schwager in Lahr bin, denke ich immer wieder an dies Ereignis zurück.
Am Ende hatten wir damals aber doch noch Glück - und kehrten wohlbehalten nach Neuss zurück.

Sommerferien 1953 – Luxemburg und Hunsrück

Zuerst ging es mit der Sippe nach Wiltz in Luxemburg.
Warum Wiltz? Weil es ein internationales Pfadfinderzentrum war (und ist), ein großes Angebot an Zeltplätzen hat und viele neue Kontakte ermöglicht.
Wie wir dorthin gekommen sind? Das ist vergessen.
Nicht vergessen ist unsere Hauptaktivität dort: Theater zu spielen. Jemand hatte die wunderbare Idee gehabt, Theodor Fontanes Ballade „Die Brücke am Tay" in ein Theaterstück zu verwandeln, um es im Konvikt aufzuführen.

In Wiltz hatten wir Zeit zum Proben.
Wo? In einem heideartigen Gelände, das wir auf einem einsamen Bergrücken gefunden hatten.
Drei Hexen mussten es sein, wir übten aber zu viert oder fünft.

„Wann treffen wir drei wieder zusamm' ?"
„Um die siebente Stund, am Brückendamm."
„Am Mittelfpeiler"
„Ich lösche die Flamm."
„ Ich mit."

„Ich komme von Norden her."
„Und ich vom Süden."
„Und ich vom Meer."

„Hei, das gibt einen Ringelreihn,
Und die Brücke muss in den Grund hinein."

„Und der Zug, der in die Brücke tritt
um die siebente Stund?"
„ Ei, der muss mit."
„Muss mit."
„Tand, Tand - ist das Gebilde von Menschenhand!"

Die Hexenmasken hatten wir noch nicht, aber wir schlugen unsere Schlafdecken um uns und ließen hohle Stimmen tönen.

Einer, wahrscheinlich Werner Dürdoth, übernahm den Sprecherteil für die mittleren Erzähl-Strophen; und die Hexen füllten den Anfang und das Ende.

Später habe ich diese Ballade (und andere) noch manches Mal im abendlichen Zelt vorgetragen, umringt von Jüngeren, die bei flackernder Kerze lauschten.

Mit unseren Proben, die später im Konvikt zu einer Aufführung auf der Bühne im Speisesaal führten, war das ‚Theater' in Wiltz aber noch nicht am Ende. Wiltz ist auch bekannt für seine große Freilichtbühne. Und dort sahen wir dann den „Jedermann" von Hugo von Hofmannsthal mit

Attila Hörbiger in der Hauptrolle - und waren sehr beeindruckt.

Wiltz war mein erster Auslandsaufenthalt, der aber ganz unauffällig blieb, weil überall Deutsch verstanden und auch gesprochen wurde.

Das war aber erst der Beginn der Ferien.
Von dort aus fuhr ich mit einem Sippenkameraden per Rad weiter. Der hatte mich eingeladen, ein paar Tage bei Verwandten im Hunsrück in der Nähe von Oberwesel (Mittelrhein) mit ihm zu verbringen.
Diese Fahrt wurde eine unerwartet harte Tour.
Der erste Tag bis über Trier hinaus war unauffällig.
Irgendwo eine Übernachtung. Am zweiten Tag dann von der Mosel zur Hunsrückhöhenstraße hinauf - ein sehr heißer Tag; immer wieder endlose Steigungen, die Tour wurde zur Tortur. Heilfroh waren wir, als wir endlich ankamen.

Es folgten zwei oder drei sehr angenehme Tage bei freundlichen Leuten - ein hübsches Mädchengesicht ist mir in Erinnerung geblieben.

Dann der Aufbruch in Richtung Herne zum Großvater, zu Tante Mariechen.
Am Anfang nach Oberwesel zum Rhein hinab.
Koblenz dann, Bonn und Köln - keine Erinnerung an Zwischenstationen; das Rad rollte und rollte.

Erst ins Bergische Land hinauf wurde es wieder anstrengend. Und dann brach ein Gewitter los.
Strömender Regen. Irgendwo bei Wermelskirchen fand ich Unterschlupf bei einem Bauern im Heuschober.

Ich war zufrieden mit meiner „Herberge", aß, was ich noch bei mir hatte, wechselte wohl auch die nass gewordene Kleidung und kroch ins Heu.
Bis Herne hätte ich es ohnehin nicht geschafft. 175 km mit meinem Rad - das war schon was.
Wie ich den Weg gefunden habe, ohne ordentliche Straßenkarte - das wundert mich heute noch. Aber ich meine mich zu erinnern, dass ich 1953 einen kleinen Weltatlas gekauft hatte, DIN A5-Format. Und dass ich mir ein Blatt herausgetrennt hatte - Rheinland, Bergisches Land, Ruhrgebiet - sehr klein wohl alles – aber ich war angekommen.

Dasselbe Blatt habe ich acht Jahre später als Student in Bonn aus diesem Atlas entnommen, bevor ich, plötzlich nachts um 12, zu Fuß, und bei immer noch schüttendem, schüttendem Regen - in Richtung Hunsrück aufgebrochen bin, um Irritationen zwischen mir und meiner Freundin Waltraud zu klären - reichlich verrückt unter den gegebenen Bedingungen.

Da hatte ich mit Bleistift und Lineal eine gerade Linie von Bonn über Ahr und Mosel hinweg nach Forst im Hunsrück durchgezogen - und war losmarschiert. Zuerst zum Venusberg hinauf, und dann, so hoffte ich, durch die Wälder und Weinberge nach Süden, nach Süden.

Auf dem Venusberg kamen mir dann Bäche in die Quere, die es sonst nicht gab. Es gab sie eben nur ganz selten, nach schweren, lange anhaltenden Regenfällen.
Ich versuchte ihnen auszuweichen, musste sie aber, um die Richtung nicht ganz zu verlieren, zum Teil durchqueren, einmal bis zur Hüfte im Wasser. Da wurde mir klar, wie der Venusberg, der eigentlich Vennsberg (Sumpfberg) geheißen hatte, zu seinem irreführenden Namen gekommen

war (siehe auch `Hohes Venn', Eifel).

Ich verlief mich mehrfach, und fand mich morgens um vier eben erst auf der Höhe der Godesburg. Zweieinhalb Stunden Zeitverlust. Ich marschierte - durchnässt - weiter, teils querfeldein, auch über Bullenweiden, wenn die Wege nicht nach Süden gingen.

Um acht Uhr morgens kam ich an der Ahr an, traf zum Glück (Glück?) gleich auf eine Brücke, und marschierte weiter nach Süden. Zwischen zehn und elf Uhr erst war mir klar, endgültig klar, dass ich es nicht schaffen würde. Auf der Luftlinie waren es „nur" 75 km gewesen.
Zurück also zum nächsten Ahr-Bahnhof. Immer noch durchfeuchtet und frierend über Remagen zurück nach Bonn.

Gegen zwei Uhr wieder zu Hause, trank ich so viel Heißes wie ich nur konnte, aß etwas, schlief bis sieben, aß noch einmal und schlief weiter bis zum nächsten Morgen.
Und das war's.

Sommerferien 1956 und 1957

In diesen Sommerferien bot die DPSG des Marianums Neusser Jungen, die sich keine Ferienfahrt leisten konnten, einen 3 - 4 wöchigen Sommerurlaub an - zu sehr günstigen Bedingungen.
Er konnte so günstig angeboten werden, weil die DPSG für 1956 im Kloster der Styler Missionare in Styl bei Venlo/Holland freie Räume gefunden hatte, die nun für betreute Jungen im Alter von etwa 11 bis 13 Jahren genutzt werden konnten.

Es waren dann etwa 30 Jungen und um die 10 Betreuer. Die Betreuer waren alle Abendgymnasiasten außer mir, der sicherlich der Jüngste war.

Das Programm bestand in Wanderungen und Besichtigungen, Spielen und Sport, Lesungen und Theater spielen.

Da die Fahrt nach Holland einen guten Anklang gefunden hatte, wurde für 1957 eine Fortsetzung geplant. Diesmal war das Ziel das Benediktiner-Kloster Melk an der Donau in Österreich, dessen wunderbare Lage auf einem Felsen über der Donau, diesen Ort weithin bekannt gemacht hat. Die zugehörige Barockkirche ist auch von innen sehenswert.

Das Kloster Melk verfügte über ein Konvikt, dessen Räume in den Sommerferien frei waren und uns nun zur Verfügung standen. Die günstige Lage ermöglichte auch Ausflüge ins Weingebiet der Wachau.

Einen freien Tag nutzte ich mit einem befreundeten Abendgymnasiasten zu einem Ausflug nach Wien, wo sich vor allem Schloss Schönbrunn und der Prater meinem Gedächtnis eingeprägt haben.

Kap. 10 Die letzten Jahre mit der Mutter in Deutschland (Wuppertal, Iserlohn) - und ihre Auswanderung

Natürlich war ich auch immer wieder nach Wuppertal unterwegs zur Mutter, meistens mit dem Rad - etwa 35 Kilometer.

Die Übernachtung im Englischen Hospital in Elberfeld, wo die Mutter arbeitete und ein kleines, knappes Zimmer bewohnte, musste vorher genau abgesprochen werden, damit ein gerade freies Bett in einem Kolleginnen-Zimmer gefunden werden konnte.

Dass ich die Weihnachtstage in Wuppertal verbrachte, war selbstverständlich. Manchmal war auch die Schwester Ute dort, die ich, etwa ab 1954, mehrmals in Peine (Raum Hannover) bei ihren Pflegeeltern besucht habe. Das waren immer Tramp-Touren.

Einmal musste die Mutter energisch werden, dass ich über Ostern nach Wuppertal kam und nicht schon wieder zu einer meiner vielen Pfadfinderfahrten entschwand.

Gelegentlich machten wir auch zusammen Ausflüge.

So erinnere ich mich an einen gemeinsamen Besuch auf Schloss Burg an der Wupper.

Die Mutter hatte sich nach der Nazi-Zeit ihrer katholischen Herkunftsreligion wieder angenähert. Aber als ich, wie gewohnt, bei einem Essen auf einer Restaurant-Terrasse vor dem Beginn der Mahlzeit das Kreuzzeichen schlug und still mein Tischgebet absolvierte, war sie doch etwas irritiert.

Im Jahr 1955 übernahm die Mutter in Iserlohn, am Rande des Sauerlands, die Leitung eines Sammelhauses für hochschwangere englische Soldatenfrauen, die von weitverteilten Militär - Standorten nach Iserlohn kamen, und dann in einer englischen Klinik dort bei ihrer Geburt betreut wurden. Das Sammelhaus war ein fast villenartiger Bau, in dem die Mutter auch eine geräumige Wohnung für sich erhielt.

Hier habe ich sie mehrfach besucht.
Tagebucheintragungen: „Am 25.6.1955 kam eine ganz große Neuigkeit an. Meine Mutter heiratet wieder. Das war wirklich eine Überraschung, wie man sie selten erlebt. ...
Für Mutti ist es die Erlösung von vielen Jahren härtesten Lebens. Ich freue mich, dass sie doch noch einen gewissen Frieden und Ruhe gefunden hat. Viel wird sich für mich nicht ändern. Ich bin auf jeden Fall gespannt auf Onkel Conny und auf mein Verhältnis zu ihm."

20.10.1955: „Es gibt Sachen, die gibt`s gar nicht. Das habe ich heute deutlich gespürt. Onkel Conny schreibt heute, Mutti habe am 2. August ihre Verlobung wieder gelöst. Angeblich, weil er den gleichen Charakter wie ‚Vati' habe. Er schreibt, der wirkliche Grund seien die Amerikapläne meiner Mutter."

Und die setzen sich auch tatsächlich durch.
Im September 1956 (im Alter von 43 Jahren) verwirklicht die Mutter ihren Traum.
Ich begleitete sie zum Schiff nach Rotterdam.
Nicht die eher nüchterne Abschiedszeremonie ist mir in Erinnerung geblieben, sondern die schmalen, steilen Treppen des Rotterdamer Hotels.

Die Mutter begab sich zunächst - auch entsprechend den Einwanderungsbestimmungen - für ein Jahr in die Obhut einer Schulfreundin ihrer Herner Zeit, die inzwischen als Nonne in Chicago lebte.

Dann brach sie zu ihrem Sehnsuchtsziel Kalifornien auf, wo sie nach einigen Jahren im Wüstenidyll Palm Springs ein Haus mit Swimmingpool erwarb.

Schwester Ute folgte ihr 1958, nachdem sie sich von ihren Pflegeeltern gelöst hatte, und nachdem sie - ein Jahr noch bei Opa und Tante Mariechen in Herne wohnend - den Mittelschulabschluss erreicht hatte.

Ich, der ich nach der Erwartung der Mutter gleichfalls folgen sollte, erwies mich in dieser Frage von Anfang an störrisch. Ich hatte sowohl in meinen menschlichen Bindungen, als auch in meinen sich entwickelnden Studien- und Berufsperspektiven (Germanistikstudium) eindeutig deutsche Bindungen - Amerika war nie mein Traum gewesen.

Die Mutter, die in ihren letzten deutschen Jahren zum Präses Becker ein erstaunlich gutes Verhältnis entwickelt hatte - und er wohl ebenso zu ihr - betraute ihn vor ihrer Auswanderung bis zur meiner Volljährigkeit mit der Vormundschaft. Das galt damals noch bis zum 21. Lebensjahr, also knapp über mein Abitur 1959 hinaus.

Eigentümlicher Weise hat diese besondere Verantwortung für einen seiner Konviktsinsassen bei Präses Becker nicht zu mehr Strenge, sondern zu mehr Nachsicht geführt.
Und Rainer hatte ein wirklich gutes Verhältnis zu seinem „Chef", wie wir alle ihn damals untereinander benannten.

Die Mutter war eine versierte Briefschreiberin - mehr als ihr Sohn. Sie schrieb dem Präses Briefe - und natürlich ihrem Sohn. Eine andere Kontaktform als der Brief war damals auch kaum denkbar, besonders zwischen Amerika und Europa.

Immer wieder legte sie mir auch einen Zehn-oder Zwanzig-Dollar-Schein hinzu - das war damals (bei einem Tauschkurs von 1:4 zwischen Dollar und D-Mark und dem damaligen viel bescheideneren Verdienstniveau) für mich eine Menge Geld.

Ein eigenes Telefon in einer normalen Wohnung, das dann einen unmittelbaren Kontakt nach Amerika ermöglichte, habe ich erst 1967 erreicht.

Kap. 11 Mein erstes Tagebuch (7.12.1954 – 22.12.1957)

Auszüge:

7. Dezember 1954 (16 Jahre alt)

„Heute beginne ich mein Tagebuch. Besonders das Buch: "Das Tagebuch der Anne Frank" hat mich dazu angeregt. Ich will in meinem Tagebuch nicht so sehr meine Stimmungen und Launen festhalten und mir selbst zu wichtig vorkommen. Dies Tagebuch soll mir ein Wertmesser meines geistigen und religiösen Wachstums werden. Ich will versuchen, alles für mich Wertvolle aus Predigten, Büchern, Filmen, Ereignissen, Gesprächen und meine Auseinandersetzung damit, hier nieder zu schreiben. Möge dies Tagebuch einen entscheidenden Schritt vorwärts bedeuten!"

15. Dezember 1954

(Nachtrag zum Grundsatz: ‚magis' - mehr):
Dieser Grundsatz gilt nicht nur für das Religiöse, sondern für alle Bereiche des menschlichen Lebens. Mehr wollen und tun als die Masse. Über dem Durchschnitt stehen, höher streben, ohne dabei einen krankhaften Ehrgeiz zu entwickeln. Mehr von sich selbst fordern, nie zufrieden sein mit dem, was man gerade hat, denn das ist Spießbürgertum. Dies „nie zufrieden sein" meine ich mehr in Hinsicht auf das geistige Wachstum. Denn es gibt auch den Typ des Gierigen, Maßlosen, der sich Illusionen macht, dessen Streben nicht mehr auf der Realität aufbaut und seinem Ziele deshalb nie näher kommt. Dieses „nie zufrieden sein" meine ich nicht. Der Mensch darf wohl, muss sogar hohe Ziele anstreben, wenn er nicht vermassen

will, er muss aber auch um sein „Mensch-Sein", seine Schwachheit und Hinfälligkeit wissen.

20. Dezember 1954
Exerzitien-Beginn. Obwohl mir wenige Stunden vor Beginn mein Mantel mit Geld, Ausweisen und Fahrkarte gestohlen wurde, habe ich wieder gefangen. Die Exerzitien laufen vielversprechend an.

12. März 1955
... In der letzten Woche war ich krank. Ich habe Streit mit der Krankenschwester bekommen. Ich glaube, dass ich bei allem Recht das ich hatte, hätte dankbarer sein müssen. Ich muss mich davor hüten, zu übertreiben und unbeteiligte Personen mit dem unnötigen Streit zu belasten. Ich muss überhaupt den Kampf gegen Lust oder Unlust wieder verstärkt aufnehmen und mich zum Notwendigen zwingen: „Allzeit bereit". „Das Positive im Menschen sehen!"

4. April 1955
Ich bin einige Tage bei Werner zu Besuch gewesen. Es waren sehr wertvolle Tage für mich. Ich habe einen Gaumeisterkurs mitgemacht. Sehr wertvoll die Referate und Diskussionen über Führerschulung. Mein Blick ist in pfadfinderischer Hinsicht ziemlich geweitet worden. Viele führende Leute kennen gelernt.
Besuch bei Werner Schraa. Diskussionen über die Form unserer kommenden Ritterarbeit. Ich habe ihn zwar noch nicht überzeugt, aber der Weg als solcher besteht und wird mit in Erwägung gezogen. - Den Film „Die Faust im Nacken" gesehen. Für mich der eindrucksvollste und beste Film, den ich bisher gesehen habe.

6. April 1955
Nach Neuss zurückgekehrt. 1.Arbeitstag. Die Arbeit ist schwer, aber ich tue sie ganz gern. (Bretter stapeln im Sägewerk)

7. Mai 1955 Zitat: „Alle Finsternis der ganzen Welt recht nicht aus, das Licht einer einzigen kleinen Kerze auszuschalten." *(Rainer ist jetzt 17 Jahre alt)*

17. Mai 1955
Ich habe vor einiger Zeit über einen Artikel Guardinis: „Staat in uns", den ich für sehr wesentlich für unser Verhältnis zum Staat halte, eine Inhaltsangabe (Zusammenfassung) gemacht. Ich gebe sie hier wieder:
Guardini: „Staat in uns"
A. Die meisten Menschen stehen dem Staat fremd gegenüber. Sie empfinden ihn als feindselige Macht, die ihre Freiheit beeinträchtigt.

B 1. Doch das ist nicht der Staat..Der Staat entspringt aus dem Werke jedes einzelnen. Er ist nichts Fertiges, sondern etwas, das beständig wird. Der Staat ist in seinem Wesen eine Aufgabe, die uns Gott gestellt hat und wird sie erfüllt, so ist sie eine der höchsten Schöpfungen menschlicher Kraft.

2. Der Staat darf keine Betriebsordnung sein, in die das Leben eingespannt ist. Oft ist es zwar so, und doch dürfen wir uns nicht von ihm zurückziehen und ihn denen überlassen, die ein Geschäft aus ihm machen oder ein Werkzeug ihres Ehrgeizes. Der Staat wird erst lebendig, wenn wir ihn schaffen, wenn er lebendig hervorgeht aus unserer Haltung, wenn er "Staat in uns" ist.

3. Wir stehen heute vor der Entscheidung: Entweder ein Staat, in dem wir schaffen und kämpfen für eine geschichtliche Aufgabe - oder ein Wirtschaftsstaat. Bei uns liegt zu einem nicht geringen Teil die Entscheidung, ob der Staat die irdisch-natürliche Hoheit des Rechts ist oder nicht. Denn das Wesen des Staates ist Hoheit zu sein. Und diese Hoheit bringt er zur Geltung im Recht.

4. Erst auf dem Recht baut sich wahre Politik auf. Politik bedeutet, dass ein Volk handelt. Fähig zu handeln ist es aber erst, wenn es gegliedert ist. Im Staat wird das Volk fähig, Geschichte zu haben. Wirkliches Volk und wirklicher Staat sind da, wenn Meinung und Wille des Volkes herauskommen, wenn die Kräfte, die in ihm liegen, sich geltend machen und wenn die Einzelnen am Leben des Staates Anteil nehmen und sich für ihn verantwortlich wissen.

5. Der Staat besteht aus verschiedenen Einheiten. Es ist nicht wahr, dass alle gleich sind. Es gibt Einheiten durch Befehl und Gehorsam. Im Letzten kann kein Mensch befehlen im eigenen Namen. Der Befehl muss kommen aus dem Amt, dem Auftrag. Er muss geschehen in Ehrfurcht vor der freien Person dessen, dem er gilt. Auch im Gehorsam liegt Würde: Der freie Gehorsam des freien Bürgers. Politische Haltung heißt befehlen und gehorchen können.
Es gibt weiterhin Unterschiede: Die des Führenden und des Geführten, Unterschiede der Erfahrung, der Reife, des Wissens, der Einsicht und des Maßes.
Wahre Demokratie besteht, wo jeder er selbst sein kann, das heißt ein Recht auf Persönlichkeit hat und wo jeder an die Stelle kommen kann, an die er auf Grund seiner Ver-

anlagung, seines Wissens, seines Könnens und seiner Reife gehört.

C.Dies ist das Idealbild eines Staates.Unsere Aufgabe ist es, dies Idealbild soweit wie möglich zu verwirklichen."

2. Juni 1955
Ich bin schon eine ganze Reihe Tage in Forst/Hunsrück. Es gefällt mir hier sehr gut. Heinz Theo ist sehr zurückhaltend. Ich habe allerdings auch gemerkt, dass ich in die Sperbersippe nicht hinein gehöre.

Ich fühle mich hier in Forst wirklich zu Hause... Ich werde hier bemuttert und verwöhnt im wahrsten Sinne des Wortes. Ich plane schon, mich in den Kleinen Ferien hier wieder sehen zu lassen.

7. Juni 1955
Die Fahrt ist vorüber. Sie hat mir sehr viel Schönes bereitet. Das familiäre Verhältnis zu Sch.s; der enge Kontakt zu Heinz-Theo; die feine Mädchenart Waltrauds; die vielen Erlebnisse und Eindrücke. In Forst werde ich mich immer wohlfühlen. Es ist mir zum ersten Mal schwergefallen, den Kasten so fröhlich zu betreten, wie ich ihn verlassen hatte. Damit ist nichts gegen den Kasten gesagt. Ich fühle mich hier so wohl wie immer.
Nun hat der Ernst des Lebens wieder begonnen. Ich muss mich mühen um eine klare Zeiteinteilung und -ausnutzung, Überwindung der Schreibfaulheit, intensive Arbeit für die Schule...

8. Juni 1955
Ich stehe jetzt wieder mitten im Training. Wenn ich es durchhalte, schaffe ich in diesen Monaten noch allerhand.

Ich habe mir für die kommenden Monate auch viel vorgenommen: 1000m-Lauf/ 100m/ Weitsprung/Kugelstoßen/Schleuderball/ Speerwerfen/Hochsprung...
Ich bin selber gespannt...

27. Juni 1955
Gestern war ich im Film „Der 20.Juli". - Was der Film bringt, halte ich für gut. Es hätten jedoch stärker die Entstehung der Widerstandsgruppen, die Rechtfertigung des Attentats in Bezug auf die Widerstandsgruppen als Gemeinschaft - und die Gründe für das Scheitern des Aufstands hervorgehoben werden müssen. ...

18. Juli 1955
Ich habe in letzter Zeit, zum Teil auch durch die zeitliche Belastung bedingt, die Askese stark vernachlässigt. Es ist besser einiges von dem abzustoßen, was ich gerne tue, was aber nicht gerade notwendig ist, um mehr Zeit für mich selbst zu gewinnen. Sonst ist es schnell so weit, dass der äußere Rummel nicht mehr der inneren Substanz, soweit ich sie habe, entspricht. Und dann setzt die Errichtung von Fassaden ein.
Ich muss also zusehen, dass ich mehr zu mir selber komme. Gerade als Gruppenführer habe ich es nötig, mich öfter wieder aufzuladen, bzw. ich muss mir mehr Zeit nehmen,, die vielen Anregungen, die an mich herantreten, aufzuarbeiten. ...
Ich stehe in viel zu starker Abhängigkeit von Lust und Unlust, Sympathie und Antipathie, bewussten und unbewussten Stimmungen und bin viel zu oberflächlich. ... Ich habe sehr viele Anregungen kaum oder gar nicht benutzt. „agere contra", „Gute Tat", „magis" usw. sind mir noch viel zu

sehr Begriffe geblieben. Ich bin viel zu selbstzufrieden, um nicht spießbürgerlich zu sagen. Und das ist gerade die Gefahr." ...

8. September 1955

Die Schwarzwaldfahrt war ein Erfolg. ... ... Ich habe Jupp jetzt erst näher kennengelernt und werde in Zukunft wohl auch mehr mit ihm zusammenarbeiten. Heinz-Theo bin ich wieder näher gekommen. Dasselbe gilt für Waltraud. Frau Sch. hat mir schon angeboten, Sylvester in Forst zu verbringen. Es wäre schön, wenn sich das verwirklichen ließe. Ich bin jetzt wieder im Kasten. Jetzt am Anfang habe ich die Möglichkeit, noch einiges zu ändern. Ich darf mich nicht mehr so stark einspannen lassen wie bisher. Ich muss viel gründlicher und intensiver für die Schule arbeiten. Gerade hier darf ich mich nicht von Lust und Laune leiten lassen. ... Einen festen Zeitplan aufstellen! Mehr Zeit zum Lesen (Heft für wertvolle Stellen) nehmen.
Eins ist sehr wichtig: Sobald ich merke, dass ich zu viele Aufgaben habe, muss ich den Mut haben, abzubauen.
Meine wichtigste Aufgabe ist und bleibt die Schule.
Ich muss mir endlich eine gesicherte Position erarbeiten, in der ich mir dann auch einmal etwas erlauben kann.
Einmal sehen, wie das Zeugnis in zwei Monaten ausfällt.

14. Oktober 1955

Augenblicklich scheint bei mir im Tagebuchschreiben eine Ebbe eingetreten zu sein. ... ... Das darf nicht so weiter gehen. Denn gerade das Tagebuch ist doch ein Prüfstein der Besinnung. - Ich habe meine Gruppe abgegeben. ... Ich habe sie gerne geführt und glaube auch nicht, dass ich sie schlecht geführt habe, aber ich habe sie auch gerne abgegeben. … …So habe ich jetzt Zeit, mich mehr auf die Schule und mich selbst zu konzentrieren. Und beides ist nötig. … …

Noch ein Punkt, der wichtig für mich ist, heißt Selbstlosigkeit. Vielleicht habe ich diesen Punkt bisher am wenigsten gesehen. Ich glaube, dass es das Schönste ist, was man von einem Menschensagen kann. Ich müsste mich in meinem Lebenskreis um Aufgaben bemühen, die stille, geduldige Arbeit erfordern, und durch die man nicht glänzen kann. Ich glaube, dies habe ich in meinen bisherigen Führungsaufgaben viel zu wenig gesehen. Ich habe mich nur zu oft von Ehrgeiz uns Geltungssucht treiben lassen. Gesunder Ehrgeiz ist nie falsch, aber ich glaube, ich habe etwas zu viel. Dies ist auch der Grund, dass ich oft empfindlich, wenn nicht überempfindlich reagieren kann. Wieder eine Stelle, an der etwas nicht stimmt. … …

Ich habe am letzten Samstag meine 1000 m - Bestzeit im letzten Versuch dieser Saison auf 2 :58,0 heruntergedrückt. Ich bin gespannt, was ich im nächsten Jahr laufe. …

20. Oktober 1955

(Im Nachtrag zu der gescheiterten Beziehung der Mutter zu ‚Onkel Conny' notiert Rainer): Wie Onkel Conny schreibt, ist der wirkliche Grund Amerika. Auch da ist sicher etwas Richtiges dran, ich habe leider nur Teilwahrheiten erfahren. Jedenfalls scheint die Sache akut zu werden. Und wenn sie akut wird (Mutti plante das ja schon Weihnachten letzten Jahres), dann stehe ich wohl einige Jahre hier allein. Denn die Amerika-Sache braucht Zeit. Mutti geht sicherlich nicht hinüber, um möglichst schnell wieder zurückzukommen. Ich werde dann, wenn die Sache sich so entwickeln sollte, auch über das Abitur hinaus (Febr. 1959) auf mich gestellt

sein. Eigentlich ändert sich da an meinem jetzigen Zustand gar nicht so viel, denn ich bin auch jetzt schon ziemlich selbständig. Mir persönlich ist das also egal. Wenn Amerika eine reale Sache ist, wenn sie sich für Mutti lohnt, waum nicht?

22. Oktober 1955
(Vergleich der Leichtathletik-Jahresziele mit dem Erreichten)
„ …aber 1956 ist auch noch ein Jahr. Das eigentliche Ziel des Sports ist ja nicht die Leistung, sondern die Freude am Körper. … Und wenn ich die Ergebnisse dieses Jahres mit denen des Vorjahres vergleiche, so kann ich eine deutliche Steigerung feststellen. Doch ich will bei diesen Erfolgen nicht stehen bleiben. Ich kann sicher noch sehr viel mehr leisten. Was in mir noch drin steckt, wird das nächste Jahr zeigen. …

15. November 1955
Heute finde ich endlich Zeit, einiges nachzuholen.
Ich war in den Ferien zu Hause. Es war praktisch zum ersten Mal schön. Es hat sich nun alles geklärt. Der Bruch mit Onkel Conny ist zustande gekommen durch - Eifersucht. Man sollte es kaum glauben, krankhafte Eifersucht. …
Eifersucht war auch der Grund der Scheidung von Vati. Es ist besser so für sie. Nun geht sie nach Amerika. …
Ihre Kinder sind ziemlich versorgt, und werden in wenigen Jahren erwachsen sein - was hält sie da noch. … Für mich ergibt sich so viel Neues auch nicht daraus. Ich war immer selten zu Hause. Für die nächsten 3 Jahre bin ich sowieso noch im Kasten, und was dann wird, hängt von meiner Berufsentscheidung ab. Die Berufsentscheidung wird allerdings noch eine leidige Sache.

Einerseits stellt meine bisherige Führung durch Gott eine gewisse moralische Verpflichtung dar - ich meine es wenigstens - andererseits hätte ich alle Lust, wie merkwürdig das auch klingen mag, Offizier zu werden.
Ich weiß nicht, woran es liegt, aber das Priestertum bedeutet für mich nicht die Befreiung, die es nun einmal sein muss.
Es ist nicht die Uniform, die mich anzieht.- Ich kann es selbst nicht richtig bestimmen. Jedenfalls weiß ich, dass dringend Offiziere nötig sind, die Christen sind. Die Offiziersstellen dürfen nicht wieder von den Leuten an sich gerissen werden, die sie vor dem Krieg zum größten Teil inne hatten. ... Nun einmal abwarten, wie es in zwei Jahren aussieht. ...
Ich führe mit Waltraud schon längere Zeit einen Briefwechsel, der weil er in Grenzen blieb, eine schöne und interessante Sache war und ist.
Hier im Kasten wissen Krebs, Jupp und der Chef davon. Das Blöde daran ist nur, dass man, vom Chef abgesehen, nie weiß, ob die Sache nicht falsch aufgefasst und weiterverbreitet wird. Die wissen nämlich merkwürdigerweise ganz genau, wann und von wem ich Post erhalte. ... ...
Heute war im Kasten wieder Festtag. Die neue Kapelle wurde eingeweiht. ....
Am nächsten Samstag wird der Kastenrundfunk zum ersten Mal senden. Nach einigem Hin und Her bin ich jetzt im Sendestab gelandet. ... ... Ich werde meinen Horizont hier gut weiten können, und das ist ja das Wichtigste. ...

23. Dezember 1955
Die Exerzitien neigen sich dem Ende zu. ... ...Ich habe jetzt in den letzten beiden Tagen schon ziemliche Kämpfe um die Berufsentscheidung erlebt. Hoffentlich geht das

nicht so weiter. Schließlich habe ich ja noch drei Jahre Zeit. Die ganze Sache ist so unklar, dass es sich gar nicht lohnt, jetzt schon etwas darüber zu schreiben.

Ich habe einmal das ganze Tagebuch durchgelesen *(bisher 116 Seiten)* und bin doch recht zufrieden. Es steht schon allerhand drin und auch allerhand Wertvolles. Ich müsste es nur regelmäßiger führen. Es ist geradezu ein Wertmesser meines Wachstums. Es zeigt ziemlich sicher, an welchem Ort ich mich gerade befinde und bringt mir immer wieder zum Bewusstsein, was ich eigentlich vorhatte.
Ich kann also hier die richtige Richtung bestimmen und meinen augenblicklichen Kurs korrigieren.
Das Tagebuch zwingt einen zur Besinnung. ...
Es zwingt zur Stellungnahme und die ist ohne Besinnung kaum möglich. Ich werde mich also bemühen, das Tagebuch unter den alten Gesichtspunkten weiterzuführen und mich um mehr Regelmäßigkeit mühen.

5. Januar 1956
Jetzt schreiben wir also schon 1956.
Das letzte Weihnachtsfest wird für längere Zeit das letzte sein, das ich mit Mutti und Ute verlebt habe. Jetzt in der letzten Zeit, die ich mit Mutti zusammen bin, wird unser Verhältnis allmählich besser. Das ist auch Ironie.
Jetzt in den Ferien habe ich auch begonnen, die Beziehung zu Ricarda zu festigen. Vielleicht bin ich dann mit der Einzige, der ihr zeigen kann, dass es außer dem, was sie drüben kennenlernt, auch noch andere Dinge, eine andere Welt gibt. Heute hat sie auf meinen letzten Brief geantwortet. Ich werde mich bemühen, auf irgendeine Weise, wenn auch vorsichtig, dem entgegenzuwirken, dass sie drüben ganz irregeführt wird. ...

27. Januar 1956
Man scheint mich augenblicklich so zu „achten", dass man sich sogar schon über mein Tagebuch hergemacht hat. …
…

21. Juni 1956
Ein halbes Jahr lang keine Eintragung - eine Pleite.
Es hat keinen Sinn, sich lange darüber aufzuhalten. Das Beste ist: sofort anfangen. …

Zwischenbemerkung des Autors:
Rainer ist inzwischen 18 Jahre alt.
Eintragung zum 1.7.1956 : Düsseldorfer Schauspielhaus: Komödie „Der Regenbringer" von R. Nash. – o.K.
Keine Eintragung dagegen: Reise Anfang September mit der Mutter nach Rotterdam: Ihre Einschiffung nach Amerika! – ein schon sehr eigentümliches Auswahlverhalten.

28. September 1956
Leider habe ich mich lange Zeit im Tagebuchführen gehen lassen. In dieser Zeit hat sich viel ereignet. Nach vielen Kämpfen ist meine Entscheidung gegen das Priestertum gefallen. Ich bin zu der Einsicht gekommen, dass zwar die äußere Eignung gegeben ist, dass aber die Neigung, die ja die Seele der Berufung ist, fehlt. Stattdessen habe ich eine starke Neigung für den Lehrerberuf in mir entdeckt.
Ob ich nun Studienrat mit Deutsch, Religion und Sport werde, oder Volksschullehrer mit Religion und Sport, das werde ich erst in Zukunft entscheiden können.

Auf jeden Fall habe ich jetzt ein Ziel vor mir, das mich begeistert, einen Beruf, der ganz meinen Neigungen und Anlagen entspricht, einen Beruf, in dem es um Menschen geht.

Ich glaube fest, dass er mich ganz ausfüllen kann und dass ich auch damit glücklich werden kann, soweit man hier von glücklich werden reden kann.

Weiterhin hat sich die Zuneigung zwischen Waltraud und mir, die in unserem Briefverkehr Ausdruck gefunden hat, so entwickelt, dass wir uns darüber ausgesprochen haben. Wir sind uns klar darüber, dass dies eine Verfrühung ist. Wir wollen uns deshalb Zeit lassen.
Die Zeit wird zeigen, was echt, was unecht war und ist.
Wir wollen so viel Distanz wahren, dass jeder sich, ohne in Abhängigkeit zu geraten, zu einer eigenständigen Persönlichkeit entwickeln kann.
Wir wollen uns keine Vorwürfe machen, wenn die Zeit gegen uns arbeiten sollte - wir wollen das natürlich nicht hoffen - aber, was wir tun wollen ist dies: aufeinander warten. Ich glaube, wenn wir uns immer nach dieser Sicht richten - und wir bejahen sie ja beide - dann wird dies nicht nur einen schönen Anfang, sondern auch ein gutes Ende haben.

9. Oktober 1956

Ich war in Herne und habe Ute getroffen. Unser Kontakt ist viel besser geworden. Ich weiß jetzt, dass sie mich braucht. Auch sie scheint allein zu stehen, nirgendwo rechtes Vertrauen zu haben. Sie war ein wenig verzweifelt, denn sie hat durch Andeutungen erfahren, dass Richard (ihr Vater),nicht mein Vater ist. Mich hat das weiter nicht erschüttert, aber es interessiert mich doch, was hinter Mühlheim steckt. Ich werde einmal mit dem Chef darüber sprechen. Am Freitag vorher hatte Chef mit mir gesprochen und zwar über Waltraud. Er hat unseren Briefwechsel verfolgt

Und bekommt nun Bedenken .Ich kann ihn verstehen. Schließlich kennt er sie ja nicht. Aber auch so birgt das ja alles Gefahren in sich. Chef hat mich aufgefordert, ganz Schluss zu machen. Wenn es eine lockere Bekanntschaft sei, wäre es leicht, wenn Liebe, umso nötiger.
Völlig Schluss machen, kann ich unmöglich.

Ich habe mich aber schweren Herzens entschlossen, den Briefverkehr bis nach dem Abitur aufzugeben. Es fällt mir sehr schwer, aber es ist wohl die beste Lösung, die für uns beide manches Positive hat.
Noch schwerer als mir wird es ihr fallen, da sie diese Liebe ja mehr aus dem Gefühl heraus erlebt. - Der Brief, den ich schreiben muss, wird noch viel Mühe kosten, aber ich bin überzeugt, dass sie es einsieht und wartet, ebenso wie ich. Ich bete jetzt schon, dass einmal alles gut für uns beide ausgeht. Es wäre sehr, sehr schade, wenn diese Hoffnung, die mir fast Gewissheit ist, sich nicht erfüllen sollte.

28. Oktober 1956
Ferien – aber ich arbeite.
Am nächsten Dienstag fahre ich nach Herne; ich hoffe dort mehr über meinen Vater zu erfahren. Am 13./14. war ich bei Werner. Unser Verhältnis ist herzlich wie immer, aber ich habe erkannt, dass er mir nicht Freund in des Wortes eigentlicher Bedeutung sein kann; dafür ist er mir noch zu stark überlegen. Vielleicht wird es einmal anders, wenn sich der Altersunterschied verwischt.
Auf jeden Fall verdanke ich ihm geistig viel. Bei ihm habe ich die Notwendigkeit kritischen Denkens erkannt und vieles andere. Ich werde ihm immer Dankbarkeit schulden.

Auch H.T. ist nicht mein Freund, obwohl ich das früher einmal geglaubt habe.

Der einzige Mensch, den ich wirklich von Herzen gern habe, ist Waltraud. Es ist wunderbar zu lieben und geliebt zu werden. Und zu diesem Menschen, der mir am nächsten steht, muss ich vorläufig alle Brücken abbrechen.
Sehr schade, ja hart, fast bitter - aber notwendig, wenn man die Zukunft retten will - und wenn man spürt, dass man auch für den anderen Verantwortung trägt.
Aber ich werde es überstehen. „Landgraf, werde hart".
Heute habe ich ihr noch einmal geschrieben und warte nun mit etwas Sorge ihre Antwort ab. Ich hoffe, dass auch bei ihr alles klar geht.

10. Januar 1957

Das wäre also das neue Jahr. Die Ferien sind überstanden. Das Verhältnis zu Ute hat sich vertieft. Sie hat mich nötig. Ich bin der einzige, zu dem sie wirkliches Vertrauen hat. Ich muss ihr in ihrer Haltlosigkeit einen Halt geben. Sie ist sehr gefährdet. Eine große Verantwortung.
Im übrigen Alltag - wie meistens.
Es ist mir beim Abendgebet aufgegangen, dass ich wieder mehr zur Verinnerlichung tun muss. Dazu nötig: ein fester Zeitplan, um Zeit zu gewinnen für wesentliche Dinge. Die Sonntage für Tagebuch, Briefverkehr, Lektüre und Besinnung freihalten.
Allen Rummel abstoßen. Keine Zeit verquatschen. Nicht träumen. Viel schlafen.
Nicht versuchen, jetzt schon nach außen zu wirken. Erst sammeln, reifen. Mehr schweigen.
Kein zu schnelles Urteil. Substanz gewinnen.
Ich werde versuchen, in der nächsten Zeit einmal mehr

diese Dinge zu achten. Ordnung ist die Voraussetzung auch für einen inneren Fortschritt.

16. März 1957

Heute Abend hat die Exerzitien-Erneuerung begonnen. Und sie scheint außerordentlich fruchtbar zu werden. Zunächst habe ich mir noch einmal meine Entscheidung überlegt. Und ich glaube mit gutem Gewissen sagen zu können, dass meine Entscheidung (mich nicht dem Priestertum zuzuwenden) richtig war.

Ich sehe die Möglichkeiten, die mich zur Entscheidung riefen, als gleichwertig an. So habe ich mich dahin entschieden, wo Neigung und Liebe mich hinzogen.
Ja, ich glaube gerade in diesem Beruf (des Lehrers) meine Auffassungen an die Menschen herantragen zu können; ich glaube hier meine Ideale am besten verwirklichen zu können. Dass ich mich also gegen das Priestertum entscheide, bedeutet nicht, dass ich mich drücke, sondern dass ich eine andere Möglichkeit wähle, die mir näher liegt.
Ist vielleicht nicht gerade das Berufung? Ich will ja gar nicht, wie es den Anschein haben könnte, ein geruhsames Leben führen, ein Leben für mich. Wenn es so wäre, hätte das Leben viel von seiner Schönheit, Spannung und Größe verloren.
Und sollte meine Liebe zu Waltraud sich zwischen Gott und mich stellen? Ich glaube, das Gegenteil ist der Fall. Ist diese Liebe - sicher ist sie noch verfrüht – aber ist sie nicht ein Abbild der Liebe Gottes (zu den Menschen)? Denn bis jetzt hat sie sich als echt gezeigt, und man kann auch nicht sagen, dass sie an der Oberfläche bleibt .- Die Liebe zu Waltraud wird mich also nicht von Gott abhalten.

24. März 1957
Am letzten Donnerstag erhielt ich plötzlich einen Brief von Waltraud. Sie hatte von Ute über meinen Sturz gehört und einen ordentlichen Schrecken bekommen.
Ich habe ihr sofort geantwortet, wie sollte ich sie länger ängstigen und - ihre Bitte war zu rührend. Von diesem Zwischenfall abgesehen, bleibt alles beim Alten.
Ich bin gespannt, ob sie meine Andeutungen, dass sie mich bald sehen wird, verstanden hat. Ich werde ihr nach Ostern schreiben.(Anlass: die geplante Klassenfahrt nach Boppard) Mehr als zweimal dürfen wir uns auf keinen Fall treffen. Aber dass ich sie treffen werde, ist für mich sicher.
Und weil ich keine Übersicht über das Geschehen habe, wenn ich sie zufällig treffen sollte, darum werde ich es ganz bewusst steuern.
Ich bin gespannt, was Herr Präses dazu sagt, denn ich werde noch heute Abend mit ihm darüber sprechen.

27. November 1957
Wieder einmal ein neuer Ansatz. Aber er ist nötig.
Ich spüre, dass meine geistige Entwicklung jetzt so stürmisch vor sich geht, dass, wenn nicht vieles verlorengehen soll, wenigstens das Wichtigste festgehalten werden muss. Ich werde eine mehr fragmenthafte Form wählen, um Zeit zu sparen.
Wichtig eine Predigt vom Chef: „Fängt ein Gott uns auf" (Borchert). Problem der Theodizee. Geben wir als Christen eine Antwort. ...
In der Schule jetzt auf Eichendorf gestoßen (100. Todestag).Neue Sicht: Keine Sentimentalität, sondern viel Tragik, dunkle Klänge. Zwielicht. Lösung: Glaube. Mehr lesen von ihm. Vielleicht für's Abitur.

Neuer Auftrieb in der Ritterarbeit. Mehr mit den Ideen befassen. - Die angetragene Rundenmeisterschaft werde ich jedoch ablehnen. Neben der DJK-Führung bedeutet das zu viel Belastung.
(DJK = Deutsche Jugend -Kraft, eine katholische Sportbewegung, in Vereinen organisiert. Die konkrete Organisation von Sport im Konvikt, die damals überwiegend in Rainers Händen lag, war formal so zur Erleichterung von Außenkontakten benannt. Eine regelrechte Vereinsarbeit gab es nicht.)

20. Dezember 1957
Der erste Tag der Exerzitien geht zu Ende. Eigentlich haben sie bisher nichts grundsätzlich Neues gebracht. Aber ich glaube, das ist auch gar nicht ihr Sinn.
Der Sinn der Exerzitien liegt eher darin, den Blick wieder auf das Wesentliche zu richten, die Mitte wieder zu gewinnen, aus der wir handeln müssen, wenn unser Tun der Wirklichkeit entsprechen soll."

Damit bricht das kleine Tagebuch (Format DIN A6) auf Seite 169 nach dreijährigen Eintragungen ab.
Die Gründe dafür sind schwer zu erfassen.
Man kann ja auch ohne Tagebuchnotizen durchaus ein befriedigendes, in sich ruhendes Leben leben. Natürlich kann der Abbruch auch die Reaktion auf existentiell schwierige Probleme sein (wie sie sich etwa im folgenden **Kapitel 12** *zeigen), die schweigend vielleicht besser erträgbar sind - besonders, wenn man die äußeren Lebensumstände nicht ändern kann oder will.*

Das nächste Tagebuch
habe ich im Alter von 37 Jahren begonnen - in einer schwierigen Situation (voraussehbares Ende der Ehe).

Der Beginn: 21. September 1975

„*Einmal muss ich endlich beginnen.*
Was ich mir vom Tagebuchschreiben verspreche: Festhalten von Ereignissen, Gefühlen, Reaktionen, Wertungen aus dem Strom des Vergänglichen. Mein Gedächtnis ist elend schlecht; was vor wenigen Wochen war, beginnt schon zu zerbröckeln.

- Zurückgewinnen der Tiefendimension der eigenen Geschichte. Selbstversicherung, Identifikation.

- Distanz zum Geschehen durch Reflektion. Aber auch Steigerung des Gefühls der Anteilnahme durch bewussteres Erleben.

- Ansätze zur Klärung der vielen Fragen und Probleme, die mich bedrängen, durch Objektivierung im Fixierten.

- Herausfinden, wer ich bin und was ich sein kann." (S.1)

Zurück nach Neuss! Kap. 12

Kap. 12 Eines Nachts

Irgendwann nach Mitternacht wird er wach.
Immer dieselbe Frage kreist in seinem Kopf: Will Gott, dass er Priester wird?

Er schlägt die Decke zurück, steht auf, zieht sich an.
Der Atem des Zimmergenossen geht ruhig.
Er nimmt die Taschenlampe, verlässt den Raum.

Auf den Fluren und Treppen schaltet er immer wieder die Taschenlampe ein. Dann steht er vor der Tür zur neuen Kapelle und öffnet sie leise. Durch das riesige Fenster rechts vom Altar sickert ein Hauch von Licht.

Zögernd geht er im Mittelgang auf den Altar zu.
Zwischen den vordersten Bänken bleibt er stehen, blickt zum Altar, beugt den Nacken. Er macht keine Kniebeuge, lässt sich stattdessen rasch hinab, liegt schon langgestreckt auf dem Boden, das Gesicht hin zum Altar.
Hier am Boden ist es ganz dunkel.
Er legt den Kopf zwischen die Hände, und in ihm steigt die Bitte auf: „Herr! Gib mir ein Zeichen!"
Sein ganzer Körper horcht in die Stille hinein.
Die Stirn auf dem Stein - horcht er hinauf, horcht er hin zu Gott.
Da ist nur Stille, Stille - und die Welt beginnt zu schrumpfen, schrumpft und schrumpft auf ihn zu.
Er horcht... horcht.
Doch da ist-fast nichts mehr-um ihn her. Fast nichts.
Kein Raum, kein Hauch, kein Wehen, kein Blick.
Eng umringt vom Rest der Welt liegt er fast im Nichts, im Nichts.
Nein - da ist kein Zeichen, keine Antwort - da ist nichts,

was antworten will.
Er liegt und wartet.
Schließlich spürt er, nichts - nichts wird geschehen.
Ratlos nimmt er es hin - das Gesicht zwischen den Händen die Stirn auf dem Stein - nichts.

Schwer steht er auf, blickt um sich, zögert.
Dann beginnt das Versinken - tief, tief in ihn hinein - das Versinken dessen, was er erfahren hat. Er steht und atmet, steht - wendet sich schließlich, geht mit kleinen, vorsichtigen Schritten zurück durch's Dunkel zur Tür, öffnet und schließt sie leise, strebt seinem Bett zu, zieht die Decke über sich, fällt in den Schlaf - schläft und schläft.

*

Am nächsten Morgen wacht er auf - fast wie gewohnt.
Ein verwundertes winziges Zögern - das Leben geht weiter, zieht ihn hinein in die alltägliche Bahn.
Und fast alles ist wie zuvor.
Doch – was Frage war, verändert sich - unauffällig, still- ist irgendwann dann keine Frage mehr.
Er wird kein Priester werden. Wird diesen s e i n e n Weg nun gehen - zusammen mit einem Mädchen, einer Frau; wird Lehrer werden, wird ... ...Sein Konvikt-Tagesablauf bleibt derselbe, er hinterfragt ihn nicht.
Sein Einsatz als Führer im Pfadfinderbereich, als Leiter der Konviktssport -Aktivitäten läuft unbesehen weiter ; aber- irgendwann führt er **kein** Tagebuch mehr (zu heikel offenbar); es gibt **keine** Notizen mehr zu den zweimal im Jahr über mehrere Tage hin stattfindenden Exerzitien - mit seinen Exerzitien-Notizen aber hatte Rainers persönliches

Schreiben begonnen.

Diese Abbrüche werden ihm vielleicht nicht bewusst gewesen sein, wurden vielleicht auch verdrängt. Aufgefallen sind sie dem Autor jetzt erst, da er dies schreibt.

Dieses eigentümliche Erlebnis der Gottesferne, des Alleingelassenseins - ist der stille Beginn einer in winzigen Schritten sich vollziehenden, zunächst kaum bewusst werdenden Ablösung, einer Lösung schließlich von Kirche und von Religion überhaupt.

Diese Lösung des Autors von der Religion ist nicht fassbar mit der Zustimmung etwa zur Aussage „Gott ist tot"- und basta. Das wäre allzu platt.
Die Gottesvorstellungen der meisten Menschen, die sich religiös orientieren, sind nicht von Gott „offenbart" - sondern sind allzu offensichtlich menschengemacht und an menschlichen Bedürfnissen und Interessen orientiert.

Hier müssen und können neue Wege begangen werden. Dem Autor wird zunehmend klar, dass z.B. die Aussagen der Kosmischen Physik immer deutlicher machen, dass geistige Elemente und Ordnungen den Kosmos von Anfang an mit durchweben, verschwistert allem Materiellen, auch dem Chaotischen. Die Suche nach dem Geistigen im Kosmos steht erst am Anfang.

Zu allererst aber müsste der Mensch aufhören, das Religiöse zur Durchsetzung von Macht- und Herrschaftsinteressen zu benutzen und seine unausstehliche Rechthaberei hier beenden.
Die Sicherheit „Recht zu haben" prägt die meisten religiösen Gemeinschaften. Die Herrschaft einer sich selbst iso-

lierenden Priesterkaste über viele, viele Jahrhunderte hin- ist ein Markenzeichen des Katholizismus.

Eine neue Suche nach dem Geistig-Göttlichen müsste mit Demut und Hilfsbereitschaft, mit der Zuwendung zum „Menschlichen" beginnen. Es geschieht ja auch mancherorts schon.
Im Verhalten einiger Seher-Menschen, die als Religionsgründer gelten, Buddha und Jesus zum Beispiel, ist diese Zuwendung zum „Menschlichen" deutlich erkennbar.

Das oben geschilderte *Erlebnis* - das hier erstmals in Worte gefasst wird - wann genau es stattgefunden hat, wo es zeitlich einzuordnen ist, weiß Rainer, weiß der Autor nicht mehr; aber es hat ihn untergründig begleitet - bis heute.

Trotz der Abkehr von der christlichen Religion bleibt doch Dankbarkeit für das, was gläubige Menschen im Bereich des Konvikts Rainer Gutes getan haben - Förderung, Vermittlung von Ideen, Sicherheit und Wärme. Das alles war nicht selbstverständlich. Ich sage Dank dafür.

13. Kapitel   Sport am Konvikt

Sport wurde im Marianum groß geschrieben.
Es gab Fußballmannschaften, die auch gegen Mannschaften von außerhalb antraten. Es gab jährlich ein Kastensportfest und in den frühen 50iger Jahren jährlich einmal ein Sporttreffen mit den Konvikten in Bad Godesberg (Jesuiten) und in Münstereifel, ebenfalls geführt von der Erzdiözese Köln.

Es gab Trainingsnachmittage im Sommer auf einem Sportplatz in der Nähe; im Winter in einer Turnhalle. Trainer war ein Sportlehrer, der an einer Neusser Schule unterrichtete.
Er war ein ungewöhnlich sympathischer Mensch, Spitzensportler in den dreißiger Jahren; nach einer Kriegsverletzung, die ihm ein Bein verkürzte, aber immer noch als Trainer aktiv.
Im Sommer also Leichtathletik und Fußball (ich notfalls als Torwart, Fußball war für mich dritte Wahl), im Winter Turnen (Reck, Barren, Bodenturnen, Kastensprünge) und mit Freuden: Hallenhandball.

Mehrere Jahre lang war ich (als formeller Leiter der DJK- „Deutsche Jugend Kraft" - die katholische Sportbewegung) Organisator des jährlichen leichtathletischen Kastensportfestes, und dort auch Sieger im Speerwerfen und im 1000-Meter oder 1500m-Lauf.

Das Hochreck

Im März 1957- ein Nachmittag in unserer Turnhalle.
Wir hatten uns warmgemacht, jetzt sollte geturnt werden. Ich machte das Hochreck fertig, zog die dicke Mattenrolle

mehrere Meter noch über das Reck hinaus, und gierte nun nach Schwung: der „Halbe Riese" sollte es sein: Klimmaufzug in den Stütz; weit dann nach hinten in die Horizontale sich abwerfen, unter der Stange durchschwingen, dann ziehen, ziehen, dass sich die Hüften wieder der Reckstange nähern, sie umkreisen - und so zurückkehren in den Stütz.
Der „Halbe Riese" sollte es sein - gleich am Anfang.

Ich vergaß einfach, dass meine Handinnenflächen feucht waren, vergaß, dass ich sie noch nicht mit weißem Talcum grifffest gemacht hatte - brachte mich also gleich oben in den Stütz, warf mich weit zurück, schwang unter der Stange durch - und jetzt, jetzt entglitt sie meinen Händen - ich flog, flog, die Füße voran, gestreckt davon - und schlug schließlich auf im Schlussdreieck der Matte rechts, die ich zuvor so weit durchgezogen hatte, schlug auf zuerst mit dem Nacken und dann dem übrigen Körper - lag dort wie betäubt.

Die anderen kamen herbeigelaufen, der Sportlehrer beugte sich über mich, redete mir zu, um Himmelswillen liegen zu bleiben.
Was in meinem Kopf vorging damals - ich weiß es nicht mehr.
Irgendwann, nach sorgfältiger Bewegungsprüfung im Liegen, wiederholt dann im Sitzen - offenbar war da kaum etwas Beeinträchtigendes - stand ich, gestützt, vorsichtig auf, bewegte mich prüfend - ich war offenbar heil geblieben, auch der Arzt bestätigte es - ich hatte unglaubliches Glück gehabt.

Jetzt erst - mehr als fünfzig Jahre später - spüre ich im Zusammenhang mit einer unbekömmlichen Impfung gelegent lich Spannungen im Bereich der Aufschlagstelle (linke Schulter, Hals) und begegne ihnen erfolgreich mit Massage und Gymnastik.

Ich erzählte damals meiner Schwester Ute, die zu dieser Zeit in Herne lebte, bei einem Besuch von diesem Sturz; sie teilte ihn ‚postwendend' Waltraud mit - dass diese Verbindung bestand, war mir in jenem Augenblick nicht bewusst - und plötzlich erhielt ich von Waltraud einen erschreckten Brief, entgegen der Vereinbarung einer gewissen Schweigezeit. So gab es wieder einen Kontakt.

Ob ich in Neuss weiter am Hochreck geturnt habe, weiß ich nicht mehr - wohl aber war das Hochreck noch Prüfungsgerät im Sportstudium. Bei der entsprechenden Abschlussprüfung 1962 oder 1963 patzte der Turner vor mir und brach die Übung ab.
Nach einer Pause war ich dann an der Reihe - konzentrierte mich intensiv, begann dann, kam ohne spürbare Widerstände durch meine Übung-und war am Ende sehr erleichtert. Das war mein Abschied vom Reck.

In den nachfolgenden Jahren verschwand das Reck dann nach und nach aus dem Unterricht. Heute verfügen viele Sporthallen nicht mehr über dieses merkwürdige Gerät.

Ich entschloss mich also, neben dem Hauptfach „Deutsch" als Zweitfach „Sport" zu studieren; ich unterrichtete dann als Lehrer in der Regel drei oder vier Doppelstunden Sport pro Woche und machte im Unterricht selbst immer mit- bis zu meiner Pensionierung im Jahre 2001.
Im privaten Bereich wendete ich mich in den siebziger Jahre mehr und mehr dem Langlauf zu. Im Jahre 1996 nahm ich schließlich, als 58-Jähriger, am Jubiläums-Mara-

thon in Athen teil - ich schrieb damals eben ein Buch über das Vorbild dieses Laufs, den antiken Marathonlauf (490 v.Chr.) vom Schlachtfeld nach Athen:
„Marathon. Der Lauf".

Ausgelöst durch den ersten Angriff der Perser auf Athen: ihre Landung am Strand von Marathon, die nachfolgende Schlacht dort - und die Notwendigkeit, die Stadt Athen möglichst rasch vom Ergebnis dieser Schlacht durch einen Läufer zu unterrichten - ein Reiter hätte das nicht in der gleichen Zeit geschafft. Die alten Griechen hatten für solche Aufgaben 'Tag'-läufer, die in der Lage waren, einen ganzen Tag zu laufen, und auch mehr.
Der Läufer von Marathon, war kein Tagläufer, kein Berufsläufer - es stand nach der Schlacht keiner mehr zur Verfügung, ein Notbehelf also -
da musste es Schwierigkeiten geben ...

Und der Autor blieb diesem 1896 bei der ersten modernen Olympiade in die Sportgeschichte eingegliederten Lauf dann auch noch eine Weile treu.

Inzwischen 76 Jahre alt, läuft er sechs mal die Woche morgens gut 3 km, rundet anschließend den Lauf mit 20 Minuten Gymnastik ab - und fühlt sich wohl dabei.
Er versäumt es nicht, mit seiner Lebensgefährtin Sabine, die auf's Trampolin geht und Gymnastik betreibt, ganz regelmäßig Wanderungen zu machen - und so sind sie beide altersfit und kaum einmal krank.

Kapitel 14 „AUS MEINEM NOTIZBUCH"
In: „BRIEF" NR. 13, JUNI 1957,
Aus dem Erzbischöflichen Collegium
Marianum Neuss" S. 25 – 31;
Autor: Rainer Luce

Das erste besondere Ereignis des neuen Berichtsabschnitts (ab Pfingsten 1956) war, etwas verspätet, unser jährliches ‚Kastensportfest', das gewöhnlich die Leichtathletik-Saison bei uns einleitet. Anscheinend hatten sich in diesem Jahr nur die dem Wettkampf gestellt, die ihrer Sache sicher waren; denn die Leistungen waren trotz mäßiger Beteiligung gut.

*Der 10.6.1956 sah den halben Kasten auf den Beinen. Die DPSG machte eine Stammesfahrt nach Kettwig, die zwar verregnete, aber vielleicht gerade deshalb zu einem schönen Gemeinschaftserlebnis wurde - die CAJ hörte in Altenberg ihren Gründer Monsignore Cardijn – und die Musensöhne fuhren zur ersten Aufführung ins neue Düsseldorfer Opernhaus (Beethovens Fidelio).

*

Am 24.6. begingen wir traditionsgemäß den Namenstag des Herrn Praeses. Über das übliche Festessen hinaus gab es diesmal zwei Überraschungen. Die erste war unser neues Orchester, das mit einem Kriegsmarsch von Mendelsohn-Bartholdy die „Massen" begeisterte; die zweite Überraschung war ein Filmapparat, der es uns jetzt ermöglicht, regelmäßig gute Filme in unserer Aula vorzuführen. Zur Einweihung sahen wir einen Farbfilm über den Yellestone Park in den USA und „Das Tal der Biber" von Walt Disney.

Eigentlich gab es noch eine dritte Überraschung; den nunsere Fußballmannschaft gewann mit 6:3 Toren unerwartet hoch gegen den alten Gegner VFB Essen-Frohnhausen.

*

„Der Regenmacher", eine amerikanische Komödie von N. R. Nash, die wir am 30.6. im Schauspielhaus sahen, zeigt den Menschen von Heute zwischen romantischem Traum und harter Wirklichkeit und lässt ihn schließlich die Synthese finden: Die Schönheit in der Wirklichkeit

*

Am 7.7. fuhr ein Semester des AG (Abendgymnasium) nach Velbert und verbrachte einen eindrucksvollen Abend bei Nikolaus Ehlen, einem der führenden Männer der Jugend- und Siedlungsbewegung.

*

Es war wohl zufällig, aber sinnvoll, dass am Sonntag darauf (22.7.) der jüngste ehemalige Schüler Edmund Spiegel seine Primiz bei uns feierte. - Am Nachmittag desselben Tages fand das Dekanatssportfest statt. Es gelang uns, den „nackten Mann", den wir schon zweimal gewonnen hatten, erfolgreich zu verteidigen und damit endgültig zu erobern. Ebenso erfolgreich wie in der Leichtathletik waren wir beim Fußball, als wir die DJK Rheinkraft mit 8 : 3 Toren ausspielten.

*

Ein Ereignis – ich hätte es fast übergangen – das sich viele nicht entgehen ließen, war das Auftreten der Pariser Sängerknaben am 21.7. in Düsseldorf.

*

Am 31.7. begannen dann endlich die Sommerferien, die uns auf Fahrt oder im Lager über ganz Deutschland verstreut sahen. Nicht einmal das Ausland blieb verschont. So fuhr z.B. der ND zum Bundeslager nach Freiburg; die Pfadfinder lagerten an der Wied, die Jungschar in der Eifel. Die Ritterschaft der DPSG führte in diesem Jahr das Ferienlager (für Neusser Jungen) in Holland durch. Zu einem allgemeinen Wiedersehen kam es gegen Ende der Ferien auf dem Kölner Katholikentag.

*

Zum Beginn der Kirchenmusikalischen Woche in Neuss, die von Studierenden des Düsseldorfer Schumann-Konservatoriums gestaltet wurde, sangen wir am 23.9. die Komplet im Münster.

Der 23.9. war der „Tag der Dichter". Einige Zeit vorher waren alle Literaturbegeisterten des AG zu einem literarischen Wettstreit aufgerufen worden.
Die Themen waren frei. Man konnte wählen zwischen Kurzgeschichte, Buchbesprechung, Theaterkritik, Gedicht, Satire und anderem. An diesem Tage nun lasen die Autoren in der Aula ihre von einer Jury prämierten Werke. Es wurde zwar kein neues Genie entdeckt, aber die Leistungen waren doch erfreulich.

*

Wer sich besonders für Politik interessierte, hörte am 27.9. Familienminister Würmeling (aus Bonn) im Zeughaus.

*

Am 29.9. zeigten wir in unserer Aula den Film „Die letzte Brücke"

Beide Theatergruppen sahen am 30.9. im Schauspielhaus Lessings „Nathan der Weise" mit Ernst Deutsch.

Das Stück, an dessen Ideologie, wir manches zu beherzigen, sicher aber auch manches auszusetzen haben, gefiel durch gute schauspielerische Leistung.

*

Am 4.10. forderte das Kamillushaus die Tagesgymnasiasten zu einem leichtathletischen Wettkampf heraus, den wir mit 138 : 129 Punkten gewannen; unsere Unterstufe blieb in einem Fußballspiel mit 2 : 1 Toren erfolgreich.

*

Den nach dem bekannten Buch gedrehten Film „Gott braucht Menschen" gaben wir am 13.10. in der Aula.

*

Am 1.11.begann das neue erste Semester des AG sein Studium mit 3tägigen Exerzitien, die unser Spiritual Pater Josef Terschlüsen OPM hielt.

*

Die Älteren des TG und das AG, das aus diesem Grunde den Unterricht vorzeitig abgebrochen hatte, nahmen am 9.11. an einem Schweigemarsch durch Neuss teil, um gegen den sowjetischen Terror in Ungarn zu protestieren.
Die ungarische Tragödie, an der wir leidenschaftlichen Anteil nahmen, rief auch unsere Hilfsbereitschaft wach. Wir brachten zwar über 400 DM und eine große Sachspende auf, doch schließlich blieb uns nichts anderes übrig, als zu beten.

*

Am 10.11. hörten viele von uns, die mit der Jungen Union nach Bochum gefahren waren, Arnolds Rede zur weltpolitischen Lage.

*

Von der Straußoper „Ariadne auf Naxos", die am 11.11 im Opernhaus gegeben wurde, war die gemischte Gruppe ent-

täuscht. Für Straußliebhaber mag die Musik eine Delikatesse sein, uns war sie zu wenig eingängig, die Handlung zu dürftig - kurz, das Stück blieb weit hinter den Erwartungen zurück.
(Rainer hat hier nachträglich mit Bleistift notiert: „Meine erste Oper")

*

Das nächste Wochenende brachte wieder zwei ausgezeichnete Filme: „Gaius Julius Caesar" in der Aula des Gymnasiums, und „Lilli" im Konvikt.

*

Nach vielen Proben führten wir am 18.11. die „Deutsche Messe" von Schubert mit Orgel, Orchester, Chor und Kommunität auf.
Wenn wir die Melodien auch recht straff führten, spürten wir doch, dass die Romantik, die das „deutsche Gemüt" anspricht, manchen verkannten Wert in sich birgt.

*

Am 20.11. sah die Schauspielgruppe ein Stück von Friedrich Dürrenmatt: „Der Besuch der alten Dame": Mit bissiger Ironie und schneidendem Sarkasmus wird gezeigt, was vom „christlichen Abendland" noch übrig geblieben ist. Die bürgerliche Tradition und der nur vom Menschen her verstandene Humanismus brechen im entscheidenden Augenblick unter dem Herrschaftsanspruch des Geldes zusammen.
Das sehr differenziert gespielte Stück war ein Schock und sollte es auch sein, aber die Schlussfolgerungen, die Dürrenmatt erwartete, waren klar. Und insofern war das Stück heilsam.

*

Auf dem diesjährigen Patrozinium (8.12.)weihte Exzellenz Weihbischof Cleven im Pontifikalamt wieder eine Reihe Sodalen der MC.
Der Quizabend - wir wollten es einmal anders machen als bisher - war ein Experiment, das nicht ganz gelang. Hier bietet sich zwar eine Möglichkeit, aber es ist nicht damit getan, bestimmte Rundfunksendungen zu kopieren. Man muss schon eine eigene Note zu finden suchen.

*

Am 20.12. begannen wie üblich die Exerzitien.

*

Kurz nach den Weihnachtsferien, am 12.1.1957 konnten wir unseren ersten Sportnachmittag in der neuen, großen Turnhalle an der Schorlemer Straße halten.

*

Am 19.1. sahen wir den Film „Polizeirevier 21", eine packende Schilderung aus dem Alltag der Polizei in den USA.

*

21.1. Etwas enttäuscht war die Schauspielgruppe von Calderons „Der Richter von Zalamea".
Man muss dies Stück zwar vom barocken Zeitgeist her zu verstehen suchen, aber die Handlung schien uns über weite Strecken zu sehr im Äußerlichen zu liegen und die Problematik zu einfach gestaltet zu sein. Das besonders in den Nebenrollen gut getroffene Zeitkolorit wog einiges wieder auf.

*

Viel Freude machte uns der Film „Don Camillo und Pepone II", der am 27.1. bei uns lief. Alle, die irgendwie Karten bekommen konnten, sahen am 2.2. „König Lear".

Auch wir waren von dieser gewaltigen Dichtung Shakespeares beeindruckt. Wenn die eigentliche seelische Erschütterung sich nicht einstellte, die man bei diesem Stück erwartet, so lag es vielleicht daran, es ist dies natürlich nur ein Gefühlsmoment und schwer zu bestimmen, dass dieser Aufführung trotz großartiger schauspielerischer Leistung eine gewisse Erdschwere fehlte, die man neben anderem vielleicht durch ein weniger abstraktes Bühnenbild erreicht hätte.

*

Nachdem die Entlassung der Abiturienten des TG schon am 9.3. stattgefunden hatte, folgte das Abendgymnasium am 22.3. Nach einer Dankandacht in der Kapelle versammelte man sich in der Aula. Im Rahmen der Feier, die der Singkreis („Freundschaft" von Beethoven), eine Laienspielschar (Szene aus „Innozenz und Franziskus", (Reinhold Schneider) und das Orchester(Sinfonie in G-Dur, Mozart) gestalteten, wurde den Abiturienten, die alle bestanden hatten, von Oberstudiendirektor Dr. Biesinger das Reifezeugnis überreicht.

*

Als letztes Schauspiel vor Ostern sahen wir am 28.3. „Das heilige Experiment" von Fritz Hochwälder, das uns, abgesehen von dem etwas verschleppten Schluss, sehr ansprach.
Das Experiment ist der Jesuitenstaat in Paraguay. Dieses Experiment schlägt fehl, weil die Idealisten, die es durchführten, an dem Neid, der Gier und Gewissenlosigkeit der Besitzenden, der Bischöfe und des spanischen Staates scheitern.

*

Der 30.3. brachte noch einmal einen Film: „Entscheidung vorm Morgengrauen".

*

Dann waren die Konferenzen vorbei. „Die Helden waren müde".
Unsere Kastenmannschaft rafft sich zwar noch zu einem 7:0 Sieg über eine ND-Auswahl auf, doch am 9.4. war dann keiner mehr zu halten.
Wieder hatten wir mit mehr oder weniger Glück ein Semester, ein Schuljahr bewältigt - Ferien.

Rainer M. Luce (U I)

Kap. 15 Arbeit in den Schulferien

Die erste Ferienarbeit wird für Rainer als 16-Jährigen stattgefunden haben, und zwar zusammen mit Jupp, in dessen väterlichem Betrieb in Untereschbach bei Köln.
Es ging um das Transportieren und Stapeln von Beton-Guss-Teilen auf dem Betriebsgelände.
Das war nicht mehr als eine Woche, aber doch recht harte Arbeit, die immerhin etwas einbrachte

In anderen Ferien waren in einem Neusser Sägewerk lange Bretter zu stapeln - ebenfalls schwere Arbeit, die er am Ende erleichtert hinter sich ließ.

Deutlicher in Erinnerung geblieben ist mir die Beschäftigung in einer Neusser Sauerkrautfabrik. Sauerkraut war damals schon lange ein Neusser Markenprodukt.
Die Hauptarbeit fällt natürlich im Herbst nach der Kohlernte an, und so wird meine Einstellung in den Herbstferien 1956 oder 1957 stattgefunden haben.

Der Arbeitsplatz - eigentümlich unauffällig - und wahrscheinlich nur ein Bereich der Firmenarbeit unter anderen: ein Eisentor zur Straße hin, ein großer Hof und eine längliche Halle - er lag nur wenige hundert Meter vom Konvikt entfernt, am Rande des Stadtzentrums, unscheinbar zwischen Wohnhäusern.
In der Halle gab es einen etwa 3 m breiten Mittelweg und rechts und links Betonbecken, in Fußbodenhöhe beginnend, etwa 2 m tief, mit einem verschließbaren Abfluss im Boden; vielleicht 2 m breit, und 3 m lang zur Hallenwand hin.
Auf jeder Seite des Mittelgangs gab es sicherlich 10 Becken, durch gut begehbare Zwischenmauern getrennt.

In diese Becken wurde das Weißkraut, das schon geschnitten in der Halle ankam, jeweils von zwei Arbeitern, die im Becken standen, eingelagert.
Es wurde schichtweise mit Stahlgabeln gut verteilt, mit speziellen Firmen-Gummistiefeln ordentlich festgetreten- das war vor allem meine Aufgabe - und dann jeweils per Hand mit einer Lage Spezialsalz abgedeckt - so Schicht um Schicht, bis das Becken nahezu voll war. Als Abschluss eine besonders kräftige Salzschicht.
Anschließend wurde das Becken mit kräftigen Brettern fast fugenlos abgedeckt. Schwere Steine, die wir auf den Brettern verteilten, hatten auch die Aufgabe, kräftigen Druck nach unten auszuüben und so den Gärungsprozess zu beschleunigen.

Dann war für 4 - 6 Wochen äußerlich Ruhe.
Innerlich aber begann nun, von Milchsäurebakterien in Gang gebracht, die Gärung, die den Weißkohl in Sauerkraut verwandelt.
Vier Wochen konnte ich dort natürlich nicht arbeiten, um das Ergebnis meiner Füllarbeiten mehrerer Becken zu erleben.
Aber die Sauerkrautherstellung ist ja ein über Monate sich hinziehender Prozess. In anderen früher gefüllten Becken war der Gärungs- und Reifungsprozess abgeschlossen.
Hier wurden nun die Steine und die Bretter abgedeckt, eine schimmelige, schwärzlich graue Schicht musste wiederum mit Stahlgabeln abgetragen werden, und dann lag das Sauerkrautfrei, deutlich dunkler als das eingefüllte Weißkraut, - und gab einen kräftigen Duft ab.

Die weitere Entleerung des Beckens, wiederum mit Stahlgabeln, habe ich nicht mehr mitbekommen, aber diese

Arbeitszeit hat mir doch interessante Einblicke in den Produktionsprozess von Sauerkraut vermittelt.

Eine andere Arbeit - wohl in den Osterferien 1958 - fand auf dem Konviktsgelände statt und war mir vom Präses Becker persönlich angetragen worden.

Im Gartenbereich des Konvikts war ein zusätzliches mehrgeschossiges Wohngebäudes für Abendgymnasiasten und ältere Tagesgymnasiasten errichtet und auch schon bezogen worden, in dem auch ich wohnte und mir ein Schlafzimmer mit dem Abendgymnasiasten Herbert Falken teilte, der schon damals intensiv künstlerisch tätig war, und auch schon eine Ausstellung im Konvikt gemacht hatte. Er wurde später im Aachener Raum und darüber hinaus ein bekannter Priester und geehrter Künstler.

Dieser Neubau also war mit einer Neugestaltung des Gartens verbunden, die eine Rodung mehrerer alter Obstbäume erforderlich machte. Diese Ferienarbeit war mir vom „Chef" übertragen worden.

Ich hatte so etwas noch nicht gemacht, aber die grundlegenden Abläufe waren klar: der Wurzelbereich der Bäume musste dicht am Stamm freigelegt werden, die Wurzen waren zu durchtrennen und der Baum so zu Fall zu bringen. Anschließend war der Baum in kleine Stücke zu zersägen, die bequem abtransportiert werden konnten.
Das ist leicht dahin gesagt, war aber doch mit erheblicher Arbeit verbunden. Immerhin war mir die Zerkleinerung von Holz in Plau am See vertraut gewesen.
Wie gesagt, so getan. Die Aufgabe machte mir Spaß. Die Arbeit schritt sichtbar voran, beziehungsweise war nach ihrem Abschluss, nach der Planierung aller entstandenen

Löcher, wunschgemäß nicht mehr sichtbar, der Garten so aber doch deutlich verändert.

Ich war zufrieden mit mir selbst, und war auch gut bezahlt worden - was will das Herz mehr.

Ansonsten verdiente ich in den letzten Konviktsjahren regelmäßig Geld mit Nachhilfestunden in Deutsch und Latein. In Latein war ich selbst kein Licht, aber für Anfängerhilfe reichte es offenbar. So kam ich finanziell bis zum Abitur anscheinend ganz gut über die Runden.

Kap. 16   Waltraud - plötzlich nahe

Sie hatte gegen Ende des Jahres 1957 ihre Schule im Boppard und ihre Internatszeit abgebrochen und entschloss sich nun, eine Ausbildung als Gymnastiklehrerin anzustreben.

Sie bewarb sich, unter anderem, in Düsseldorf, unmittelbar in meiner Nähe, und hatte Glück, dort im April 1958 angenommen zu werden.

Sie wohnte im angeschlossenen Internat, und musste nun körperlich hart trainieren, was sie so noch gar nicht gewöhnt war, und musste ebenso intensiv am Klavier arbeiten, das ganz eng zur Ausbildung gehörte, ihr aber auch noch neu war.

Nicht eben einfach diese Situation.

Welch eine Überraschung aber für mich!

Die Zeit des stillen Wartens aufeinander war - urplötzlich fortgespült.

Und bald schon trafen wir uns in Düsseldorf, standen voreinander, waren älter geworden, sahen uns an, umarmten uns, küssten uns bald.

Ganz rasch wurden wir vertraut miteinander, wurden uns selbstverständlich - nur dem erotischen Bereich näherten wir uns sehr, sehr vorsichtig.

Ich gab mir keine Mühe, die neue Situation vor dem Präses zu verbergen.

Und der begriff wohl auch, dass weiterer Widerstand keine Lösung sein konnte - Rainer war zwanzig Jahre alt geworden und befand sich in der Oberprima, dem letzten gymnasialen Schuljahr. So ließ er mich nun gewähren - und war

sogar großzügig.
Ich kam immer wieder einmal an Sonntagabenden recht spät im Konvikt an, mehrfach 15 bis 20 Minuten nach der offiziellen Schließzeit (22 Uhr) - man ließ mich gewähren, was ich großzügig fand und dankbar quittierte.

Diese freundlichen Frühlings- und Sommermonate fanden ein jähes Ende, als, völlig überraschend, Waltrauds Mutter mit einem Gehirntumor in die Mainzer Universitätsklinik eingeliefert werden musste - operiert wurde und - starb. Welch ein Schock!

Ich trauerte - wie alle anderen - um diese Frau, deren Wohlwollen mir gewiss gewesen war, von der ich so viel Wärme über Jahre hin empfangen hatte.

Aber - wie nun weiter?
Wer sollte den Haushalt für den Vater führen?
Das kleine Forsthaus im abgelegenen Dorf Forst bot kaum Platz für eine Haushaltshilfe.
Aus den umliegenden kleinen Bauerndörfern war kaum jemand zu erwarten, und die Verkehrsverbindungen dort waren schlecht.
Das Problem der Weiterführung des Försterhaushalts musste also von der Familie gelöst werden. Waltrauds Schwester war noch schulpflichtig. So kam diese Aufgabe auf Waltraud zu. Das bedeutete den Abbruch der Ausbildung in Düsseldorf.

Übermäßig schwer wird Waltraud diese Entscheidung nicht gefallen sein, sie lebte in Düsseldorf, zumindest für das erste Jahr, ständig am Rande der Überforderung.
Und meine Nähe in Neuss war schon auf wenige Monate begrenzt, das Abitur stand vor der Tür. Die nächsten Uni-

versitäten waren für mich Köln und Bonn.
Statt wie bisher nach Düsseldorf fuhr ich nun nach Forst im Hunsrück, viel seltener, gewiss -dafür aber länger. Waltrauds Vater hatte die Beziehung seiner Tochter zu mir wohlwollend akzeptiert - der ihm ja schon seit Jahren kein Unbekannter mehr war.

Kap. 17 Das altsprachliche Gymnasium

Das damalige altsprachliche Gymnasium führte als eindeutige Schwerpunkte Latein von der 5. bis 13. Klasse - und Griechisch von der 8. bis 13. Klasse.
Englisch gab es nur von der 7. bis 11. Klasse - es war kein Sprechunterricht, sondern ein ständiges Hin-und Herübersetzen wie bei den alten Sprachen.
Biologie wurde in sechs von neun Jahren unterrichtet, Physik in fünf Jahren, Chemie nur in einem Jahr. Weitere Fächer in meiner neunjährigen Schulzeit von Sexta bis Oberprima waren Deutsch, Erdkunde, Geschichte, Mathematik, Leibesübungen und Kunst.

Das Klima in der Schule habe ich, im Gegensatz zum vielseitigen Leben im Konvikt, als lange Zeit recht gedämpft in Erinnerung. Besonders die alten Sprachen wirkten, aus heutiger Sicht, wie nur auf sich selbst bezogen, in sich verkapselt, ohne Beziehungen zur Gegenwart. Versuche der Fachlehrer und der Schule, die Schüler für die Antike zu begeistern, das Weiterwirken antiker Kräfte ins Heute hinein zu verdeutlichen, gab es nur wenig. Ja, da war wohl ein Lehrer, der das konnte, aber der hat nie in unserer Klasse unterrichtet. Unsere jungen altsprachlichen Lehrer wirkten lange noch wie vom Krieg betäubt.
Eine Ausnahme war der Geschichtsunterricht (Antike) in der 6. Klasse. Da organisierte der Lehrer Wettbewerbe um die Beherrschung der antiken Geschichtszahlen - ich war begeistert und hatte in diesem Jahr in Geschichte eine Eins.
Doch dies Beispiel war alles andre als die Regel - ein ruhiger, korrekter Unterrichtsablauf nach Lehrplan war offen-

bar das Erwünschte, für anderes blieb wenig Raum. Das ist zum Teil sogar zu verstehen. Die meisten älteren Lehrer hatten in der Nazizeit zwölf Jahre lang mit Freiheitseinschränkungen und Kontrollen unterrichtet, waren zum Teil auch nicht dem Kriegseinsatz entgangen, das saß ihnen noch in den Knochen. Die jungen Kollegen hatten unter sehr schwierigen Nachkriegsbedingungen studiert.

Das alles löste Rückzüge auf sich selbst und gedämpften Auftritt aus, eine Haltung, von der man sich nicht von heute auf morgen löst.

Ein intensives Engagiert-Sein und Offenheit hat der Autor erst in den letzten Schuljahren erlebt.

Zudem war das Quirinus-Gymnasium in den fünfziger Jahren schmalspurig und eng auf die „alten" Sprachen Latein, Altgriechisch und Althebräisch fixiert.

Das heutige Quirinus-Gymnasium - ein Neubau, der auf dem Platz des ehemaligen Konvikts steht - hat sich unglaublich geöffnet und geweitet. Es liegen aber auch mehr als fünfzig Jahre dazwischen.

Englisch wird heute von der Grundschule her übernommen und stetig weitergeführt.

Latein kann in der 5. oder 6. Klasse begonnen werden.

Altgriechisch steht neben Französisch ab der 8. Klasse „zur Wahl"! Die Sprachen können auf Grundkurs - oder Leistungskurs-Ebene weitergeführt werden.

Auch Neugriechisch kommt zum Zuge.

Mathematik, Naturwissenschaften und Informatik haben ein deutlich aufgewertetes Profil.

Neben dem christlichen Religionsunterricht wird eine Alternative „Praktische Philosophie" angeboten.

Das einstige Jungen-Gymnasium hat sich nun auch für Mädchen geöffnet.

Auf allen Jahrgangsebenen gibt es über den Unterricht hinausgehende Aktivitäten; zum Beispiel die Teilnahme an Wettbewerben, die Präsentation und Diskussion von Schülerarbeiten - vielfältige Einbindungen also - ein offenes, lebendiges Schulleben.
Rainer hat die damalige Schule - auch aus der Konviktbindung heraus - als selbstverständlich akzeptiert, sie aber, besonders in den ersten Jahren, nicht sonderlich gemocht.
An die heutige Schule würde er mit Freuden zurückkehren.

Immerhin hatte sich das Klassenleben in den späteren Jahren gelichtet, es gab erfreuliche Klassenfahrten und manchen interessanten Unterricht, an dem sich Rainer dann auch intensiv beteiligte - das galt vor allem für die Fächer Philosophie, Religion, Deutsch, Geschichte, Erdkunde und Sport. Mehrfach wurden Deutschaufsätze von ihm im Lehrerkollegium verlesen. So auch die Abiturarbeit.

Im mündlichen Abitur musste er in seinem schwächsten Fach: Mathematik beim schmallippigen, nüchternen Schuldirektor als Prüfer antreten.
Rainers Durchrechnen der Prüfungsaufgabe an der Tafel lief ohne erkennbares Stocken ab.
An einem Absatz, noch nicht ganz am Ende angekommen, wandte er sich zum Prüfungskollegium um und fragte lächelnd:,,Reicht das?" Mehrere Kollegen der Prüfungskommission nickten wohlwollend; der prüfende Chef zögerte noch, gab dann aber nach; die Prüfung war bestanden - eben in dem Augenblick, in dem Rainer allein nicht weitergewusst hätte.
So waren nun Schule und Konvikt - ein langer, wichtiger Lebensabschnitt - im Februar 1959 beendet.

Kap. 18 Nach dem Abitur in Herne. Arbeit

Nach der Schulzeit in Neuss nehmen mich Tante Mariechen und Opa wie selbstverständlich auf. Ich würde studieren- das war klar. Jetzt im Februar 1959 begannen aber die Semesterferien. Ich suchte Arbeit, weil ich die Zeit bis zum Studienbeginn im April überbrücken musste. Ich wollte auch die Mutter nicht weiter mit meinem Lebensunterhalt belasten, der jetzt teurer sein würde als in der „Kasten"zeit, die von der Erzdiozöse Köln sicherlich hoch subventioniert war.

Ich suchte also Arbeit, und wendete mich als erstes an die Stadt Herne. Büroarbeit war eigentlich naheliegend, aber ich ging zum Garten- und Friedhofsamt- draußen, im Freien sein, das war mir lieber. Und ich fand dort tatsächlich einen Platz; zuerst auf dem Herner Zentralfriedhof, dann bei einer kleinen Gruppe, die in neuen Sodinger Anlagen und vor allem auf dem Gysenberg arbeitete. Dort war ich bald als Helfer akzeptiert und hatte von der Sodinger Wohnung zur Arbeit nur einen kurzen Weg,

Diese Arbeit fand in den Jahren 1959 und 1960 statt; in den Semesterferien im Frühjahr und im Sommer, jeweils etwa sechs Wochen.
Sie war für mich notwendig, weil ich zwar vom Studienbeginn an nach dem „Honnefer Modell" gefördert wurde (heute „BAföG"); in der „Anfangsförderung" wurden aber für die ersten drei Semester nur die Vorlesungszeiten finanziert (150,- DM pro Monat); die Semester'ferien' musste man selbst bestreiten.
Ab dem 4. Semester, in der „Hauptförderung", wurden

Dann durchgehend 200,- DM pro Monat gezahlt, davon konnte man damals durchaus leben.

Die Förderung ab dem 9. Semester, (ich habe zehn Semester studiert), war rückzahlungspflichtig, jedoch wurde mir später – kurz nach Beginn der Zahlungen - zu meinem Erstaunen der Rest erlassen.
Ohne diese erfreuliche staatliche Studienförderung wäre für mich ein Vollzeitstudium kaum möglich gewesen.

Aber zurück nach Herne.
Das eigenartigste Erlebnis meiner Arbeitszeit in Herne ergab sich bald schon nach dem Arbeitsantritt auf dem Zentralfriedhof.
Die Arbeitspausen verbrachte man dort in einem großen Raum des Hauptbaus. Es waren dort sicherlich an die dreißig Männer versammelt.
Eines Tages also kam es dort zu einer Diskussion, in die auch ich eingriff, und dann eine Position vertrat, die offenbar deutlich von der Mehrheit der Anwesenden abwich.
Alle wandten sich mir zu, als ich engagiert und offenbar auch eloquent, meine Position vertrat.
Ich weiß nicht mehr, um welches Thema es ging, es musste aber eng mit meinen Lebenserfahrungen in Zusammenhang gestanden haben.
Die Diskussion war spannend und alle hörten mir, für mich erstaunlich, intensiv und auch wohlwollend zu.
Als sie schließlich endete, war die Zeit der Arbeitspause weit überschritten.

Diese Zeit in Herne verband mich tief mit Tante Mariechen und Opa.
Alle empfanden es als völlig selbstverständlich – auch

zwei weitere Verwandtenfamilien, die in Herne lebten, dass ich dort war. Jeder ging seinen Aufgaben und Pflichten nach. Opa schusterte immer noch, weit doch schon in seinen achtziger Jahren; Mariechen saß an der Nähmaschine, beide in der Küche, und führte den Haushalt; ich saß im Wohnzimmer, las, studierte Texte, ging immer wieder ein-mal in die Küche; ruhige Gespräche...

Gelegentlich kamen Leute, holten ihre geflickten Schuhe ab, ihre Nähaufträge, probierten Sachen auch an, zahlten bescheidene Beträge, verabschiedeten sich, gingen wieder.

Irgendwann war ich einige Tage krank, lag in der Küche auf der dort seit Jahrzehnten stehenden Liege. Die anderen arbeiteten wie immer, ich sinnierte, und begann schließlich, meine ersten Gedichte zu schreiben.
Stille Zeit.

Kap. 19   Die Studienzeit in Bonn

Die erste Unterkunft

Zuallererst musste dort eine Bleibe gefunden werden.
Der Zufall wollte es, dass ich bei der Arbeit in Herne einen jungen Mann kennengelernt hatte, der auch sein Studium in Bonn beginnen wollte. Er hatte Kontakt zu einem Pfarrer in Herne, der „Alter Herr" in der Studentenverbindung „Unitas Rhenania" in Bonn war.
Diese Verbindung besaß dort in der Ermekeilstraße ein Haus, in dem sich neben Versammlungsräumen im ersten Stock, im Erdgeschoss eine kleine Studentenunterkunft befand, die für das Sommersemester 1959 noch frei war und tatsächlich uns beiden überlassen wurde.

Es war ein mittelgroßer Raum mit zwei Klappsofas, einem großen Tisch mit mehreren Stühlen, Schränken, sowie einigen Regalen, auch mit Geschirr und Besteck.
Dort fanden wir uns dann zum Semesterbeginn ein und kamen die nächsten drei Monate gut miteinander aus- verloren aber danach bald den Kontakt, weil wir in ganz verschiedenen Bereichen studierten.

Ein Ereignis im Rhenania-Haus ist mir in Erinnerung geblieben. Es fand ein Fest-Kommers im großen Saal des ersten Stocks statt. Ob wir auch dorthin eingeladen waren, weiß ich nicht mehr. Jedenfalls nahmen wir an der Feier nicht teil. Sie wurde, je länger sie dauerte, um so lauter, es wurde offenbar kräftig getrunken und gesungen. Das ging bis weit in die Nacht. Irgendwann ging ich nach draußen, um mir das Bild von der Straße aus anzuhören und anzusehen. Alle Fenster oben standen weit offen, hell erleuchtet; der Lärm drang weit hinaus in die Nacht.

An einer Stelle war der Bürgersteig überzogen mit den Resten einer kräftigen Kotzorgie. - Ich zog mich rasch zurück, um dafür nicht verantwortlich gemacht zu werden.

Eine Prozession

Eine eigentümlich deutliche Erinnerung hat das Bonner katholische Fronleichnamsfest bei mir hinterlassen.
Im Hofgarten der Universität war einer der Altäre für die Prozession errichtet worden - sie sei sehenswert, hatte ich gehört.

Es war schönes Wetter und so entschlossen wir uns, dorthin zu gehen.
Im Seitenbereich die großen Hofgartenwiese - der langgestreckte Prachtbau der Universität (eins der alten kurfürstlichen Schlösser) trennt sie von der Bonner Innenstadt- hatten sich Scharen von Verbindungs/Burschenschafts-Studenten versammelt - nur Männer. Sie standen dort „in vollem Wichs" in Viererreihen und warteten wohl darauf, sich in die Prozession einreihen zu können.

„In vollem Wichs" - das heißt in der Festtagsaufmachung der gehobenen Stände zu Beginn des neunzehnten Jahrhunderts, der Gründungsphase der ersten Burschenschaften, militärisch-adelig angehaucht: dunkle Stiefelschäfte bis zum Hintern („Kanonenstiefel"), weiße Hose, verzierter farbiger Überrock mit breiter Schärpe, ein Barett auf dem Kopf, der umgeschnallte Degen nicht zu vergessen- so also in der Erwartung, Gott(?) oder den Menschen oder wenigstens sich selbst zu imponieren.
Das also gehörte hier zum religiösen Brauchtum selbstverständlich dazu! Mir - verschlug es die Sprache!

Und die Distanz zur Kirche vergrößerte sich.
Ich machte mich davon, suchte mein Gleichgewicht unten am dahin strömenden Rhein und beim Blick auf's wunderbare Siebengebirge.

Das Germanistik-Studium

Das damalige Germanistikstudium entbehrte - das ist meine heutige Sicht - einer klaren Strukturierung durch mündliche und schriftliche Information. Man schlidderte eher in den laufenden Prozess hinein und musste sehen, wie man seinen „Weg" fand.
Neben der Ausbildung der Studenten stand das Interesse an eigener Forschung, Präsentation und Veröffentlichung der Professoren hoch im Kurs. Da waren erhebliche Spielräume erwünscht!
Kein schriftlicher Überblick, welche Anforderungen in welcher Zeit zu erfüllen waren. Dann hätte man sich ja an die Kette gelegt.
Ich erinnere mich an eine Proseminar-Einführung ins Althochdeutsche, in dem über ein ganzes Semester in rasendem Tempo isolierte Lautungen in ihrer Entwicklung vorgeführt wurden. Zum Aufbau, zur Entwicklung der dazugehörigen Sprachinhalte und ihrem Stellenwert in Wortfel--dern – nichts.
Oder eine Semesterübung „Realismus im Impressionismus" , bei der zu einer 1887 erschienenen Textsammlung, die völlig ohne Einfluss auf die literarische Entwicklung geblieben war, ein ganzes Semester verschwendet wurde.

In guter Erinnerung sind mir umfassende, einordnende, bewertende Goethe-Vorlesungen vo n Prof. Richard Alewyn geblieben, ein zurückgekehrter Jude - worüber aber niemand sprach.

Dem ziemlich arrogant wirkenden Professor Benno von Wiese mochte ich mich lange nicht aussetzen. So war es nicht verwunderlich, dass ich meine Studienheimat endlich im vierten Semester im Sprachwissenschaftlichen Institut fand, wo Leo Weisgerber die „Inhaltbezogene Sprachwissenschaft" entwickelt hatte und wo sie Helmut Gipper u.a. zur Philosophie und zum amerikanischen Strukturalismus in Beziehung setzte. Hier wurde mir Sprache als Heimat und Weg, und als vieldimensionale geistige Größe verständlich gemacht.

Bei Prof. Weisgerber absolvierte ich mit Erfolg die Prüfung zum „Philosophikum".

Bei Dr. Gipper schrieb ich mehrfach Arbeiten, teils mit sehr gutem Ergebnis. Später kam als Germanist Prof. Glinz mit sprachwissenschaftlichen Textanalysen hinzu.

Diese wissenschaftlichen Räume eröffneten mir nach und nach auch eigene Wege.

Aber es gab dort auch Beziehungen auf der menschlichen Ebene. Als, nach der Heirat mit Waltraud, uns noch in der Studentenzeit ein Sohn geboren wurde, schenkte mir Herr Gipper ein schönes Paket mit Babykleidung.

Wichtig wurde für mich auch Professor Grenzmann, Direktor des Beethoven-Gymnasiums, der mir Franz Kafka nahe brachte.

Bei ihm schrieb ich (mit dem bei den Sprachwissenschaftlern Gelernten) die Arbeit „Die Bedeutung der Sprache im Leben Franz Kafkas", die ich heute noch für lesenswert halte, - im Hintergrund die soziologisch schwierige Situation des von Kafka gesprochenen „Prager Deutsch".

Das Thema meiner germanistischen Abschluss - und Prüfungsarbeit 1964 war dann „Franz Kafka und das Prager Deutsch".

Mein Studium am „Institut für Leibesübungen" in Bonn

Das war von der ganzen Anlage her kein Hauptstudium „Sport", wie es auch damals schon in Köln möglich war, sondern ausgerichtet auf den sehr begrenzten Bereich des Schulsports an Gymnasien. Das war mir so auch durchaus recht, mein Zentrum sah ich in Germanistik, Philosophie und Sprachwissenschaft.

Die Hauptsportbereiche waren Leichtathletik, Turnen, Rudern - und ein Skikurs. Die Sportspiele Fußball, Handball, Tennis, Basketball, Hockey, Volleyball kamen nicht zum Zuge; einmal weil es zu wenig Fachleute dafür am Institut gab; was aber vor allem damit zusammenhing, dass dem Institut Sportstätten verlorengegangen waren (Sportplatz, Halle)- im Zuge des Ausbaus der innerstädtischen Umgehungsautobahn. Es stand dann nur ein halbfertiger Ersatzsportplatz am Nordhang des Venusbergs zu Verfügung, dessen Fertigstellung ich nicht mehr erlebt habe - und wechselnde Hallen mit knappen Nutzungszeiten.
Entsprechend beschränkt waren dann die Trainings- und Prüfungsbedingungen.

Ich muss gestehen, dass mich das nicht sonderlich gestört hat, weil die Sportausbildung für mich eben eine Begleitfunktion hatte.
Gut in Erinnerung habe ich das Rudersemester.
Das Institut hatte ein eigenes Bootshaus am Rhein, ganz in der Nähe des Bundestagsgebäudes. Ganz am Anfang des Rudersemesters (Sommer 1960) war bei den Bootsvorbereitungen einer der Sportstudenten vom Anlegesteg kurz mal ins Wasser gesprungen, bevor es losging.

Als er wieder herausgeklettert kam, war er übersät mit bräunlichen Partikeln. Das war entfernt kein sauberes Wasser mehr. Zwei Jahre zuvor, im Sommer 1958, war ich bei Neuss noch mehrfach im Rhein geschwommen; solch ein Dreckswasser war das nicht gewesen; und das Wasser war schon an Köln und der Dormagener Industrie vorbeigeflossen.
Jetzt dieser Einbruch - und es wurde auch für lange, lange Zeit nicht besser .- Heute wird wieder im Rhein gebadet, aber es hat Jahrzehnte gebraucht, bis das wieder möglich war.
Nun - in Ruderbooten konnte man das Wasser aushalten. Aufpassen musste man damals, schwimmend wie rudernd, beim Wechsel zum anderen Ufer keinem der Schleppzüge in die Quere zu kommen; manchmal waren es ein Schlepper mit rauchendem Schornstein und fünf Schleppkähnen hintereinander, und die Zugseile liefen weitgehend unsichtbar im Wasser - heute gibt es keine Schleppzüge mehr.

Der Abschluss des Rudersemesters war eine Fahrt im ‚Vierer mit Steuermann' etwa zehn Kilometer rheinauf bis auf die Höhe von Bad Honnef.
Auf der schönen Insel Grafenwerth wurde eine Pause gemacht; das war ein ganz anderer Blick auf's Siebengebirge, der felsige Drachenfels ganz nah - heute sind Teile dieser steilen Partien so brüchig, dass sie in die Weinberge niederstürzen, die dann lange geschlossen werden müssen.
Die Rückfahrt, anstrengungslos an Bad Godesberg vorbei rheinab.
Ein letzter Blick vom Rhein her zum Parlamentsgebäude hinüber und gleich danach dann festgemacht an Steg und Bootshaus der Uni - den „Langen Eugen" als Blickfang- nein, den gab es damals noch nicht - Bauherr des Abgeord-

neten-Hochhauses wurde fünf Jahre später dann Parlamentspräsident Eugen Gerstenmeier - heute, nach der Umsiedlung von Parlament und Regierung nach Berlin, ist der hochaufragende Bau und sein Umfeld das Zentrum der UNO in Deutschland.

Der Skikurs

Im darauf folgenden Wintersemester 1960/61, Ende Febr./Anfang März stand die Teilnahme am obligatorischen Skikurs an. Er fand in den österreichischen Alpen statt.

Ein abseits liegendes Haus auf einer Hochebene, mit wunderbarem Ausblick; etwa 20 – 30 Teilnehmer, Männer und Frauen.
So etwas wie eine Jugendherberge; die Schlafräume vollgestellt mit doppelstöckigen Betten.
Mehrere Leistungsgruppen, ich natürlich bei den wenigen Anfängern. Übungen in Abfahrten und Skilanglauf.
Langsam kam ich in Fahrt.
In einer Nacht - Tumult - das Licht geht an; ich finde mich am Boden wieder, abgestürzt aus meinem oberen Bett. Fragen der anderen, was ist los, ich taste mich ab und finde mich heil. Verwirrt klettere ich zurück ins Bett und schlafe gleich wieder ein.
Am nächsten Morgen kommt einer auf mich zu, stellt sich als Hermann Klammer vor, befragt mich; wir kommen ins Gespräch, frühstücken zusammen.
Er hat gerade einen defekten Schuh, bringt ihn zu einem Schuster unten im Ort, ich begleite ihn - es ist der Beginn einer lebenslangen Freundschaft.
Zum Abschluss des Kurses gibt es Wettkämpfe.

Hermann, der immer mit der Spitzengruppe unterwegs ist, er hat sich, in einem Skigebiet aufgewachsen (Hochsauerland/Nähe Winterberg), das Skilaufen selber beigebracht, er gewinnt nun den Skilanglauf.

Ich habe ihn bald zu Hause besucht. Im Sommer bauten wir auf dem großen Wald-Wiesengrundstück seiner Familie aus Rundhölzern ein Häuschen, das wohl auch heute noch existiert. Dort hausten wir dann häufiger in den Ferien, dort war auch Waltraud im Sommer 1964 eingeladen und ich wohnte dort mit ihr, dort hat mit hoher Wahrscheinlichkeit unser Sohn Klaus den Weg ins Leben begonnen.

In Bonn hatte ich zum Beginn des 4. Semesters, des Wintersemesters 1960/61, ab dem ich die Vollförderung nach dem Honnefer Modell genoss, auch einen preiswerten Daueraufenthalt gefunden, ein Zimmer in Beuel-Rheindorf - Clemens-Straße; im zweiten Stock, unterm Dach, ein kleines Zimmer mit Blick auf Gärten; immerhin mit fließendem Wasser; fernhin verbunden dem Plumsklo, treppabwärts zu erreichen über den offenen Innenhof.

Hermann zog bald schon im gleichen Haus in ein kleines, noch leerstehendes Nebenzimmer ein.
Da er einen stattlichen Roller fuhr, (keine Vespa), war die Uni über die Beueler Brücke rasch zu erreichen.

Waltraud in Bonn

Die Zuneigung zwischen uns bestand nun schon seit 1955, seit dem Düsseldorfer Sommer waren wir ein Paar. Das Bedürfnis nach Zusammenleben wurde immer stärker. So nutzte Waltraud schließlich den Schulabschluss ihrer Schwester, ihr die weitere Versorgung des Vaters zu über-

geben. Irgendwann heiratete er dann auch wieder.
Als 24-jährige kam Waltraud nun nach Bonn, um mit mir zu leben.
Ein festes Zusammenleben setzte damals die Heirat voraus, und dazu waren wir auch durchaus bereit, wenngleich die äußeren Bedingungen etwas ungewöhnlich waren. Am 1. März 1963 wurden wir in Zell an der Mosel, im Rathaus der Kreisstadt getraut, zu der auch Forst/Hunsrück gehörte.

Am 2. März fand im Kloster „Maria Engelport" im hunsrückischen Flaumbachtal die kirchliche Trauung statt. Es war so kalt an jenem Morgen in der Klosterkirche, dass der ältere Mönch, der die Trauungsmesse zelebrierte, in dicken Pantoffeln kam. Im zugehörigen Gasthaus, in dem anschließend in kleinem Kreise gefeiert wurde, war es jedoch angenehm warm.

Gekommen waren aus Bonn auch Waltrauds Arbeitgeber, der Chef der Dresdener Bank in Bonn mit seiner Frau, in deren Haushalt Waltraud eben erst zu arbeiten begonnen hatte.

Hermann, der bis dahin mit im Haus Clemensstraße, Beuel gewohnt hatte, räumte für uns sein Zimmer und fand ganz in der Nähe eine neue Unterkunft für etwa ein Jahr - bis er zur Uni Münster übersiedelte, wo seine Freundin Eri ihre Lehrerausbildung begonnen hatte. Sie hatte er an seinem Gymnasium im hessischen Frankenberg kennengelernt.

Noch im Sommer 1963 machten wir zu viert eine äußerst preiswerte Studenten-Busreise nach Slowenien, an die Adria, damals noch zur Republik Jugoslawien gehörig. Die Unterkunft, abseits irgendwo an einem Strand, war ein

kleines Holzhüttendorf, mit schmalen, aber ausreichenden Ferienwohnungen.
Mir sind nur Badefreuden, schöne Wanderungen, preiswerter Wein und Sonne, Sonne in Erinnerung geblieben.

In der Clemensstraße standen uns jetzt zwei Zimmer zur Verfügung und - im gleichen Stockwerk - eine nicht ausgebaute Abstellfläche unter den schrägen Dachziegeln.
Einen Arbeitsort für Seminararbeiten und die Vorbereitung auf Prüfungen bot diese Wohnung natürlich nicht, den aber fand ich in der Universitätsbibliothek Bonn.
Der großflächige Leseraum mit Buchausgabe und einer Riesenglasfront hin zum Rhein, er bot, in einem Seitenbereich, eine Anzahl großer, abschließbarer Schreibtische, von denen einer just im richtigen Augenblick frei wurde.

Das war ein wunderbarer Arbeitsplatz - zudem ganz in der Nähe der Uni, der mir bis zum Abschluss des Studiums zur Verfügung stand.
Jeden Morgen marschierte ich über den Rhein (Beueler Brücke) in vielleicht zwanzig Minuten zu meinem Arbeitsplatz oder zur Uni. Und am späten Nachmittag wieder zurück. Auch das tat mir gut. Ich erinnere mich an den Winter 1963, der zeitweise den Rhein fast zufrieren ließ. Überall schwammen riesige Schollen.
Vor den Brückenpfeilern türmte sich das Eis. Ich fand es nicht bedrohlich, sondern spannend.

Jedenfalls lebten wir unter insgesamt akzeptablen Bedingungen, die uns, wo sie deutlich beschränkt waren, kaum auffielen.
Wir waren endlich beisammen.
Ernstliche Sorgen gab es nicht.

Und es wunderte uns auch nicht, dass sich unsere Zweisamkeit nach ein/einviertel Jahren erweiterte; Klaus, unser erstes Kind kündigte sich an - in unseren Kreisen waren ‚Verhütungsmittel' damals noch ein Fremdwort.

Geboren wurde Klaus im Juni 1964 im Bonner Marienhoshospital am Fuße des Venusbergs.
Er wurde auf Waltrauds Wunsch hin sogar getauft - Jupp Brombach, inzwischen zum Priester geweiht, war zur Stelle und nahm das in seine Hand.

Wie wir das letzte halbe Jahr bis zum Studienabschluss überbrückten, habe ich nicht mehr im Kopf. Vielleicht hat Waltraud noch weiter in Bonn gearbeitet und Klaus mit dorthin genommen, was nicht eben einfach gewesen wäre.

Abschluss-Examen und erste Arbeit

Im Dezember 1964, wenige Tage vor Weihnachten, machte ich das Abschlussexamen.

An die schriftlichen Prüfungen habe ich keine Erinnerung mehr, an die mündliche in Leibesübungen auch nicht. Die mündliche Prüfung in Germanistik fand mit den Professoren Moser und Grenzmann am 19.12.1964 kurz vor Weihnachten und dem Jahresende statt.

Am Mittag dieses Tages hatte dann ein ausgeprägter Lebensabschnitt sein Ende gefunden, den ich durchaus für wichtig hielt, denn die Begegnung mit Wissenschaft hatte mich intensiv erfasst und war lange nicht abgeschlossen.

Wahrscheinlich habe ich mich noch vor Weihnachten beim Bonner Schulamt für einen baldigen schulischen Einsatz gemeldet, denn meine finanzielle Förderung durch das Honnefer Modell lief nun in wenigen Tagen aus - ab dem 1. 1.1965 musste ich mich selbst ernähren.

Der offizielle Eintritt in das Referendariat der gymnasialen Schullaufbahn, für die ich ja eigentlich studiert hatte, das macht nicht zuletzt das Fach Leibesübungen deutlich, war erst im September 1965 möglich - also musste eine Zwischenlösung gefunden werden.

Und ich hatte Glück – das Bonner Schulamt war bereit, mich bis zum Beginn der Referendarzeit mit 8 oder 12 Wochenstunden Sport in der Volksschule im Ortsteil Bonn-Duisdorf einzusetzen. Damit war das Leben in den nächsten acht Monaten schon einmal gesichert.

Kap. 20 Meine Jahre als Lehrer

Die Zeit an der Volksschule in Bonn-Duisdorf verlief problemlos. Ab April 1965 kam eine wohl einjährige Anstellung hinzu mit jeweils vier Wochenstunden im Sprachwissenschaftlichen Institut/Uni Bonn. Ich erhielt den Auftrag, eine Inhaltsanalyse zu schreiben zu den Worten und Begriffen „Maschine - Apparat – Gerät".

Das erste Referendarjahr 1965/66 absolvierte ich am Staatlichen Jungengymnasium Siegburg, das zweite 1966/67 am Beethovengymnasium Bonn, das unmittelbar neben der Uni-Bibliothek liegt. Wohin nun nach dem bevorstehenden Abschluss der Referendarzeit?

Zunächst einmal fand auf Vermittlung der Schulsekretärin des Gymnasiums Siegburg unser Umzug in eine Wohnung in Troisdorf statt, eine Stadt unmittelbar nördlich von Siegburg. Es war eine Vier-Zimmerwohnung im Obergeschoss eines freundlichen Hauses, gelegen in einer Siedlung in Troisdorf-Spich, nahe dem Waldrand zur Wahner Heide. Das Haus gehörte der im Erdgeschoss wohnenden Schulleiterin des Gymnasiums Troisdorf-Sieglar, eine freundliche Frau.

Diese 4-Zimmerwohnung entsprach jetzt durchaus unseren Bedürfnissen, denn die Geburt unserer Tochter Katrin stand unmittelbar bevor, und fand dann am 25. Mai 1967 im Krankenhaus Troisdorf-Sieglar statt.

Der Leiterin der Referendar-Ausbildung am Beethovengymnasium Bonn war bekannt geworden, dass das Germanistische Institut der Universität Köln einen Studienrat zur

Einführung in die sprachwissenschaftliche Methodenlehre suchte. Sie wusste auch, dass ich am Bonner Sprachwissenschaftlichen Institut weiterhin „auf kleiner Flamme" studierte und eine Doktorarbeit begonnen hatte. Sie empfahl mich für diese Aufgabe.

Dem Schulkollegium in Düsseldorf ging das aber zu rasch; es schickte mich als Studienassesor an das Gymnasium Schwertstraße in Solingen. Dessen Schulleiter war als Vorsitzender der Rheinischen Direktorenkonferenz ziemlich einflussreich.

Da ich eben erst umgezogen war, den Kontakt zum Sprachwissenschaftlichen Institut Bonn aufrechterhalten wollte und auch die Kölner Stelle im Auge behielt, fuhr ich für eineinhalb Jahre mit dem inzwischen angeschafften Auto täglich die 45 km nach Solingen.

Dann kam überraschend die Versetzung an die Universität Köln. Da der Professor, der diese sprachwissenschaftlich orientierte Stelle gegen Widerstand durchgesetzt hatte, das Germanistische Institut schon wiederverlassen hatte, als ich ankam - fand ich dort wenig Unterstützung.

Nach vier Semestern Arbeit dort, wurde die Stelle nicht verlängert - und ich kehrte enttäuscht in den Troisdorfer Raum zurück.

Man bot mir eine Stelle am Gymnasium in Köln-Wahn an, 5 km von Troisdorf-Spich entfernt.

Nach einem halben Jahr dort, entschloss ich mich, dem Angebot der Fachoberschule für Technik am Berufskolleg Troisdorf-Sieglar zu folgen, in den Klassen 11 und 12, die zum Fachabitur führten, Deutsch und Sport zu unterrichten.

Hintergrund dieses Angebots war, dass ich den Leiter der Fachoberschule für Technik, Hans Jaax, in der Troisdorfer SPD kennengelernt hatte, der ich beigetreten war.
In der FOS-Technik habe ich zunächst voll unterrichtet und wurde 1973 zum Oberstudienrat ernannt; später, als weitere Aufgaben auf mich zukamen, reduzierte sich meine dortige Stundenzahl deutlich - dennoch begleitete mich diese Aufgabe von 1972 bis zu meiner Pensionierung im Jahre 2001.

Sehr bald schon gewann mich der Schulleiter Gundlach dafür, vier meiner Stunden in eine JoA-Klasse zu investieren (Jugendliche ohne Ausbildungsvertrag), die bis zum 16. Lebensjahr mit sechs Stunden pro Woche berufsschulpflichtig waren - und als schwierig galten.
Herr Gundlach unterrichtete selbst in einer solchen Klasse. Es war ein nicht ganz normales Unterrichten dort, aber es lief ganz ordentlich.

1974 beschloss das Land Nordrhein-Westfalen im Schuljahr 1975/76 für JoA- Schüler freiwillige Berufsvorbereitungsjahre (BVJ) als Vollzeitklassen einzuführen.
Unsere Schule und der Rhein-Sieg-Kreis als Schulträger entschieden, für den BVJ/JoA-Bereich eine eigene Abteilung zu bilden. Herr Gundlach drängte mich, diese Abteilung als Studiendirektor zu übernehmen. Hier ging es darum, jungen Menschen, die in Schwierigkeiten waren, ihren Weg ins Leben zu erleichtern.

Nach einer erfolgreichen Unterrichtsüberprüfung im Dezember 1974 begann ich dann 1975 meine Arbeit als Abteilungsleiter.
Die Abteilung wuchs in atemberaubenden Tempo; 1977 war sie auf elf Vollzeitklassen und einige Teilzeitklassen

angewachsen - die größte Abteilung im Hause.

Da der Schule im Jahr 1978 viele Ausländer ohne ausreichende Deutschkenntnisse zuströmten (vor allem Iraner nach dem Sturz des Schahs), wurde im Rahmen meiner Abteilung eine erste Sprachklasse Deutsch für Ausländer eingerichtet, die ich selbst übernahm.

In den achtziger Jahren schwoll der Anteil türkischer Sprachschüler an; in den neunziger Jahren benötigten wir - nach dem Zusammenbruch der Sowjetunion - drei Klassen, um den Andrang der Russlanddeutschen zu bewältigen.

‚Deutsch für Ausländer' entwickelte sich rasch zu meinem Unterrichtsschwerpunkt.

1979 begann ich eine zweijährige Zusatzausbildung „Sondererziehung für Lernbehinderte" an der Universität Köln, die ich mit einem Staatsexamen und guter Note abschloss - eine zusätzliche Belastung, deren Sinn ich heute kaum noch nachvollziehen kann - ich wollte offenbar nicht nur Lehrer und Organisator, sondern auch nachweisbar Fachmann in der Sache sein.

Zum Beginn der achtziger Jahre wurde auf Betreiben der stellvertretenden Schulleiterin die Organisation des sehr großen Berufskollegs so verändert, dass zwei nahezu eigenständige Schulbereiche entstanden.

Im ihr unterstehenden Bereich agierte die Stellvertreterin nun wie eine eigenständige Schulleiterin.

Da die Schule insgesamt ein Übergewicht an technisch-männlichen Ausbildungsgängen hatte, wurden die „Berufsvorbereitung" und die Sprachklassen Deutsch nun der gewesenen „Stellvertreterin" zugeschlagen. In der Zusammenarbeit mit dieser machtorientierten Frau kam es bald zu Differenzen und Auseinandersetzungen. Ich leistete Widerstand; einmal lief sie schreiend aus einer von mir geleiteten Abteilungskonferenz fort.

In diesem Zusammenhang wurde mir die schon lange aufgelaufene Arbeitsüberlastung bewusst.
Sieben Vollzeitklassen, davon ein Modellversuch und zwei Ausländer-Sprachklassen, weiterhin zehn Teilzeitklassen mit einem Schultag pro Woche - also siebzehn Klassen neben dem vollen eigenen Unterricht zu führen, das war einfach zu viel und unzumutbar.
Alle Vollzeitklassen waren von ihrer inneren Struktur her Neuland und erforderten einen besonderen Einsatz. Nein so konnte es nicht weitergehen - und das um so weniger, als mir in meinem geschrumpften Privatleben das literarische Schreiben immer wichtiger wurde.

Im Einvernehmen mit der Schulleitung berief ich für den 4. Mai 1982 meine Abteilung zu einem Dienstgespräch ein, an dem auch die Schulleitung teilnahm.

Ich erklärte dort meinen Rücktritt von der Abteilungsführung - an die Reaktionen darauf, kann ich mich nicht mehr erinnern. Als Gründe gab ich an:
1. Die Arbeitsüberlastung - die ich im Einzelnen erläuterte.
2. Enttäuschungen wegen der mangelnden Unterstützung durch den verantwortlichen Teil der Schulleitung (Beispiel: letzte Abteilungskonferenz).
3. Meine zunehmende Abwehr gegen das zerrissene Arbeiten.
4. Die Erwartung, dass die gegenwärtige Entwicklung zu weiterem Anwachsen der Arbeit führen würde, ohne dass ein Erfolg gesichert sei. Das 'Berufsvorbereitungsjahr'- der Schwerpunkt der Abteilung, sei überwiegend eine Fehl-

konstruktion, man müsse in Ausbildungsstellen investieren, in denen unsere Schülerschaft gestützt und intensiv begleitet werden müsse

Ich erklärte, dass ich keinen Rückzug aus der Abteilung plante, sondern nur den Rückzug aus der Leitungsfunktion. Acht Jahre, entsprechend zwei Legislaturperioden, seien genug.Ich schloss mit der Mahnung, Aufgabenbereiche zu schaffen, die einem Nachfolger einer Nachfolgerin zuzumuten seien.
Anschließend stellte ich den Antrag an die Schulbehörde in Köln, mich von meiner Führungsaufgabe zu entbinden.
Die Behörde akzeptierte meinen Antrag.
Die Rückstufung zum Oberstudienrat fand zum 1.September 1983 statt.
Die Verantwortung für die Ausländer-Sprachklassen behielt ich bis zu meiner Pensionierung.

Da offenbar kein Nachfolger für mich gefunden wurde, entschlossen sich die Schulleitung und die Schulbehörde, die Abteilung BVJ aufzulösen, und die Klassen den Abteilungen zuzuordnen, die schon immer Berufsausbildung betrieben hatten, also „Metall", „KFZ", „Hauswirtschaft", „Textil".

Nach dieser Rücktrittsentscheidung schrieb ich einen längeren Aufsatz:„**Ein Weg ins Abseits - Schafft das BVJ ab! Schafft Ausbildungsplätze für Benachteiligte!**"- der 1984 auf den Seiten 25-41 des Diesterweg-Buches **„Keine Arbeit - keine Zukunft"** veröffentlicht wurde.
Der Untertitel des Buchs lautete: „Die Bildungs- und Beschäftigungsperspektiven der geburtenstarken Jahrgänge".

Der Text meines Aufsatzes begann mit einer „Abkürzungserklärung"

„Als Aufschlüsselung des Kürzels ‚BVJ' sind folgende Erklärungen im Umlauf :

BVJ = Bildungsverzichtjahr
BVJ = Beschulung vergessener Jugend
BVJ = Bestrafung verspäteter Junglehrer
BVJ = Berufsvorbereitungsjahr

Die letzte ist die amtliche."

Ob der Aufsatz Reaktionen ausgelöst hat, weiß ich nicht.

Nach weiteren 18 Jahren durchaus zufriedener Unterrichtszeit stellte ich im Alter von 63 Jahren den Antrag auf vorzeitige Pensionierung, die so mit einer kleinen Gehaltskürzung verbunden war.

Hier abschließend der mich betreffende Abschnitt aus der Kollegen-Verabschiedungsrede des Schulleiters Herr Gassel am 2.7.2001:

„Der facettenreiche Berufsweg von Herrn Luce stellt sich wie folgt dar:
Nach der Ausbildung zum Gymnasiallehrer in den Fächern Deutsch und Sport arbeitete Herr Luce von1967 bis 1969 an einem Gymnasium in Solingen. Von 1969 bis 1971 war er als Studienrat im Hochschuldienst am Germanistischen Institut in Köln tätig.
1972 ließ sich Herr Luce an unsere Schule versetzen. Nach seiner Beförderung zum Oberstudienrat im Jahr 1973 wurde Herr Luce 1975 zum Studiendirektor als Koordinator für den Bereich der Jugendlichen ohne Ausbildungsvertrag ernannt.
Im Interesse seiner pädagogischen Arbeit mit benachteiligten und ausländischen Jugendlichen vergrößerte Herr Luce seine Kompetenz durch ein dreijähriges Studium der Sonderpädagogik für Lernbehinderte.
Besonderen Respekt verdient der sicherlich nicht alltägliche Vorgang, dass sich Herr Luce nach achtjähriger Tätigkeit von seinem Amt als Studiendirektor entbinden ließ und auf eigenen Wunsch 1983 zum Oberstudienrat zurückgestuft wurde.
Die weitere erfolgreiche Arbeit der Ausländerförderung und die aktive Mitgestaltung beim Aufbau und der Ent-

wicklung des Koordinierungsbereichs Integration bis zum heutigen Tag - sind für Herrn Luce stets ein inneres Anliegen geblieben.
Auf eigenen Antrag wird Herr Luce mit Ablauf dieses Schuljahres in den Ruhestand versetzt.

Lieber Herr Luce, mehr als 29 Jahre waren Sie als engagierter Lehrer an unserer Schule tätig und haben sich besonders um die Förderung benachteiligter Jugendlicher verdient gemacht.
Dafür unseren Dank und unsere Anerkennung!"

Kap. 21 Im eigenen Haus - auf Zeit
(1974 – 1978)

Eigentlich war es nicht unsere Idee, es zu bauen - sondern die des alten Freundes Jupp Brombach, der sich inzwischen nicht nur von Jupp zu Jo verändert hatte, sondern auch vom Theologen zum verheirateten Psychologen (Studium in Bochum) und zum ländlichen Grundstücksbesitzer in Lohmar-Deesem im Rhein-Sieg-Kreis.

Das Grundstück, das am hinteren Ende zu einem Bachtal mit Bäumen steil abfiel, war so groß, dass er zwei Freunde einlud, dort zusammen mit ihm zu bauen.
Da auch ich das Ländliche liebe, und mich auf eine Nachbarschaft mit Jo und Sybille, seiner Frau, freute, war das ein Angebot, dem ich sofort zustimmte, und Waltraud auch.

Wir kauften also das abgetrennte Grundstück unmittelbar neben Brombachs, und ließen von einem Königswinterer Architekten den Plan für das Erd/Keller-Geschoss entwerfen, auf das dann ein verhältnismäßig preiswertes Fertighaus mit Flachdach aufgesetzt werden sollte.
Im Sommer 1974 wurde der entsprechende Bereich ausgeschachtet und das Erd-Keller-Geschoss am Hang mit Keller- und auch Wohnräumen fertiggestellt.

Anfang Dezember konnte dann in ganz kurzer Zeit das Erdgeschoss-Fertighaus daraufgesetzt werden:
Küche, Wohnzimmer; davon abgehend ein kleiner Flur mit Schlafzimmer, Bad und Kinderzimmer.
Noch am Ende der ersten Dezemberwoche konnten wir dort einziehen.
Klaus bezog das obere Kinderzimmer, Katrin das untere,

das von einem großen Tischtennisraum abging und nahe bei meinem Arbeitszimmer lag.
Klaus hatte jetzt einen weiteren Weg zum Gymnasium in die Kreisstadt Siegburg (12 km), wurde aber in der Regel von der Mutter in ihrem Citroen 2CV mitgenommen, die zu ihrem Arbeitsplatz in der Kreisverwaltung fuhr.
Den Rückweg bewältigte er dann mit dem Bus.
Katrin, die zuvor nur 100 m zur Schule hatte, musste nun einen knappen Kilometer nach Breidt, wo der Schulbus zur Grundschule nach Donrath abfuhr.
Ich selbst war nun sicher mehr als 30 Minuten zum Berufskolleg in Troisdorf-Sieglar unterwegs.
Die Schönheit der Lage unseres Hauses und die Nähe zu guten Freunden hatten ihren Preis.
Jo Brombachs Haus, größer als unseres, wurde erst einige Monate später fertig - und dann wohnten und lebten wir dicht nebeneinander und wurden wieder vertraut.

So erfreulich die neue Konstellation auch war, so kann ich doch nicht verschweigen, dass der Bau des eigenen Hauses auch ein Versuch war, dem Bröckeln der ehelichen Beziehung entgegen zu wirken. Dies Bröckeln hatte schon vor Jahren begonnen.
Meine Frau - ich schreibe dies nahezu fünf Jahre nachdem ihr Leben zu Ende gegangen ist - hatte zwei Mal anhaltende außereheliche Beziehungen gehabt, zuletzt 1973 - ich einmal kurzfristig 1970, nach dem ich eine Frau bei einem Sprachkurs in England kennengelernt hatte.
Sicherlich war meine Frau bei den zeitweise sehr intensiven wissenschaftlichen und beruflichen Engagements, die ich eingegangen war, immer wieder einmal zu kurz gekommen - und sie nahm dann, attraktive Frau , die sie war, die auf sie gerichteten Augen anderer Männer nach und nach

deutlicher wahr und wies sie schließlich nicht mehr ab. Das Vertrauen zwischen uns war zweifellos angeschlagen.

Bei einer zusätzlichen beruflichen Ausbildung im Bereich Bürokommunikation habe ich sie durchaus unterstützt.
Sie hat dann längere Zeit bei der Kreisverwaltung Siegburg teilzeitlich gearbeitet und dort sicher auch an Selbstbewusstsein gewonnen – aber das hat die Probleme zwischen uns nicht gelöst.
Leider kam noch hinzu, dass in dieser Zeit der Schwierigkeiten, eine Lehrerin mir begegnete, eine Schönheit, von der ich fasziniert war, die mir - sehr freundschaftlich - auch kleine Schritte entgegenkam, eine lange, lange schwebende Beziehung der Nähe - auf Abstand.

Im neuen Haus haben Waltraud und ich zumindest ansatzweise getrennt gelebt, sie im Erdgeschoss, ich mehr im Untergeschoss.

Als ihr ein aus der Kindheit und Jugend in Forst/Hunsrück vertrauter Mensch, inzwischen Rechtsanwalt, Arbeitsmöglichkeiten in Trier eröffnete, griff sie zu - und so war die Entscheidung gefallen.
Im März 1976 wurden wir geschieden, im April ging sie nach Trier, und die auf sie angewiesenen Kinder gingen halt mit.

Dass Waltraud nach Trier ging, hatte naheliegende Gründe. Heinz Theo, ihr Bruder, der Förster geworden war wie sein Vater, hatte sein Forstrevier wenige Kilometer nördlich von Trier in der südlichsten Eifel und wohnte in Aach, nur wenige Kilometer von Trier entfernt. Waltraud lebte also keineswegs allein in Trier.
Ihr Vater wohnte, wieder verheiratet, an der Mittelmosel,

ihre inzwischen verheiratete Schwester dort ganz in der Nähe; ihr ältester Bruder, Rudolf, arbeitete im Führungsteam der Deutschen Bank von Idar-Oberstein, später als deren Leiter - gleichfalls nicht weit von Trier.
Waltraud machte zusätzliche Ausbildungen im Bereich der Altenpflege und besetzte dort später verantwortungsvolle Posten.

Ich fuhr regelmäßig nach Trier, um die Kinder dort zu besuchen oder sie zu Ferienreisen abzuholen. Auch heute fahre ich noch dorthin, weil Katrin im Umfeld der Stadt mit ihrem Mann aus Persien und ihren Kindern lebt und in Trier eine Praxis für Osteopathie führt. Dariush schließt zur Zeit sein Ingenieur-Studium ab; Lina - hochbegabte Musikerin (Flöte) - hat ein Sicherheitsstudium im Bereich Wirtschaftswissenschaften begonnen.

Doch zurück zur Trennung - ich, in meinem Haus in Deesem - ich ‚hauste' plötzlich allein, ganz auf mich selbst zurückgeworfen, suchte meinen anschwellenden schulischen Leitungsaufgaben gerecht zu werden, und - rettete mich ins Schreiben.
Die inneren Wirren in Worte und Bilder zu fassen, löste die Lasten nicht auf, machte sie aber erträglicher.
Das Schreiben ließ mich nun nicht mehr los, es wurde immer wichtiger.

Nach einem fest vertrauten weiblichen Menschen suchte ich durchaus - und da war dann auch eine jüngere Frau mit einem siebenjährigen Sohn - große Nähe wechselte mit eigentümlicher Ferne - über mehr als zwei Jahre hin. Ihre tief verwurzelte Ratlosigkeit, die eine lange Vorgeschichte hatte, sie verdichtete sich bis hin zu einem Suizidversuch in

Deesem - ihrem zweiten, wie es sich dann herausstellte. Dem folgte eine viele Monate während Rekonvaleszenz, in der ich sie begleitete. Es ging aufwärts mit ihr, sie wurde wieder selbständig, und die Trennung war schließlich die bessere Lösung.

Danach wurde mir klar, dass ich auf Dauer nicht in Deesem bleiben würde.
So investierte ich mehr als ein Jahr intensiver, harter Arbeit rund um's Haus, um mein Anwesen verkäuflich zu gestalten.
Im Frühjahr 1978 gelang der Verkauf, und ich zog zurück nach Troisdorf.
Zehn Jahre später stand das Haus erneut zum Verkauf - und diesmal griffen Brombachs zu, führten es einer ganz neuen Aufgabe und Nutzung zu, indem sie dort, nach ungewöhnlichen Sterbeerlebnissen in ihrer Umgebung, das zweite Sterbehospiz in Deutschland gründeten.

Sie bauten es großzügig aus und entwickelten es zu einem Vorbild, zu einem Stern, der im weiten Umfeld leuchtet.

1984 entschloss ich mich - selbst überrascht - zu einer zweiten Ehe. Ich zog zu meiner neuen Frau nach Euskirchen und fuhr von dort aus zur Arbeit nach Troisdorf - sie war eine hochbegabte, spannende, aber sehr unruhige Frau, deren Unstetigkeit ich nicht lange aushielt. 1986 war schon wieder alles vorbei - und kopfschüttelnd kehrte ich nach Troisdorf zurück.

Immerhin - in Euskirchen habe ich meine erste Erzählung geschrieben - nun wurde mir also auch die Prosa wichtig.

Kap. 22   Frühe eigene Texte

1. Gedichte

Zwischenbericht (1974)

    1
  Zwischen den Stühlen
auf den Brettern
die nicht die Welt bedeuten
Froschperspektive
Der Platz neben dir
besetzt und vergeben
der Platz neben ihr
wird renoviert
die Nachfolgefrage scheint
glücklich geregelt
  Dein Profil und Haar
erinnernd an Bilder der Renaissance
doch hier - keine Wiedergeburt
kein Kondottiere bedenkenlos
strahlend in Sinnlichkeit
nur allzu berechenbar, harmlos zuverlässig
nein, keine Gefahr
kein Sprung in den Schatten
  Die irrsinnige Hoffnung
verscharrt im Sand
unruhiges Warten
auf den befreienden Strom
der nicht kommt
    2
  Träume von Aufbruch
Wagen, Kocher und Zelt

Akrokorinth, Olymp, Ararat
Massada, das Tote Meer
die Wüsten in Kalifornien
am Rande der Piste vielleicht
zukunftslose Blumen der Lust

   Aber umstellt
von berechtigtem Anspruch
Sohn und Tochter gezeugt
ein Haus gebaut, Hypotheken
der Baum noch zu pflanzen
Versuche, nicht fortzulaufen vor vielen
die erst laufen lernen müssen.
   Also arbeiten, schlafen
gelegentliche Freuden des Alltags
das Knistern des Kandis
beim Einschütten des Tees
zögernder Rauch einer Pfeife
ein heißes Bad und der gelungene
Kopfsprung rückwärts vom Brett
Waldläufe, Sonne
und Blicke und zaghaftes Lächeln
Übungen in Bescheidenheit
- mit Widerhaken

Vorland (1975)   Vernunft baut
                                      hinter den Deich
Hinter den Dämmen
geht kein Wind
Gänseblümchen
im freundlicher Rasen
und beschränkte
Aussicht auf Himmel

Ja, im Vorland legt
Ebbe das Seichte frei
Schmutziger Schaum leckt
Bänke abgestorbener Schalentiere
zwischen denen
faulig der Schlick steht.

Vergessen bespült die Welle
salzigen Sand -
bis wieder ein Mond
ganz aus den Wolken tritt
Geheimnis der Gravitation
dann schwillt die Flut
höher, höher

Land unter, schrei ich
hörst du mich nicht?
Ach, wunderbar
so zu ertrinken!

Der Mond geht vorbei
das Wasser verläuft
Meeressand knirscht
zwischen den Zähnen
von den Händen flattert
bleichendes Seegras

Geduld (1978)
Sich destillieren:
zusehen
wie der Tropfen
zögert ehe er fällt

Klage und Frage (1978)

Muss immer wieder
Liebe sterben?
Ratlos stehen wir da,

fühlen die Schwere der Glieder
rühren sinnlos in Scherben
und finden den Grund nicht.

Liebe ist ohne Grund und ist sterblich
kostbar ist uns, was schön und verderblich
und was verletzlich ist, halten wir wert.

Lieben ist menschlich, wir müssen vergehen
Irren ist menschlich und schön das Verstehen
und die Götter - lieben wir nicht

Hochwasser (1980)

Plötzlich hält er es
nicht mehr aus...
dies Dämmen Drosseln Zügeln
einer den andern -
hart an die Kette genommen
jeder von jedem -
gezähmt
und blicklos erfüllt
Duldung Bejahung
das Andauern dessen
was ist
... ...

Keiner gefragt, ob er will
was ihm geschieht
die Alternativen
als verrückt denunziert
irrlichternde Angst
wenn einer da ausbricht

...und stürzt hinaus
ans Hochwasserufer
sieht vorjähriges Schilf
durchwühlt und gelichtet
Schwemmholz getürmt
Vogelspuren zart im glänzenden Schlick
und das überall strömende Wasser
ungebärdig und wild

Kopflastig (1981)
Zu hoch unser Schwerpunkt
Tickendes Räderwerk Kopf
pendelnd über heimlich schmerzenden
schmaleren Schultern

Fortschritt nickend
haben wir Not
die Balance zu halten
auf dem glänzenden Boden

Festgezurrt die Krawatte
Abgeschnitten
das metallene Hirn
vom Atmen, Fühlen
von der ruhenden Mitte
vom Bauch

Kalt der Rausch
disziplinierenden
maximierenden Denkens.
Uns treibt es benommen
in immer dünnere Luft
künstlicher Welt

Frühling (1981)

Draußen lagert
der Nebel noch
warmer Tage
des März

in mir
treibt schon April
zärtlich grausam
sein wechselndes Spiel

Aprilgeliebte
was wird uns blühen
im Mai

Ikarus, Ikarus (1981)

Ach, alle wollen hinauf
traumgefiedert bereit
sich aufzuschwingen in
den eben geborenen Tag

Manche rühren spärlich beflaumte
hilflose Stummel nur
Ihr Hüpfen
nach wenigen Schritten erstickt
der aufwärts irrende Blick
zurückgefedert von der glänzenden
Kuppel des Lichts

Sie aber
die atemlos taumelnd am Morgen geflogen
kehren so früh und ängstlich zurück
So bald schon vergessen
der unendliche Blick.
Fett schon, behäbig den zarten Federn
so schwer die geliebten
Gewichte
an Händen und Füßen

Wenige steigen auf
steigen unerbittlich höher
höher
Wer schon kommt der Sonne so nahe?
Herrlich im eisigen Licht
sich zu versengen
zu brennen zu stürzen
schweigend lodernde Fackel
ins unendliche Meer

(Wie sich mein Gedichte-Schreiben
zahlenmäßig entwickelt hat: 1974 : 1 ; 1975: 1;
1977: 2; 1978: 9; 1979: 13; 1980: 20; 1981:
44 (höchster Jahreswert); 1982: 27 ... usw. -
bis 2014 ungefähr 400 Gedichte)

2. Erzählungen

Die Abweisung (erster Prosatext - 1985)

Wie ein Stück Holz, umgetrieben im Gewoge, ziellos im monotonen, lichtlosen Auf und Ab der Wellen - noch jenseits der Frage, wo er war.
Es war so finster, nur zu ahnen der Schaumkamm der Welle, die ihn gerade hob und unter ihm hinweg rollte.
Instinktiv hielt er sich schräg zu ihrer Bewegungsrichtung. Quer, flüsterte er sich zu, leg dich quer zu den Wellen, lass dich heben, nicht überrollen.
Runter den Kopf in die Gischt, reck ihn nicht hoch, krampfhaft, atme hinter dem Schwall, wenn es hinabgeht.
Wie ein Stück Holz.
Nichts von Vasili, nichts vom Boot. Alles Schreien umsonst. Die Stimme tonlos fremd beim sinnlosen Rufen, er selbst schonhörte es kaum.
Der heftige Krampf in Hals und Brust beim ersten Würgen, Husten im Wasserschwall, das hatte sich gelöst.
Wo war er?
Der runde Bauch ihres Boots hatte ihn ausgespieen ins Getümmel der See und nun reichte er nicht hinaus über diesen Körper, der im Wasser rollte.
Er fuhr sich mit der Hand über die von Salzwasser und Gischt schmerzenden Augen. Die Brille, natürlich - die Brille war weg; verloren sicherlich, als er, Vasilis Schrei im Nacken, sprang, als sein Gesicht ins Wasser fuhr, als er tauchte, rasend, weg, weg von dieser steil anwachsenden Schwärze , tauchte, bis zur Besinnungslosigkeit durchhallt vom Hämmern riesiger Motoren.
Er war noch da, fast nicht zu fassen, dass er noch da war.

Das Boot, hilflos getaumelt war es im Aufruhr der Wellen, im schüttenden Regen; überrollt dann am Ende, als nach der großen Lampe im Heck auch die Maschine ausgefallen war.
Nichts von Vasili, der ihn zudem nur widerstrebend mitgenommen hatte.

Ihm war kalt bis ins Mark. Atmete er nur mit Kopf und Hals? Fühllos der Körper nach unten hin. Am liebsten hätte er sich eingerollt wie ein Fötus im Mutterleib, der schwamm auch – er aber musste atmen, immer wieder, wenn der Schaumkamm vorbei war, musste er atmen.

Wo war er? Mühsam suchte er einem Gedanken den Weg zu bahnen...Die Wellen kamen immer von der gleichen Seite...Dorther musste der Wind kommen...Er reckte die Hand hoch...es stimmte. Der Wind, stellte er fest, war kälter als das Wasser. Weiter... Wenn der Wind noch die gleiche Richtung hatte wie seit Tagen...seit Tagen hatten sie Nordwind gehabt, immer Nordwind, mit Regen manchmal untermischt. ...Es musste der Meltemi sein, von Norden her...Und dort, dort in Richtung der davon rollenden Wellen...Süden!...die Küste.

Kreta.
Und es war ganz einfach – wenn...wenn der Wind nicht gedreht hatte! Mein Gott, sie waren so weit draußen nicht gewesen!

Er versuchte einen Augenblick, sich auf den Wellenkämmen zu halten und starrte dorthin, wo er das Land vermutete. Nichts. Noch einmal: Nichts.
Kein Licht. Kein...- nichts.

Wenn er dann unaufhaltsam wieder hinabfuhr, begannen die angestrengt hinausprojizierten Koordinaten zu taumeln, zu kreisen, und aufsteigende Übelkeit benahm ihm den Atem.
Das ging vorbei.

Der Wind, fiel ihm dann wieder ein, war kälter als das Wasser; wie warm war doch in den letzten Tagen noch das Wasser gewesen, ungewöhnlich warm für Oktober; so schnell konnte es sich nicht abgekühlt haben, es musste warm sein, auch jetzt musste es warm sein - Kälte und Starrheit kamen von innen.

Angst? War es Angst? Er wusste es nicht, fühlte nur ständig die Drohung des Wassers beim Atmen. Natürlich, das Wasser war warm! Dankbarkeit breitete sich aus, nicht auszudenken, es wäre kalt.

Nach Süden! Er verharrte, wendete sich, verharrte.
Dorthin? Zögernd begann er den Wellen zu folgen.
Schwamm er hinaus jetzt ins offene Meer?
Vorsichtig erst, dann kräftiger glitt er den Wellen nach.
Die Arbeit bekam ihm gut, es ging nach und nach leichter.
Diese endlose Nacht.
Irgendwann fiel ihm die Armbanduhr ein, sie war noch da, die gewohnten Leuchtmarkierungen waren erblindet.

Aber die Schaumkronen, die Schaumkrone auch des nächsten Wellenbergs, er konnte sie sehen, schemenhaft nur, aber er konnte sie sehen - die Schwärze der Nacht begann überzugehen in Grau, undefinierbares Grau.
Ging sie zu Ende, doch noch zu Ende, die Nacht?

Die Vorstellung von kommender Helligkeit, von Tag, zog

wie lösende Wärme durch seinen Körper. Es sprühte zwar immer noch Gischt, aber es kam ihm so vor, als ob es nicht mehr regnete. Nach links hin verstärkte sich helleres Grau, wurde irgend - wann zur Ahnung von Licht, ging später über in fahlrötliches Gelb.
Dort also war Osten.

Instinktiv war auf das Licht zu geschwommen, nun fast parallel zu den Wellen. Beunruhigt verhielt er nach einiger Zeit in seiner Arbeit - nur jetzt keinen Fehler machen. Das aufkommende Licht hatte ihn doch bestätigt. Die Wellen zogen nach Süden. Dort musste die Küste sein - Kreta, lang gestreckt von Osten nach Westen.

Es ist der Meltemi, redete er sich zu und spürte zugleich, der Wind ließ nach. Die Wellenberge waren noch hoch, aber er fühlte, jetzt lag er besser im Wasser. Sein Nacken schmerzte erbärmlich, dennoch reckte er immer wieder den Kopf und starrte vom Wellenkamm nach Süden, der aber undurchdringlich blieb. Mit halb geschlossenen Augen und in stoischem Gleichmaß der Arbeit folgte er den davon rollenden Wassern.
Und wenn wirklich jetzt dort die Küste erschien - wie weit war sie entfernt? War es überhaupt zu schaffen? Kühlte er nicht unerbittlich aus?
Nein, noch fühlte er sich leidlich gut, trotz des gemarterten Nackens. Hemd und Leinenhose klebten am Körper, behinderten ihn aber kaum. Die Turnschuhe hatte er lange schon abgestreift.

Als sich im Südosten, knapp über der unruhigen See, ein dunkler, rot überlagerter Streifen vom heller werdenden Himmel abzuheben begann, legte er den Kopf seitlich auf's

Wasser und lächelte in den salzigen Schaum.
Die Küste.

Nach einer Weile hatte sich der Streifen nach rechts hin, nach Süden verlängert, begann zu steigen, Berge zeichneten sich, ungewiss vorerst ab, wurden deutlicher; mit seinen kurzsichtigen, salzentzündeten Augen sah er sie, schwimmend im Dunst und doch unverrückbar.
Die Entfernung zu schätzen war schwierig, das Licht zu diffus noch, die Sonne mochte aufgegangen sein, aber sie lag hinter graugelben Wolkenbänken im Osten verborgen. Der Blick unmittelbar nach Süden war weiter verhangen. Er vermutete dort das Bergland westlich der Bucht von Iraklion und darüber den Psiloritis, Kretas höchsten Berg.

Er wandte sich wieder nach Süden, schwamm mit den Wellen, die sich jetzt nicht mehr so scharf brachen. Die Helligkeit nahm weiter zu.
Dann waren die Wolken wie weggesogen, und sie lag vor ihm, klar, dunkel, sanft gerundet – die schwere Masse Kretas. Urweltlich, in erhabener Ruhe stieg das Land auf aus dem Meer, nicht nah, nicht fern, schuf schweigend Raum um sich.

Er hatte das Gefühl, als beginne er jetzt erst zu schwimmen Ja, er würde es schaffen. Jetzt kam es auf ihn an. Er drehte sich auf den Rücken. Den Nacken entspannen, andere Muskeln ins Spiel bringen. In den lichten Himmel atmen, die Arme locker neben dem Kopf einsetzen, ruhig durchziehen bis in die Nähe des Schenkels, rhythmisch, trotz des rollenden Wassers.
Es war kaum noch Wind.

Die von den schwingenden Armen abperlenden Tropfen nahmen ihren natürlichen, bogenförmigen Weg. Die ruhiger gewordene kräftige Dünung trug ihn. Schwimmen wie ein Delphin.

Sie glitten durch seinen Kopf in sanftem Schwung, wie er sie gesehen hatte auf den von Evans geretteten Bildern im Museum von Iraklion. Heitere, jugendliche Gestalten stiegen auf, in wunderbaren Bögen wirbelnd zwischen den ausladenden Hörnern der Stiere hindurch und über ihren gewölbten Rücken hinweg.
Prozessionen zogen vor den roten Säulen von Knossos vorbei, Stufen hinan, Blumen und Früchte lächelnd in Händen; Priesterinnen, unergründlich, offen die beweglichen Brüste, schwangen spielerisch die Hände mit den Schlangen.
Heiterkeit und Geheimnis, Feste, Zeremonien; Menschen menschlich bei Menschen; lange verschüttete Möglichkeiten des Lebens - Kreta, Atlantis, der lange vergessene Anfang.

Als seine Arme schwer wurden und er sich drehte, hatte er das Gefühl, nach Osten hin vom Kurs abgekommen zu sein - zog der rechte Arm stärker?
Dennoch schien das Land näher gerückt.

Im hellen Licht und nachlassenden Dunst begann sich die schwere, dunkle Einfachheit der Formen aufzulösen, Einschnitte, Buchten, Landzungen traten hervor;
verschwommen zwar, weil in seinen verquollenen Augen alle Formen sich brachen, aber doch eindeutig identifizierbar, wenn er die Bilder immer neu überprüfte. Auf vielleicht einen Kilometer schätzte er die Entfernung zum Ufer.

Wie lange er dorthin bei dem noch immer stark bewegten Wasser brauchen würde, er wusste es nicht. Immer rascher wechselte er jetzt zwischen Brust- und Rückenlage, weil er immer rascher ermüdete. Der Krampf im Mittelfuß rechts, den er von langen Autobahnfahrten her kannte, traf ihn dennoch unvorbereitet.
Einen Augenblick lang fühlte er sich völlig hilflos.
Dann erinnerte er sich und hielt die aufspringende Panik mühsam in Schach, indem er in Rückenlage nach den Zehen fasste, sie zu sich zog und immer wieder das Bein zu strecken suchte, was höllisch schwer war und ihn mehrfach wegsacken ließ.

Wieder schluckte er Wasser, Husten schüttelte ihn, zugleich musste er angespannt darauf achten, dass er von keinem Brecher überrascht wurde - ein elender Kampf. Schließlich ließen Schmerz und Spannung nach, das Bein fühlte sich jetzt eigentümlich taub an.

Wie viel Zeit vergangen war, als er, mit geschlossenen Augen fast seinen Weg fortzusetzen begann, er wusste es nicht. Es war sehr hell inzwischen, die Sonne stand, milchig hinter Wolkendunst zu ahnen, über den Bergen.

Wenn er es richtig erfasste, schwamm er auf eine weite Bucht zu, die, von steilfelsigen Landzungen begrenzt, sich ihm wie selbstverständlich öffnete.
Wie ein ramponiertes, leckgeschlagenes Schiff fühlte er sich, das, gurgelnd schon, in die rettende Bucht eintaucht.

Er war sterbensmüde, spürte, wie sich sein Bewusstsein immer wieder in den Tiefen dieses verbissen arbeitenden Körpers verlor. Sterbensmüde war er und doch stolz auf diesen wundervollen schmerzenden Körper, der ihn nicht in Stich ließ.

Als er die Höhe der äußeren steilen Felsnasen der Bucht passierte, begann der Wind aufzufrischen, die Sonne brach triumphierend durch und irritierte ihn mit ihrer gleißenden Bahn im Wasser, die auf ihn zulief. Mit zugekniffenen Augen sah er im flacheren Hintergrund der Bucht die Wellen auf hellem Ufersand sich brechen.

Zum warmen Sand hinauftorkeln, sich fallen lassen aufs Gesicht wie Robinson und liegen, liegen, schlafen, endlos schlafen.
Nichts da, erst einmal musste er sich der neu auflaufenden Schaumkronen erwehren, die der ständig steifer werdende Wind in Richtung Land trieb.

Auf den im hinteren Teil der Bucht ringförmig ansteigenden Anhöhen sah er Bäume, die offensichtlich in regelmäßigen Abständen wuchsen - Oliven. Oliven!
Der weißliche, quaderförmige Fleck auf halber Höhe musste ein Haus sein.
Bebautes Land, Oliven - er kam zu Menschen.
Er jubelte, wenngleich der Laut, der sich aus seiner Kehle löste, nur ein Krächzen war. Auf das Haus hielt er nun zu. Doch so öde langsam nur kam er voran, er kroch durchs Wasser, so jedenfalls schien es der Erwartung, die ihn schmerzhaft spannte.

Weil sein Nacken den angehobenen Kopf kaum noch trug, schwamm er in Rückenlage und zwang sich, lange durchzuhalten. Als er, das zunehmende Geräusch brechender Wellen im Ohr, sich endlich drehte, riss das Sehen wie ein Film, explodierte lautlos, schrecklich diese Fata morgana, er glaubte seinen Augen nicht, wie unverwandt er starrte - sein warmer Sandstrand war weißlicher Fels, war eine Stufe, stieg zwei, drei Meter fast senkrecht auf, war Muschelkalk, an dessen Kanten die Brandung weiß und wuchtig schäumte.

Sein Blick irrte am Ufer entlang, links, rechts, überall dieselbe lückenlose, geradezu symmetrische Harmonie der Abwehr. Zum Haus empor hangelten sich seine suchenden Augen, doch Doppelbilder sich verschiebender leerer Fensterhöhlen narrten ihn; kein Mensch, kein Rauch, kein Tier.

Eine weiße Verlassenheit im Meer der Oliven, durch die unerbittlich der Wind fuhr, sodass die helleren, silbergrauen Rückseiten der Blätter in der Sonne flirrten.
Niemand.
Der Reflex zum Schrei um Hilfe erstickte ihm noch in den Lungen. Er starrte das Ufer an, tauchte den Kopf ins Wasser, fuhr sich mit den Händen durch diese verquollenen Augen - das Bild stand.

Es blieb teilnahmslos dasselbe, als er, zunehmend atemlos, das Ufer nach links hin abschwamm, bis sich die höheren, dunkleren Felsen der Landzunge zeigten. Er mochte es nicht glauben, kehrte um und musste, nun dicht unter dem Ufer schwimmend, darauf achten, dass ihn der Sog der Brandung nicht erfasste.
Es war doch nicht möglich, dass eine ganze Bucht wie vermauert war.

Je weiter er in der Rundung vorankam, um so deutlicher vollendete sich die Abweisung des Steilabfalls zum schäumenden Wasser.

Er gab es auf. Was sollte er in diesem leeren, höhnischen Amphitheater? Kreta wies ihn ab.

Gab es diese Insel denn nicht, Symbol der einstmals gelebten goldenen Zeit? War sie ein Irrbild fehlgeleiteter Träume? Half denn niemand? Gab es nur empfindungslose Felsen, an denen das Meer sich ewig dröhnend bricht?
Die Bucht von Matala fuhr ihm in den Kopf, im Süden, wo Zeus, der Stier an Land gegangen war, Europa zärtlich auf dem Rücken, dort gab es Felsenbarrieren, dort hatte es den Durchlass auch gegeben.

Während er noch halb besinnungslos im Wasser rollte und dem Reflex zu widerstehen suchte, nach dem Festen, den Felsen zu greifen, spürte er glücklich erschreckt, wie ein breiter behaarter Rücken neben ihm sich aus dem Wasser hob, Tropfen perlten herab, ein weißer weiblicher Arm streckte sich ihm entgegen - das rasende salzige Würgen an der Welle, in der seine verständnislose Hand versunken war, brachte ihn zu sich zurück.

Er war am Ende. Verstand nicht, woher die Kraft noch kam zum stoßweisen Husten, der ihn hin und her warf und nur langsam verebbte.

Als er eine Weile, kopfunter fast, im Wasser getrieben war, ging ein seltsames Zucken durch seinen Körper; er wandte sich mit geschlossenen Augen, steif und unendlich langsam begann er, gegen die Wellen, zurückzuschwimmen ins offene Meer.

Unsicheres Gelände (1987)

Während er frühstückte, klingelte das Telefon. Er hob ab, meldete sich, Schweigen - dann wurde klickend aufgelegt. Erneut sank er ins Frühstück. Schüttete Tee nach, die Kanne war leer.

Auf der Straße, die durch Hecken und Felder führt, sah er einen gelblich-rötlichen Wagen mit rotierendem Blinklicht. Der stand, kroch langsam voran, stand wieder. Er äugte, holte die Brille zur Hilfe. Es war nichts Genaues zu erkennen.

Später sah er draußen, dass es die Straßenreinigung gewesen sein musste, die nach dem offenbar verheerenden Gewitterregen der Nacht aufräumte. Immer noch lag alles voller abgeschlagener Blüten, Blätter, Äste.
Er hatte das Gewitter nicht unmittelbar erlebt, hatte nur während der Rückkehr im Auto von weither das Wetterleuchten gesehen; die Wasser waren inzwischen versickert, es dampfte.

Wieder das Telefon. K. meldete sich, bat ihn zögernd zu kommen. Sein Widerstreben, Fluchtreflexe; stockend sagte er zu, in einer Stunde da zu sein, Sprechen in Splittern.

Setzte sich erneut zum Frühstück, öffnete jetzt erst den Brief, den er vorgefunden hatte nachts bei der Heimkehr. Chaotisch die Schrift, die Worte fremd, wie Ruinen, überall bröckelnder Putz. Er schob ihn weg aus dem Frühstücksbereich, verlor ihn bald aus den Augen, saß da und fiel langsam in sich zurück, fiel tiefer, als er gedacht.
Schob irgend wann den Tisch frei wie in Trance, griff sich Papier. Und wieder Worte, nun wie ziehender Rauch.

Abgehackte Sätze, Träume, Bilder quollen auf, standen unstet, und er hastete zu greifen, was sich fassen, halten ließ.

Sah sich dahin rollen im Wagen, die Bremse versagt, er taucht hinab zu den Pedalen, sucht fieberhaft sinnlos mit den Händen den Fehler - in Erwartung des Aufpralls; sah die Knüppeldämme, die verrosteten Schienen abkippen und eintauchen in schwarzes Wasser des Moors; er atmete flach, war verloren an treibend Worte; stockendes Taumeln durch halboffene Höhlen, geschwärzte Decken, Geruch von Fledermäusen, wuchernde Dickichte hin zum Licht.

Bis irgendwann erneutes Klingeln des Telefons ihn aufschreckte, und er, ohne abzuheben, verwirrt und hastig aufbrach.
Bewusstlos fuhr er die von seinem Gehirn gespeicherte Strecke; die Versuche, tastend sich zurück zu bewegen zum Strom des eben Erlebten, zur spürbaren Nähe der Worte, waren vergeblich. Staubtrocken und rasend unter ihm hellgrauer Beton.

Sein Erschrecken plötzlich, wie die Notwendigkeit dessen, wozu er nun aufgebrochen war, ihm verloren gehen konnte, seit Tagen schon und jetzt wieder für Stunden. Unfähig über sich selbst zu verfügen, zu steuern, was mit ihm geschah.

Enge im Kopf. Einbetoniert sein Gehirn.
Der Blick wie durch Röhren.
Allein. Alle Namen vergessen.

Die automatische Ankunft. Kaum eine Erinnerung an die Begegnung. Ein Ende.

Endlos danach der Strom von Oberfläche. Manchmal verwischt und schnell wieder verschluckt das Bild eines Wegs, schwankend zwischen dunkel überwachsenen Wassern.

Nach Sonnenuntergang (1987)

Er stand am Fenster, entgegen seiner Gewohnheit, und sah dem Sinken der Sonne zu. Ein klarer Wintertag neigte sich, Kälte kam herauf.
Schon ein Stück über dem deutlich erkennbaren Horizont begann die Sonne zu schwinden, sich aufzulösen am unteren Rand, ohne dass sie in Wolken eingetaucht wäre. Die Kinderfrage, wohin geht die Sonne, wenn sie untergeht, nistete sich in einem Winkel des Kopfes ein, er konnte es nicht verhindern.

Er blickte um sich, vergewisserte sich rings, suchte Klarheit, was tatsächlich geschah, wenn die Sonne unter ging. Während seine Augen den Horizont betasteten und sein Kopf angestrengt das erlernte Modell hinausprojizierte, schlugen die Lehrsätze, nie bezweifelt, selbstverständlich und doch eigentlich fremd, plötzlich in Anschauung um, unmittelbar.

Natürlich, die Erde dreht sich um jene leicht versetzte Nord-Süd-Achse, die, er beugte sich vor, tief unter ihm verlief - entsprechend seinen jetzt seitwärts gehobenen Armen - drehte sich von Westen, wohin er sah, nach Osten in seinem Rücken.

So also wurde die eigentlich ausharrende Sonne zum Verschwinden gebracht, der westliche Horizont quoll herauf, langsam, unerbittlich neigte sich alles nach hinten, erwürde rücklings durch die Wohnung taumeln, nur die hintere Wand, an die es ihn schräg mit abwärts gestreckten Händen presst, hindert noch, dass er hinausfällt.

Die Anziehungskraft der Erde, die Zugehörigkeit zu Baum und Tier, zu Stein und Meer - galt sie nicht mehr für ihn?

Ein Fremder war er geworden, lange schon, jetzt endlich fühlte er es, die Welt der Kindheit - ein verlorener Stern.

Er hatte sich andere Welten gesucht, abstraktere, virtuelle- neu erschaffen hatte er sie, ihre Grenzen setzte er selbst. Jetzt - in der Stunde der Wahrheit - verdünnt, verflüchtigt, entleert.

Nichts war nun da, seinen geweiteten, im Zwielicht irrenden Blick zu halten, zu binden.
Dieser hohe, kreisende Ton, der aus dem Weltenraum hereinzudringen begann.
Wo waren die andern?
Hob die hermetische Aura von Fremdheit, die ihn umschloss, alle Gesetze der Schwere, alle magnetischen Kraftlinien auf?
Fiel er, im Laufe der Nacht, rücklings aus der Welt heraus?

Wohin konnte er fallen? Nach unten, nach oben, nach innen, nach außen? - Umkehr?
Zu spät.
Sinnlos, sich weiter zu wehren. Mochte er fallen.
Ein Höllensturz? - Wer weiß das.

Eine gleichmäßig geschwungene Bahn nur konnte es sein, ins Freie hinaus.

Bald schon würde er den Schatten der missachteten Erde verlassen, würde eintauchen ins bislang unsichtbare Licht der nur scheinbar untergegangenen Sonne, er, winziger Körper im Raum jetzt -
gleißend im Hellen die eine Seite, die andere schwarz; dampfend schon vorn, eisstarrend zugleich rückwärts im Finstern - hielt er das aus?

Würde eintauchen also ins Licht, das ihn blendet, ins Licht, das er bricht und beweist - das ihn bricht jetzt, schutzlos verloren, und bald schon zerreißt -
ins Licht, das ihn doch braucht, um zu erscheinen, das zurückfällt ins Dunkel, wenn er zerstäubt ist.

Ein besonderer Ort (1991)

Er begann den Aufstieg als nahezu letzter.
Langgezogen im Gänsemarsch vor ihm die Gruppe auf dem steilen, ziemlich steinigen Weg. Er suchte und fand bald den ruhigen Rhythmus der Schritte des Berggehers, der er lange gewesen war.

Es war schon später Vormittag und doch nicht heiß, sondern fast frisch. Sie waren hier deutlich über tausend Meter hoch; der üppige Bergwald ließ Licht und Schatten auf dem Weg wechseln. Einzelne, vor allem die Älteren und die Übergewichtigen, gingen sehr langsam. Er begann bei kurzen Wortwechseln kleinere Gruppen zu überholen.
Als ihm einfiel, es könne von Vorteil sein, vor der Gruppe oben anzukommen, beschleunigte er seinen Schritt. Binnen kurzem hatte er die Spitze eingeholt; er entschuldigte sich lächelnd mit seinem Auftrag und setzte sich mühelos ab.

Keinerlei Schwere mehr, er war, spürte er, voller unerwarteter Spannkraft, sein Atem ging leicht, er genoss den Widerstreit zwischen leichter Erhitzung und prickelnder Frische. Gleichzeitig fühlte er sich doch auch von Unruhe getrieben; er hatte sich vorgenommen, heute anderes als das übliche Reiseführergerede zu bieten.

Der Organisator der Reise, ein lange in Deutschland schon lebender Türke, der es verstand, seine Reisegruppen zusammen zu halten, hatte ihn gebeten, auf den ersten östlichen Stationen der Reise "Trabzon" und "Sumela" bei den Besichtigungen die Führung zu übernehmen - ein Auftrag, den er nur zögernd angenommen hatte, denn das war ja so eine Sache, Orte zu erklären, die man selbst noch nicht kannte. Andere Gruppenmitglieder hatten für spätere Orte ähnliche Aufträge akzeptiert; so war man von örtlichen Reiseführern unabhängig.

Trabzon, das antike Trapezunt, lag nun schon hinter ihnen. Mit der Führung dort war es eher schlecht als recht gegangen, die schöne Lage der Basilika außerhalb der Stadt auf einer Terrasse über dem stahlgrauen leeren Horizont des Schwarzen Meeres - das konnte man benennen, wahrnehmen musste das jeder für sich, die gelungenen Proportionen des Baus, die zum Teil intensiven Farben der Malerei; auf spezielle Fragen nach den erst kürzlich freigelegten Fresken hatte er keine Antwort, byzantinischer Malerei hatte er bisher nichts abgewinnen können.

Mit Sumela war das anders, das war ein Ort nach seinem Geschmack; die Bilder in den Reiseführern hatten ihn zu Hause schon gefesselt, gewaltige, burgartige Mauern, aufwachsend aus Felsen, die hunderte Meter nahezu senkrecht abfielen. Ein griechisch-orthodoxes Kloster, 1500 Jahre bewohnt, im Pontosgebirge hoch über dem Meer, abseits von Wegen und Menschen, dennoch von offenbar großer Anziehungs- und Ausstrahlungskraft.

Gleich musste er da sein. Der Weg führte in Fels und Sonne hinaus, noch eine Kehre, aufstrebende, überhängende Felsen wurden sichtbar, Mauerwerk, Befestigungen mit Zinnen, eine Treppe, ein Tor.
Davor eine Holzbude als Kassenhäuschen, zwei junge Männer auf einer Bank. Er suchte sich in Englisch verständlich zu machen, verwies auf die nachfolgende Gruppe.

Er durfte passieren. Er stieg die sich verengende Treppe zum schmalen, dennoch wuchtigen Tor hinauf.
Innen war Schatten, seine Augen mussten sich erst gewöhnen. Welch ein Bild!
Der weit überhängende Fels, die tief in den Berg hineingreifende Kehlung gaben einen hohen geschützten Raum frei - das hatte kein Foto gezeigt, das war auch kaum fotografierbar; ein eigentümlicher Raum, in dem sich verschachtelte Bauten, teils auch Ruinen merkwürdig bescheiden verteilten.
Bestürzt tastete er sich die lange innere Treppe hinab, hier war alles anders, als nach der Planskizze erwartet. Fast ziellos ging er hierhin und dorthin, vergewisserte sich dann einiger Örtlichkeiten, trat auch einmal zum hellen äußeren Rand und blickte hinab in die hallende Tiefe.

Er begann zu verstehen, die riesigen Stützmauern, die alle Bilder zeigten, sie waren nur Beiwerk, man nahm sie hier kaum wahr, der von ihnen erweiterte Raum war von anderem bestimmt.
Er setzte sich auf eine der bräunlich-staubigen Mauern, um sich zu fassen.

Im noch von der Sonne getroffenen Torbogen erschienen erste Mitglieder der Gruppe, sie kamen vorsichtig die Treppe hinab, verschwanden in den verwinkelten Mauerlabyrinthen, tauchten wieder auf, man rief sich Worte zu, die Stimmen wurden - irritiert - gleich wieder zurück genommen, sie wirkten zu laut, zu störend; immer mehr Leute wurden es, er ließ ihnen und sich Zeit.

Unterdessen sickerte die Ruhe des Ortes in ihn ein und breitete sich aus. Er fühlte sich - ja - 'gehalten' von diesem fast kirchenhohen Raum, der nirgends beengte, frei ging der Blick zu den gegenüber liegenden Bergen und schräg in den Himmel hinauf.

Nach und nach versammelte sich die ganze Gruppe auf dem kleinen runden Platz, wo er saß, die meisten waren still wie er, es wurde nur gedämpft gesprochen.
Vorerst waren sie die einzigen Besucher.
Schließlich griff er zu seinen Notizen, die ja teils unbrauchbar geworden waren, stand auf, die letzten Fehlenden wurden gerufen und suchten sich einen bequemen Platz.
Er ließ seine Augen die Runde durchlaufen.
Alle hätten es sicher bemerkt, begann er und spürte gleich, wie seine Stimme hier trug, dies sei - ein ganz besonderer Ort. Sicher, voll, anstrengungslos stand seine Stimme im Raum.
Tastend begann er Orte zu nennen, die ihn an diesen erinnerten-Delphi, wo er gewesen war, Madonna della Corona, am Hange des Etsch-Tals in Oberitalien, das er mehr zufällig kennengelernt hatte, Mesa Verde, die verlassenen Klippenpueblos der Indianer in Colorado, USA - wohin er gewollt hatte, was sich aber zerschlagen hatte.

Die Zuhörer, aufgefordert, die Liste zu verlängern, blieben still. Ihm selbst wurde in diesem Augenblick erst richtig bewusst, was diese Namen verband.
Alle diese Orte, sagte er, liegen hoch im Gebirge.
Aufragende, überhängende Felsen nach oben, Abstürze nach unten hin, Terrassen dazwischen, eine mehr oder weniger ausgeprägte Höhlung in die Erde hinein, eine Quelle vielleicht, schwer zugänglich sie alle.
Uralte Orte, Delphi mindestens 3000 Jahre alt, Mesa Verde zweitausend vielleicht, er wisse das nicht genau.

Sumela hier, 1500 Jahre ununterbrochen bewohnt, man versuche sich das einmal vorvorzustellen, tausendfünfhundert Jahre Leben in fast unveränderter Form.

Eigentlich müsse man hier zuallererst die vorgeschichtlichen halboffenen Höhlen der frühen Menschheit benennen, wie es sie zum Beispiel in der Dordogne in Frankreich in großer Zahl gebe- Höhle als Urbild der menschlichen Wohnung.
Jedenfalls seien es Orte, wo man unwillkürlich gedämpfter spreche und sich mit eigentümlicher Vorsicht bewege - das sei ihm an Ihnen allen hier aufgefallen.
So zu sprechen, hatte er nicht geplant.
Die Worte stiegen eigenmächtig wie aus unterirdischen Reservoiren auf. Lange hatte er das nicht mehr erlebt. Hinter ihm lagen zwei Jahre fast des Verstummens, mühsamer Versuche, nach Scheidung, Schulden und Konkurs seines Architektenbüros sich neu zu orientieren, die Phase der Depression zu überwinden.
Jetzt war der Bann plötzlich gebrochen, er wagte sich wieder ins Freie hinaus, aus dem eigentümlich Verborgenen, hier wieder ins Freie - seine Stimme, unbegreiflich, war seinen Gedanken fast schon voraus, und sie trug ihn.
Er sprach, nach vorbereiteten Notizen jetzt, von der Faszination, die in der Antike vom jungen Christentum ausgegangen war, das mitreißende Beispiel mutiger, begeisterter Menschen; sprach von Konstantin dem Großen und der Wende zur Staatsreligion, von der Verflachung, die damit begann, der Banalisierung, von ödem Opportunismus, vom Versumpfen des Idealen, voraussehbar und unabwendbar.

Der Absturz habe eine Gegenbewegung herausgefordert, natürlich, die aber sei extrem ausgefallen.

In die Wüste seien sie gegangen, in die Einsamkeit, ins Gebirge - Kontakt zum Göttlichen wieder zu finden, der' Verunreinigung' zu entgehen in jener schmutzigen, schwierigen Welt - die 'Eremiten' (griechisch 'eremos' : einsam, öde, leer, Wüste), die 'Mönche' (griechisch 'monachos': allein, einsam).

Auch diesen Platz hätten sie damals für sich entdeckt, vermutlich wiederentdeckt. Das Leben dort habe sich bald zu einer Klostergründung verdichtet.

Die Entscheidung dieser Menschen für die Einsamkeit sei die Wahl des Außerordentlichen gewesen. Außerordentlich war aber auch der gewählte Ort, besonders wohl in der Härte des Winters. Der Ort, das glaube er sagen zu können, habe die Prägung des Geistes seiner Bewohner hin auf Ruhe und Klarheit verstärkt. Die Landbevölkerung, die man missionierte und geistlich betreute, werde ihnen mit Staunen, Verehrung, ja - mit Wundererwartung begegnet sein.

Wo Wunder für möglich gehalten werden, sagte er, geschehen sie auch. Bald schon habe das Wasser des Brunnens als wundertätig gegolten, bald auch eine Marien-Ikone, um die sich Legenden zu ranken begannen, die sich den Status gleichfalls des Außerordentlichen sicherte, den Rang eines echten Porträts von Maria. Nun gut.
Der Ruf dieses besonderen Ortes habe sich um so leichter verbreitet, in ganz Kleinasien verbreitet, als er in der Nähe des vielbegangenen Karawanenweges von Trapezunt nach Persien und weiter nach China gelegen habe, ein Teil der berühmten Seidenstraße.

Wo durch Wunderberichte und Wallfahrten die religiöse Macht eines Ortes wachse, merke auch die weltliche Macht auf. Schon Kaiser Justinian, Erbauer der Haghia Sophia in Konstantinopel, förderte das Kloster, indem er Belisar, den erfolgreichen Feldherrn, zum Ausbau Sumelas abkommandierte.

Jetzt werden die riesigen Stützmauern verständlich – wachsende Bedeutung heiße eben auch wachsender Anspruch an Platz.

Förderung heißt nicht nur Hilfe, heißt auch Kontrolle, ist die sich absichernde Selbstbestätigung des Herrschers im Kreise der Gläubigen. Das Kloster, sagte er, habe die Beflissenheit der Mächtigen genossen, steigerte deren Zuwendung doch auch wieder den eigenen Rang im Wettbewerb mit anderen Klöstern.

Dass Sumela der Versuchung der Macht nicht immer widerstanden habe, darüber gebe es in den Unterlagen dunkle Hinweise. Wechselspiele von Glauben, Geist und Macht und Ungeist, vielleicht auch Unglauben? Da könne man seine Fantasie durchaus einmal laufen lassen.

Er sprach langsam, halblaut nur, ließ seine Blicke wandern. Die Gruppe saß ohne Bewegung.

Die große Zeit für das Kloster müsse gekommen sein, fuhr er fort, als die Komnenen 1204 von jenem unsäglichen, beutegeilen Kreuzzugsheer aus Konstantinopel vertrieben, das Kaiserreich Trapezunt begründeten, das bis 1461, also einige Jahre länger als das byzantinische bestanden habe. Was hat, fragte er, zwei dieser Kaiser bewegt, mit den Spitzen der Gesellschaft zwei Tagesreisen weit in die Einsamkeit zu ziehen, um sich hier krönen zu lassen?
Was sonst, als das Bedürfnis, in brüchigen, haltlosen Zeiten

die Macht legitimiert zu erhalten - an einem Ort sichtbar außerordentlicher Prägung - einem Ort, der unter dem Anhauch des Heiligen lag, der Dauer zu stiften vermochte.

Diese Aura habe das Kloster geschützt - auch nach dem Zusammenbruch christlich-byzantinischer Macht. Mehmet, der islamische Eroberer, soll es achtungsvoll besucht haben, ebenso wie spätere Sultane, die seine Privilegien bestätigten und mehrten. Erst dem Ungeist des modernen Nationalismus sei auch dieser Ort nicht mehr gewachsen gewesen. Beim großen Exodos der Griechen 1923 aus Kleinasien habe das Kloster aufgegeben werden müssen und sei teils zerstört worden.

Gleichwohl habe sich der Ort als letztlich unzerstörbar erwiesen. Das Besondere, seine vom menschlichen Getriebe trennende, seine konzentrierende und beruhigende Wirkung bestehe ja offensichtlich fort. Sie alle hätten es erlebt.

Vielleicht bewirke seine Existenz nun als Ruine noch einmal eine Steigerung. Das sei schwer zu erklären, fast nur zu fühlen. Inzwischen habe ein neuer Ansturm auf diesen Ort begonnen, er verbeugte sich ironisch zur Runde, der touristische Angriff. Wahrscheinlich sei er der gefährlichste.
Er setzte sich und schwieg. Die Gruppe rührte sich nicht.
"Sprich weiter", sagte eine Frau leise.
Er schüttelte lächelnd den Kopf.
Ein Augenblick des Glücks. Alles schien so leicht.
Hinter dem, was er gesagt hatte, was er fühlte - angesichts dieses Orts - dehnten sich weite verlockende Räume, sanft zur Zukunft geneigt; als nun leichthin rollende Kugel musste er nur der Wirkung der Schwerkraft vertrauen.

Schweigen und Heiterkeit.
Zögernd begann sich die Runde aufzulösen. Er hätte hier bleiben mögen.
Im weichen Schatten zeitvergessen sitzen, schauen - wie in Mykene damals; das Geheimnis umkreisen im vollen Sinne des Worts, den Blick vom Gegenhang her festigen, die Felswand oberhalb gewinnen, das Tal zum Ende hin erkunden, und wieder hier sitzen, den Sonnenuntergang erleben, den Mond erwarten; Zeit haben, zeitlos sein, und wenn es nur eine Weile lang war - aber so war es ja nicht; schon war er der letzte hier, ein paar Minuten noch gab er sich.

Ihm ging so viel durch den Kopf - ein Buch, das er vor Jahren gelesen hatte - zur ersten Weltdeutung, die durch frühe Höhlensymbole geschah; der Titel war ihm entfallen.
Geschrieben von einer Frau, eigenartig, von einer Frau.
Diffus war das nur noch in seinem Bewusstsein; die Weltachsen bedingt durch Auf- und Untergang der Gestirne, Osten und Westen also, beobachtet vom ständig gleichen Ort.

Die Höhle, wurde ihm klar, öffnete sich nach Süden.
Morgens von flachen Strahlen der aufgegangenen Sonne tief hinein erwärmt, mittags eher schattig und kühl, abends von westlichem Licht noch einmal gestreift; die letzten Strahlen reflektiert von den gegenüberliegenden felsigen Hängen - immer also nahe dem Licht.
Länger geschah dies natürlich bei weit in die Höhlung eindringender Strahlung im Frühling, im Herbst, wenn die Sonne noch nicht so hoch stand.
Er fragte sich, würde sie im Winter die gegenüberliegenden Gipfel noch übersteigen oder zeitweilig verschwinden?
Was gab es an Wolkenverdüsterung und ziehendem Nebel,

an Regen und Schnee, der draußen vorbeitrieb? Wer hier zu leben aushielt, sah sich zwangsläufig auf Einfaches verwiesen, auf Wesentliches.
Zeit haben, schwimmen im natürlichen, ruhigen Rhythmus der Zeit - er, leider, hatte ihn nicht.

Zögernd ging er die Treppe hinauf, blickte zurück, sog das Bild in sich ein, löste sich, machte sich auf den Weg, mit verhaltenen Schritten erst und immer rascher dann, die Gruppe, der Bus warteten ja. Als er die Letzten noch im Abstieg begriffen sah, mäßigte er seinen Schritt. Er atmete durch und fragte sich, ängstlich und hoffnungsvoll fragte er sich, ob es gelingen würde, sie festzuhalten, zu schützen, diese unerwartete Stunde.
Die erstaunten Komplimete für seine Führung nahm er etwas abwesend entgegen, immer noch fast wie in Trance. Auch wenn er es nicht zeigen konnte, nicht gleich jedenfalls, die Anerkennung, das Dazugehören taten ihm wohl.

Die Fahrt ging weiter, vom Schwarzen Meer die Hochebenen hinauf, ein atemberaubender Anstieg, die prickelnde Luft bekam ihm, und er verweilte lächelnd in der Höhe, auf die es ihn unerwartet gehoben hatte – die Kugel rollte sacht dahin.

So erlebte er die Fahrt durch die spröden Weiten Anatoliens - Erzerum, Kars; wie am Ende der Welt Ani; den Ararat und Dogubayazit; die Herden, den Staub, das seifige Wasser des Vansees; Dyabakir, Abrahams Höhlen und Teiche in Urfa/Edessa, Kühle in Lehmrundhäusern in der mesopotamischen Ebene ; Tigris und Euphrat, mächtige Flüsse auch noch im Sommer.

Moscheen dann, Kirchen, Paläste, Festungen, Hütten- eine nicht abreißende Kette.

Tags bis zur Atemlosigkeit dem Schauen verfallen, saß er spätabends, wenn er sich von der Gruppe davongestohlen hatte, und suchte in einem Strom von Skizzen das Gesehene zu fixieren, zu verarbeiten, vor allem natürlich Architektur.

Höhle, Himmel, Kuppel - dazu gab es in Anatolien hier manches zu denken, so viele verschiedene Ideen von Kuppel, bis hin zu Sinan, dem großen Sinan.

Höhle und Grasdach, auch das Beziehungen, denen nachzuspüren sich lohnte.

Das waren Erlebnisse, die seine rollende, leichthin rollende Kugel auf der Hochebene hielt - bis in der blinden, schweren Hitze der Südküste, wo die Fahrt im Badeurlaub endete, alles stockte - und die Kugel liegenblieb im schmutzigen Sand.

War es verdorbenes Fett oder Fisch, er kehrte mit Durchfall nach Hause zurück, die Weite schrumpfte; er fand sich zurückgeworfen in die eigene rissige Haut, nahezu ausdehnungslos.

Dabei blieb es für längere Zeit. Die Ausbruchsversuche der nächsten Monate waren vergeblich. Nichts bewegte sich, der Alltag erschöpfte sich in der unabsehbaren Kette von Pflichterfüllungen, dem Dienst in seinem Amt vor allem; seine Kraft reichte nur aus zum Aufrechterhalten des äußeren Lebens; Schuldentilgung, Zahlung des Unterhalts für seine immer noch unselbständige Frau, ein Glück, dass die Ehe kinderlos geblieben war.

Statt zu entwerfen und seine berufliche Fantasie neu zu entzünden, verlor er sich in endlosem Lesen, Zeitung,

Journale, Fachzeitschriften - tauchte ein in die verschlingende Flut des Gedruckten, der er immer schwerfälliger, leerer entstieg, ohne Gefühl.

Als er schon auf den nächsten Jahresurlaub zu driftete, der später lag als gewohnt, und er noch ratlos war, was er mit sich anfangen sollte, flog ihn die Erinnerung an: Sumela.
Wenn er dort anknüpfen könnte!
Bilder des Orts kehrten wieder und nisteten sich ein.
Plötzlich, in einem Aha-Erlebnis war entschieden, er würde nach Sumela fahren, auf eigene Faust jetzt - ja natürlich, dorthin zurück.

Ein hektischer Aufbruch.
Er raffte zusammen, was ihm für seine Art der Annäherung an jenen Ort dienlich schien; Rucksack, Zelt und Zubehör, Wäsche, Straßenkarten, Skizzenblöcke - und fand sich wieder im Stau nach Süden, der sich zäh auf Österreich zuschob; durch Ungarn quälte er sich, durch Rumänien; machte Tempo, wo irgend er konnte und soweit der nervöse Verkehr es zuließ; war mehrfach fast in Unfälle verwickelt, durchschwitzte die Tage über dem flimmernden Asphalt, schlief nachts irgendwo, irgendwie; ließ Istanbul liegen, stand im Stau auf der Bosporus-Brücken ach Asien, knüppelte sich und den Wagen bis über Ankara hinaus, atmete auf endlich, als die anatolische Weite sich öffnete; schwarz standen die Stoppeln der abgeernteten Felder gegen den Horizont, Asche wirbelte auf.
Es blieb beim dröhnenden Rollen des Wagens; Berge verharrten fern, bewegungslos, bis sie sich plötzlich kahl zu heben begannen; Trockenflüsse waren zu queren, unmöglich sich vorzustellen, woher das Wasser kam, das sie

Durchströmt haben sollte; allzu fühlbar aber der Druck, den die hitzeflimmernde Brutalität der rasenden Tankwagen erzeugte, auch im Schlaf hörbar das Röhren der Fernlastzüge Richtung Iran.
Vorstellbar ein Rhythmus, den er nicht fand, ein Rhythmus - und wenn es ein fallender wäre.

Endlich die Pässe. Sie rissen ihn aus dem maschinenhaften Dahinrollen, dennoch immer noch ostwärts.
Endlich die Abzweigung, die Nebenstrecke nach Trabzon hinab - kahle, grandiose Landschaft, der Zigana - Pass.
Danach wieder Bäume, Bäche und Grün; er fuhr an Maçka, an Sumela vorbei nach Trabzon hinunter und stellte den Wagen erschöpft vor ein Hotel.

Er hatte sich vorgenommen, die Annäherung wandernd, wie von altersher, unten am Meer zu beginnen, alle Bedingungen sollten erfüllt sein.
Noch stellte die erhoffte Hochstimmung sich nicht ein.
Gut - Wiederholungen waren gefährlich, aber dies war doch mehr als nur Wiederholung, war Vertiefung, Rückkehr zum Elementaren, sollte Rückbindung werden, „re-ligio" an...an, ja, doch, an „Heiliges" in dieser Welt.

Es hatte nachts geregnet, der nächste Morgen war unerwartet schwül; schleppend und wie entleert begann er den Aufstieg.
Der schwere Rucksack, der ihn mehr belastete, als er es kannte, erzwang frühzeitige Pausen. Den Blick am Boden, setzte er Schritt vor Schritt, unansprechbar für die Einheimischen auf Maultieren und Eseln, die ihm entgegen kamen.
Die Straße war befahrener als gedacht; schwere Baustellen-

Fahrzeuge zwangen ihn - immer wieder hupend - zu einem Schritt in den Graben oder auf den schäumenden Bach zu.
Entnervt brach er den Marsch schon am frühen Nachmittag ab, schlug sich in den Wald und versuchte, mit langem Schlaf neue Kräfte zu sammeln.
Der nächste Morgen brachte neue Schwüle; statt des erhofften Wegs der Sammlung und der Erwartung eines einsamen Seitentals aufwärts, wurde es ein Kampf um Platz auf der schmalen Straße, als Busse, Baustellenfahrzeuge und PKWs ihn überholten.
Ausgelaugt und völlig verschwitzt kam er am Forst- und Gasthaus unterhalb von Sumela an, es ging schon auf den späten Nachmittag zu.

Hier stand zum Glück und zu seiner Verwunderung kein Bus mehr. Er wusch sich am Bach und begann seinen Aufstieg, bei dem er weiter allein blieb.
Er sinnierte, was er von Orten wie diesem erwartete - von heimlicher, heiliger Höhlung der Erde ... von Schoß doch. Mütterliches hatte er wenig erlebt. Hatte der Mangel sein Empfinden besonders geschärft? Suchte er nachzuholen, was ihm versagt geblieben war?
Der Schlussanstieg, der eigentümlich vertraute, bei dem der Geräuschpegel zunehmend wuchs, ließ seine mitwachsenden Befürchtungen schließlich in kalte Wut umschlagen.

Baumaschinen lärmten im Tal - Menschentrauben um das Kassenhäuschen, vollbesetzte Bänke, Imbissstände.
Wie in Trance löste er den Eintritt, stieg hinauf zum schmalen Zugang, hinter dem der Raum sich wieder öffnete.
Auch hier überall Menschen, johlende Kinder im Mauerlabyrinth, „Schmeißfliegen, Maden am verendeten Tier",
-

murmelte er. Sein Blick wie durch Glas.
Alle Geräusche plötzlich entrückt. Tastend ging er auf die Helligkeit am Rande zu. Über den Bergen auf der Gegenseite des Tals türmten sich unförmig Wolken, grauweißlich die Ränder, die Sonne war nur noch zu ahnen.
Unvermittelt begann er zu frieren, selbst der überall an ihm herabrinnende Schweiß war kalt.
Die Zähne aufeinander gepresst, damit sie nicht klapperten, schob er sich an den Rand der Brüstung, um im Blick hinab auf die Stützmauern sich eines unversehrten Bereichs zu versichern.
Herausfordernd plastisch sprang ihm am Boden des Tals zuerst das knallige Bunt der Busse ins Auge, ein großer, nahbequemer Platz dort - talauf frisch in den Hang gebrochen - unfertig noch, wund.
Mit seinem taumelnden Blick in die Tiefe gewann die eingefrorene Welt wieder Bewegung, sie pendelte, schwankte, wollte sich drehen, sein Herz, fahrig, schlug bis zum Hals. Er spürte Übelkeit und Verlockung, fast hätte er das Gleichgewicht verloren, krallte die Finger in staubigen Stein - sein Herz, was war mit ihm? - er hatte die Höhe gesucht, ein Gleichgewicht dort - nun taumelte alles!
„Du brauchst dich nur loszulassen", schoss es ihm durch den Kopf, „und die Kugel wird wieder rollen."
Nein, er ließ nicht los, stand, klammerte sich an, stand wie in Trance.
Der erste Blitz zerriss das Truggewebe um ihn her; der lang nachhallende Donner warf ihn in die Wirklichkeit zurück.
Ein weiterer Blitz, Windböen, erste schwere Regentropfen.
Er drehte sich um, niemand mehr war da.
Seine Augen suchten im Dämmerlicht die Höhle, die hier den ersten Mönchen der Anfang gewesen war -
ja - ja, dorthin!

Während er sich, schwankend noch, mit seinem Rucksack auf den Weg machte, die Arme an sich gepresst, hörte er hinter sich den Regen schon rauschen -
und...und wusste plötzlich, während Wärme ihn durchlief, hier -
hier würde er bleiben!

Zur Abrundung - einige Texte aus den letzten Jahren

Gegenwelt, plötzlich (2010)

Ein Sonntagmorgen im Sommer, früh noch, die Sonne irgendwo hinter Wolken. Gleichmäßiges Licht.

Ich laufe, wie immer ,hinunter zum Fluss; ein Stück noch über den Deich, unter der Autobahn her, an Pappeln vorbei hinunter zum dicht bewachsenen Ufer.

Allmählich fällt die letzte, etwas unerquickliche Woche von mir ab; Behördenärger, Computer Probleme, Nachbarn mit Besuch und lautem Fernseher (Fußball) - heute morgen sind sie still.

Nach Asphaltwegen ein schmaler Erdpfad - trocken heute; muss nicht achten, wohin ich die Füße setze.
Durch Lücken im Gesträuch sehe ich immer wieder den Fluss, der gelassen durch die Niederung zieht; erst später kommt die Stelle, wo man ihn hört, wo er rasch wird, springt und kreiselt - und sich dann wieder beruhigt.

Ich laufe ein mäßiges Tempo, der Atem fließt, eigentlich denk ich an nichts, überlasse mich ganz dem wohlbekannten Weg.

Eine ganze Weile schon unterwegs, geht es nun auf eine Pappelreihe zu - eine buschige Senke dahinter, vor der ich abbiege zum Deich hinauf - der Rückweg.

Hinter den dicken, borkigen Stämmen-aufgereiht auf einer sacht erhöhten Bodenwelle - drängt sich dichtes Gebüsch, grün in grün wie immer - heute plötzlich hellere Flecken dazwischen, gelblich-grau - was ist das? - ich verhalte den Schritt, recke den Hals - Schafe, dicht an dicht.

Schafe - alle ruhend am Boden, auch Lämmer, still, fast wie Steine, keine Bewegung.

Ich atme kaum, spüre aber das Klopfen des Bluts, schiebe mich vorsichtig näher heran, starre wie auf eine andere, fremde Welt - aus der Zeit gefallen, eingefroren - aber es ist warm, und da ist ein Maul, das sich bewegt, das wiederkäut; ein Junges, das langsam den Kopf zur Mutter hin wendet; eine ganze Herde, die im hohen Gras hier lagert - ein Platz, wie gemacht für sie, windgeschützt, blickgeschützt; die schönsten Weidewiesen in der Nähe, Wasser auch; als wäre es ihr ureigenster Lebensraum hier.
Eine Welt der Schafe, in der der Mensch nichts zu suchen hat; unwirklich fast die Stille, nein, nicht ganz - da ist ein Rieseln - ein Zittern geht durch die Blätter der Pappeln.

Noch immer halt ich den Atem zurück, bewege mich nicht; die Tiere haben mich nicht wahrgenommen - oder lassen sich nicht stören im Ruhen, Dösen, Wiederkäuen.

Eigentlich, geht es mir durch den Kopf, ist das doch kein fremdes Bild, viel eher schon ein tief vertrautes, doch verschüttetes; ein Bild - von dem wir fortgetrieben sind in ein Leben, das sich mehr und mehr beschleunigt - und verändert.
Sie sind - über Jahrtausende hin - geblieben, was sie waren. Ruhiges Wiederkäuen ist die Hälfte ihres Lebens.

Fast zu nah bin ich ihnen auf den Leib gerückt; ich fühl mich hingezogen zu ihnen und doch fremd - ein Eindringling. Die einzige Bewegung hier bin ich.

Nein, will nicht stören - und so zieh ich mich, Schritt für Schritt zurück, wende mich und falle wieder sacht in Trab.

Ein letzter Blick zurück auf meine Fata Morgana der Ruhe, aber die Bäume, die Sträucher verdecken schon wieder die Sicht.
Merkwürdig ist das schon - kein Schäfer, kein Zaun für einen Pferch, wie man ihn kennt; kein Hinweis auf Steuerung durch Menschen, die uns so vertraute. - Die Herde, sie ist einfach da am wunderbar passenden Platz.

Und so lauf ich wieder - sinniere über Schafe jetzt und Frieden, über Raubtiere dann, und wie die Schafe hier ihnen wohl gewachsen wären…

Raubtiere - zu denen doch auch wir gehören, die die Schafe ausbeuten, diese hier natürlich auch; aber Schafe eigentlich am wenigsten - vom Leben der Schafe könnten andere Tiere in unserer Gewalt nur träumen -
ja, Raubtiere wir und gleichwohl solche, die zuzeiten, auch nicht ohne Wunsch nach Ruhe und nach Frieden sind.

Ankunft, endlich (2005)

Odysseus und
Penelope

angekommen
jetzt

'zu Hause'
endlich

jetzt   das Leben
und soweit   noch reicht

Liebe du, Liebe (2008)

Weggefährtin du
jetzt meiner älteren Jahre
bald meiner alten

schön
den Weg zusammen zu gehn
Hand in Hand
Blick in Blick

und nachzudenken
gemeinsam
welche Wege wir gehen wollen
welche nicht…

So der Zukunft zugewandt
schauend
weit in den Abend

heiter, gelassen
der gemeinsame Blick -

Liebe, du
Liebe

Noch einmal Lago di Garda Herbst 2007

Die Sonne
schon fort

hoch noch am Berg wir
plötzlich erschauernd in Kühle

Aber unten
der See

die Ufer schon
vergehend im Dunst

doch schimmert
und leuchtet der Spiegel

seltsam glimmendes
Gelb -

letzter Wärme
des Tags

Zeichen am Himmel   Herbst 2008

Wenn wir es hören
ihr rauhmelodisches
schwingendes Schrein
wir halten inne
blicken hinauf
schauen ihm nach
dem Zeichen
so kurz an den Himmel geschrieben

Wir
eingesponnen in dichte, immer dichtere
Netze der Abhängigkeit
   - Maschinen, Energie, Apparate:
     Technik, kaum noch durchschaubar -
Versprechen eines bequemen
sicheren Lebens
für das wir den Reichtum dieses Planeten
verbrauchen, vergiften, zerstören

Die Gänse, Kraniche
im Gleichgewicht mit ihrer Welt
friedfertig, gemeinschaftsbezogen, genügsam
sie lassen eine Spur zurück
für unsere Sehnsucht

Denn da ist tief in uns
Erinnerung an Freiheit, herbe
an nomadisches Ziehn
in Einfachheit -
Ahnung auch der Zugehörigkeit
zu Ordnungen und Rhythmen
viel älter doch
als wir

Paradigmenwechsel

Das atomare
Bomben-Inferno fiel aus

stattdessen steigt
mit CO_2, Methan...
geduldig jetzt die Wärme

steigt - vielerorts
der Wasserpreis.

Schon soll auch das Wasser selbst
gelassen salzig steigen

unangesehen wachsender Wüsten
brennender Wälder

und der schönen
Fruchtbarkeit der Menschen.

Wärmer, trockener, stürmischer, enger
Völkerfluchten - Angst

und
Aggression

unberechenbar
wie eh und je -

die Entwürfe fürs Ende
waren bis jetzt
zu primitiv

Kap 23. Rückblick - Ausblick

Jede Spurensuche hat einmal ein Ende.

Gleichwohl geht mir, zurückblickend, durch den Kopf, was alles mir erspart geblieben ist.
Ich denke an die Fotos von 1943 im „Lager" in Malchow- was wäre aus mir geworden, wenn sich diese Spur fortgesetzt hätte... - die Spur des deutschen Hochmuts und der brachialen Unterdrückung anderer...
Nicht auszudenken - wenn Hitler den Krieg gewonnen hätte. So haben wir Deutschen lernen müssen - und lernen können. Nun gibt es ein halbwegs geeintes Europa.
Die deutsche Position dort ist inzwischen fast bedenklich stark. Lasst uns Fortschritt mit Bescheidenheit verbinden.

Die wenig erfreuliche Entwicklung der USA zur Weltmacht, und zur arroganten Kontrollmacht, sollte uns Europäer warnen. Solchem Auftrumpfen müssen wir, auch mit Blick auf uns selbst, entschieden Widerstand leisten.

Die unglaubliche Entwicklung einer schmalen wirtschaftlichen Machtelite zuungunsten der großen Mehrheit unserer Gesellschaft wirft mehr und mehr Probleme auf.
Die kaltblütige kapitalistische Ausnutzung des Überangebots an Arbeitskräften zur hemmungslosen Lohndrückerei weltweit und auch bei uns, ist eine fatale Entwicklung, die viel mehr Menschen beunruhigen sollte.
Hier muss gegengesteuert werden, wenn wir eine Demokratie bleiben wollen und die Gerechtigkeit nicht vollends den Bach hinabgespült werden soll.
.

Meine letzte Entwicklung ist die zum Vegetarier.

Seit 2009 unterstütze ich die Palästinenser gegen den Sicherheits- und Machtfanatismus der Israelis, den wir Deutschen mit unserer fatalen Geschichte unglaublich gesteigert haben.
Unterstützungsversuche - einmal mit der Förderung einer „Palästina-Israel-Zeitung"- und mit dem Schreiben von Gedichten, die ich unter dem Titel: **„Verhängnis - Israel - Palästina- Gedichte"** zu veröffentlichen suche.

Und schließlich -
Tiefer Dank an meine wunderbare Lebensgefährtin Sabine Werner, mit der ich, seit zehn Jahren nun, so gut lebe wie nie zuvor..
Ohne die ich dieses Buch vielleicht auch nicht geschrieben hätte.

24. Kap. Nachtrag

Mein erstes Buch - und was ihm folgte:
Odysseus - Stationen eines Wegs
Radierungen von Susanne Kandt-Horn
Gedichte von Rainer Luce
Verlag Media dell' arte Köln, 1994
32 x 22 cm, 47 Seiten   Einband: schwarzer Karton

Auszug aus dem Buch-Anhang: „Das Projekt und seine Entstehung" (S. 39/40)
Als `Westbesuch' (eingeführt durch die Rostocker Kunsthistorikerin Gerburg Förster) lernte ich Susanne Kandt-Horn im März 1987 in Ückeritz auf der Ostsee-Insel Usedom kennen, wo sie seit vierzig Jahren lebte.
Einer der ersten Eindrücke - neben der ganz ungewöhnlichen Freundlichkeit des Ehepaares Kandt - war ein großes Ölbild, das damals dort im Essraum hing :
„Abschied von Odysseus" (1980).
Im Jahr darauf beeindruckte mich das neue große Ölbild „Odysseus und Kirke" (1988).

Zu beiden Bildern waren auch Grafiken entstanden. Beim Durchsehen der Kataloge von Susanne Kandt-Horn(SKH) wurde mir bewusst, dass sie sich schon lange mit der antiken Welt auseinandersetzte – nicht mit der DDR, die sie mehrfach mit hohen Preisen ausgezeichnet hatte.
Da waren die Grafiken „Windstille" und „Der Sturm" von 1971, die Gemälde „Klassische Figurenim Raum",
"Orpheus und Eurydike" (1972), dann zwei Gestaltungen zum Fund der „Männer von Riace" (1983/1984) und - verschiedene Versionen des „Paris-Urteils" (1978 u. 1986).

Auch im Augenblick höchster politischer Beunruhigung hatte SKH bei der Gestaltung der Zeichnung „Abschuss der Rakete" und „Gefahr" (1980) auf antike Symbole zurückgegriffen, die die Gefährdung des Menschlichen sichtbar machen.

Von mir gab es die Gedichte „Odysseus I" (1981) - hier „Schwicrige Heimkehr" (IX); „Odysseus 2" (1983) - das später in „Ankunftsangst" (X) aufging - und „Fragen an Odysseus" (1987), die ich Susanne Kandt-Horn mitteilte.

So wussten wir voneinander, dass es auf diesem Felde gleichlaufende Interessen gab. Dabei blieb es für längere Zeit.

Erst als SKH's Radierung „Bist du's, Odysseus?" (wohl beeinflusst von meinem Gedicht „Schwierige Heimkehr") 1991 entstanden war, und ich begeistert darauf reagierte, stand plötzlich SKH's Idee im Raum, unsere Gemeinsamkeit zu intensivieren. Diese Anregung griff ich um so lieber auf, als ich von SKH schon mancherlei Ermutigung erfahren hatte.

Wir legten nun gemeinsam weitere Themen aus der Odyssee fest, um die wir uns bemühen wollten. Mit „Bist du's, Odysseus?" hatte SKH eine Form strukturaler Zentrierung gefunden, der sie dann auch die älteren Arbeiten unterwarf. Ihre Radierungen „Abschied von Odysseus" (I), „Kirke und Odysseus" (IV) und „Wach auf, Odysseus!" (XII) waren für mich bald der Ansatzpunkt für drei weitere Gedichte.

Im Sommer 1992 entstanden auf Kephalonia und Ithaka (der Heimat des Odysseus) unabhängig die Texte „Die Blendung" (II), „Verfrüht" (III), „Ufer der Toten" (V), „Insel der Sirenen" (VI), „Ankunftsangst" (X) und „Vor Athene"(XI).

SKH's Radierung „Odysseus und die Sirenen" (VI) entstand gleichfalls unabhängig in diesem Sommer.

Mit den Grafiken „Athene erscheint Odysseus" (XI), „Odysseus verlässt Polyphem" (II) sowie „Kalypso und Odysseus" (VIII) reagierte SKH dann auf meine Gedichtentwürfe.
Den Abschluss bildete schließlich ihre Arbeit „Ufer der Toten"(V) im Jahr 1993.

So entstand aus getrennten Anfängen, dann wechselseitiger Anregung, Nachvollzug, Weiterdenken Kontrastierung - mit den spezifischen Mitteln der jeweiligen Medien ein Ganzes, dessen Keimzellen im Einzelnen oft nicht mehr klar isoliert werden können - ein ostwestliches Produkt, das sich aus menschlicher Verbundenheit und großer Freiheit voreinander entwickelt hat.
Auf diese gemeinsame Arbeit blicke ich mit Dankbarkeit zurück."   Rainer Luce

Zusatz im Jahr 2014:

Zu SKH.s Weggefährten, dem Maler Manfred Kandt, entwickelte ich ebenfalls ein vertrauensvolles Verhältnis.
Leider starb er schon 1992.
In der Regel war ich zweimal im Jahr auf der Insel Usedom, in zwei Jahren sogar dreimal .- Zum Erscheinen des gemeinsamen Buches kam SKH 1994 nach Bonn.

Sie ist 1996 im Alter von 81 Jahren gestorben.
Ich hatte das Glück, sie vorher noch einmal im Krankenhaus besuchen zu können - und habe auch an ihrer Beerdigung teilgenommen.

SKH ist ein heller Stern an meinem Lebenshimmel geblieben.

Eine Art Fortsetzung meines ersten Buches wurde das hier folgende (geschrieben 1995/1996 - veröffentlicht 2003):

Rainer Luce

O D Y S S E U S - AN DER ZEITENWENDE
Späte Abenteuer und Erinnerung
Dialogroman   Edition Wolkenstein
Troisdorf 2003

Odysseus, der Wegsucher, ist heimgekehrt.
Er hat inzwischen die Königsmacht an seinen Sohn Telemachos abgetreten.
In einer rasant sich verändernden Welt hält er Zwiesprache mit sich selbst, mit der „Stimme" in seinem Rücken, die nicht Ruhe gibt.
Er setzt sich auseinander mit seinen Erinnerungen, seinem Schicksal.
In seinen Gedanken kehrt der alternde Held noch einmal an die Orte seiner Taten zurück - selbstkritisch jetzt.
Aber er stellt sich auch der Gegenwart, und - schaut der Zukunft entgegen, die nichts Gutes verheißt.   „Was wird aus Gräbern, Stimme? ...   Was ist denn hier aus alten Zeiten übrig? Der ferneren Zukunft trau ich nicht. Weißt du, ob sie uns in Frieden lassen, die aus dem Norden kommen? Dauerhafter als ein Prunkgrab wär' ein Lied, das uns besingt."

Weitere Bücher von mir:

2001: „Marathon. Der Lauf" - Historischer Roman zum Lauf 480 v. Chr. (einbezogen mein eigener Lauf 1996) Marathon - Athen), 166 Seiten, Wolkenstein-Verlag Köln, ISBN 3-927861-63-4

2004: „Merkwürdige Begegnung", - 21 Erzählungen - 172 Seiten, Edition Wolkenstein Troisdorf, ISBN 3-927861-69-5 (begrenzte Weiterführung des Kölner Verlags)

2005: „Kürze des Glücks", 72 Gedichte, 106 Seiten, Edition Wolkenstein Troisdorf ISBN 3-927861-70-7

2012: „Sonne, Stille, Blitz und Sturm", Reisegedichte 1977 - 2011, 115 S., Frankfurter Taschenbuch Verlag2012, ISBN 978-3-86369-107-3

2009 - 2013: „Verhängnis", Israel-Palästina-Gedichte bisher 39 S., provisorische. Eigenherstellung

- und die **Literaturzeitschrift:**
„Rheinischer Literaturkalender",
jetzt **„Rheinische Literatur-Hefte"**,
deren Herausgeber ich 1992 bis 2005 war, Mitherausgeber bis 2009; für die Literaten- Vereinigung **„Literaturcafe Troisdorf"**, die ich mitgegründet hatte, es erschien je ein Heft jährlich.

Für alle älteren Bücher wünsche ich mir Neuauflagen in neuen Verlagen (außer: „Sonne, Stille…",2012; s.o.).

Den 2003 wegen einer schwerer Krankheit des Verlegers zusammenbrechenden Wolkenstein-Verlag, Köln hatte ich notgedrungen - eben im Ruhestand angekommen - als „Edition Wolkenstein, Troisdorf" zusammen mit dem Autor Frieder Döring übernommen, weil sonst niemand dazu bereit war. Herr Dr. Döring zog sich leider bald zurück.

Ich aber wollte doch schreiben, nicht jedoch in meinem Alter noch einen Verlag verwalten. Dafür eignete ich mich nur beschränkt. Die Verlagslandschaft schrumpfte ohnehin unerbittlich. So gab ich ihn schließlich auf (2008) - und war erleichtert. Dennoch wäre es schön, wenn es für die Bücher, die ich geschrieben habe, noch einmal eine Chance gäbe.

Rainer Luce

Neuerscheinung:

„Sonne, Stille, Blitz und Sturm"
Reisegedichte

Erschienen 2012 im Frankfurter Taschenbuchverlag, 115 S.
Reisegedichte mit den Schwerpunkten:
Südliche Alpen (aufregende Gipfelerlebnisse) - Gardasee: sehr intensiv; Griechenland (auch in antiker Perspektive); Tansania, u.a. Kilimandjaro); Gran Canyon und Arizona, Dresden und mehrfach Rügen - eindrucksvolle Erlebnisse und tief greifende persönliche Wahrnehmung